ドラゴンクエストノベルズ

小説

ドラゴンクエストVI

幻の大地

DRAGONQUEST VI

久美沙織

1

イラスト／椎名咲月

CONTENTS

DRAGON QUEST VI

目次

VI キャラクター紹介

バーバラ

記憶喪失の少女

名前以外の記憶をなくしてさまよっていたところ、月鏡の塔でイザたちと知り合う。以後、一緒に旅を続ける。

チャモロ

ゲント族の少年

ゲント族の長老を祖父に持つ。瞑想中に聞いた「神の船と共に同行するように」との神の声の導きにより、旅に参加。

テリー

謎の剣士

銀髪の悪魔・青い閃光と巷で評判のさすらいの剣士。世界一強い剣を探し求めて、旅を続けている。

DRAGON QUEST VI

Character profile

登場キャラクター紹介

イザ

主人公

ライフコッドの青年。山の精霊さまのお告げをきっかけに旅に出る。行方不明のレイドックの王子とうりふたつ。

ハッサン

旅の武闘家

世界各地で修行を重ねる旅の武闘家。大工仕事が得意だが、本人はそれを嫌がっている。レイドック兵に応募し、イザと知り合う。

ミレーユ

魔法使いギルドの一員

港町サンマリーノで、待ちかまえていたかのようにイザたちに声をかける。以来、水先案内人のごとく、共に旅を続ける。

大木並《なら》ぶ森の奥《おく》、虫の音すだく闇底《やみぞこ》に、ちいさな焚《た》き火《び》が輝《かがや》いている。

若者は眠《ねむ》っていた。横向きにからだを伸《の》ばし、右手を枕《まくら》に頬杖《ほおづえ》をついて。

たてがみめいて逆立《さかだ》った豊かな黒髪《くろかみ》、余分な脂肪《しぼう》はまったくなく鍛《きた》えあげられた肩《かた》や腕《うで》。どこもかしこもまっ黒に日焼けしている素肌《すはだ》や、簡素《かんそ》で実用的な袖《そで》なしチュニックを、暑がりなのか、手足の動きの邪魔《じゃま》にならないようになのか、太いベルトでごく短くまとっている格好など、いかにも旅慣れた戦士めいてたくましいのだが、顔だちそのものには、どこか、ひどく無邪気《むじゃき》であけっぴろげな、育ちがよさそうなところがあった。若者といっても、まだようやく子供時代を抜《ぬ》けだしかけたばかり、とても一人前とは呼べないほどの年ごろである。

炎《ほのお》の色がちろちろとまぶたを焼き、ぬくもりが頬をあたためる……。

ふいに若者は、眉《まゆ》を寄せ、唇《くちびる》を歪めた。低くうなるような呻《うめ》き声《ごえ》をあげたかと思うと、何かを避《さ》けるように、何かから逃《のが》れるように、ササッと頭を動かした。おかげで、支えていた肘《ひじ》がガクリとずれた。

若者はびっくりしたように目をあけた。美しく力強い瞳《ひとみ》だ。ぱっちり大きな黒目の周囲が、よどみも濁《にご》りもなく鮮《あざ》やかに白い。

その目をぱちくりさせ、次《つ》いで、ゴシゴシ乱暴にこすると、若者は悔《くや》しそうにつぶやいた。

「……なんだ……夢《ゆめ》か……」

この声を聞いて、火の向こう側に腰《こし》をおろしていた人間が顔をあげた。女だ。毛皮で裏打ちをした古風なマントをまとい、炎の照り返しに美しい顔だちを黄金色に染《そ》めた、若者よりはだいぶ年かさの女。

秀《ひい》でた額《ひたい》には諸王国の保護する魔法使いギルドに加わるもののあかしである額環《サークレット》がはまって、はちみつ色の髪を押さえている。

若者の視線を捕《つか》まえると、女は目を細めて、優しく笑った。

「うなされていたようね」女の声は低く落ち着いて、かすかにしゃがれている。「そんなに怖《こわ》い夢だった?」

「……ん……いや……」若者は照れておどけて、眉をしかめてみせた。寒気を覚えたか、少し焚き火に近づく。「覚えてない」

「夢ならいいわ」女はどこか寂《さび》しげな瞳に、揺《ゆ》らめく炎を宿したまま囁《ささや》くように言った。「夢なら、覚めれば消える。逃《に》げることができる。現実のほうがよっぽど悪夢《あくむ》めいて恐《おそ》ろし……」

いきなり口をつぐんだかと思うと、女は、傍《かたわ》らに放り出してあった杖を取って身構えた。若者も無言のまま、既《すで》に剣《けん》を抜いている。ふたりとも、片膝《かたひざ》をつき、火を背にして、四方のどこから襲《おそ》われても即座《そくざ》に反撃《はんげき》できる態勢を取った。

若者の瞳がすぼまる。

焚き火の光の届かなくなるあたりの木立が大きく揺れた。かと思うと、熊《くま》を思わせる大男がぬっと全身をさらし、信じられないほど軽やかにトンボを切って、近づいてきた。まさに異形《いぎょう》の巨人《きょじん》だ。てっぺんだけを残してツルツルに剃《そ》りあげた頭髪《とうはつ》。岩を鑿《のみ》で荒《あら》く切りだしたような顔だち。

女がふうっと息をつき、杖を置く。若者が剣をパチリと鞘《さや》に戻《もど》すころには、大男はもう長いこと、ずっとそこにそのままそうしていたかのようなくつろいだ顔つきで、火に手をかざし、あぐらをかいていた。軽く拳《こぶし》を握《にぎ》りしめただけで、腕や胸の縄《なわ》でも撚《よ》ったような筋肉がさらにいっそう盛《も》り上がり、革チョッキを押し上げ、ギュギュッと鳴らした。

「やっぱ間違《まちが》いねぇぜ。そこの絶壁《ぜっぺき》の下が、魔王《まおう》ムドーの居城《きょじょう》だ」串に刺して火に翳《かざ》してあった獣肉《じゅうにく》を取ると、大男はほんの二口でムシャムシャと平らげてみせた。「城もすげぇが崖《がけ》もとんでもねぇ。まるきり天然の要塞《ようさい》だぜ。下まで降りてくだけでも、命がいくつあってもたりねぇな。……ちぇっ、魔物に倒《たお》されるんならまだしも、うっかり足滑《すべ》らせてオダブツじゃあ、シャレになんねぇぞ」

「心配しないで」女は腕を伸ばして、若者と大男にそれぞれ何か角の形をしたものを差し出した。どろりと黒い液体がなみなみ入って、湯気をたてている。「そういうときに、役立つはずのものを手に入れてあるの」

「おー、そりゃ助かる!」大男はがぶがぶ飲み、ゲップをした。「さすが、姐《あね》さん。万事用意のいいこったぜ」

「まぁね」女は微笑《ほほえ》み、大男の空になった角杯《カップ》に飲み物を注《つ》ぎたしてやった。

若者も飲み物を受け取った。啜《すす》ろうとしたら、角杯《カップ》の縁《ふち》がひどく熱く、唇をやけどしそうになった。ふうふう吹《ふ》いて、やっと口にする。酒は甘《あま》くて強かった。口や胃の中がぽうっと温まり、力が湧《わ》いてくる。

三人はしばらく無言で盃《さかずき》を進め、炎を見つめた。

「この戦いに勝てば、世界に平和がおとずれるんだわ」やがて、歌うように、自分自身に言い聞かせるように、女が言った。「なんとしても勝たなきゃ……」

「ああ」若者は拳を握りしめた。「俺《おれ》はやる」

「さあて。いつまでこうして団欒《だんらん》しててもしょうがない。そろそろ行こうぜ！」大男が言い、立ち上がった。

三人は手早く荷物をまとめ、焚き火の始末をした。それから、森の中の道をたどって行き、断崖《だんがい》絶壁の突端《とったん》に出た。

真夜中の空は不吉な予感を象徴《しょうちょう》するように妙《みょう》に静かに荒れ狂っている。千切《ちぎ》れたりくっついたりしながら西から東へ凄《すさ》まじい勢いで通りすぎてゆく黒雲の中を、時おり小さな雷《かみなり》がゴロゴロと唸《うな》りながら閃《ひらめ》き、走り抜ける。

女は懐《ふところ》から鳥の形をしたものを取りだした。素朴《そぼく》な陶器製《とうきせい》の笛《ふえ》だ。

「言い伝えが本当なら……きっと」

女は、それを形のいい唇にあててそっと息を吹きこんだ。不思議《ふしぎ》な澄《す》んだ音色《ねいろ》が響《ひび》いた。

楽器そのものがなすべきことを覚えていたのに違いなかった。長年閉じ込められていたひとつの特別の旋律《せんりつ》が、女の想いと吐息《といき》を得て蘇《よみがえ》り、あざやかに生き返ってみせたのだった。

ひとつながりの音曲をゆっくりと二度くりかえすと、笛はひとりでに鳴りやんだ。女は笛をおろし、風に髪をなびかせながら、じっと耳をすましてみた。若者も、大男も、無言のままあちこちをきょろきょろと見回した。

やがて……女が手をあげて、空の一点を指さした。煮《に》えたぎる闇空《やみぞら》の彼方《かなた》から、逆巻《さかま》く雷雲《らいうん》を切り裂《さ》いて、なにか黄金色のものが駆《か》けてくるところだ。大きくて、力強くはばたくもの。

「…… 竜《ドラゴン》か……!」若者は思わず感嘆《かんたん》の声をあげ、

「すげぇ」大男は健康この上ない歯を見せてニヤッとした。「やってくれるじゃん、姐《あね》さん!」

竜はみるみる近づいてきたかと思うと、三人のいる崖の上で何かを探るように旋回した。女はふたたび、笛を取り上げ、吹いた。竜は、了解《りょうかい》した、とばかりに、耳をつんざく叫《さけ》びをひとつあげ、颯爽《さっそう》と舞いおりてきた。

崖の突端にうずくまった竜はちょっとした船ほどの大きさだった。折り畳《たた》まれた鱗足《うろこあし》を台にして、三人は竜の背中に攀じ登った。そこは充分に広かったが、てがかりに乏《とぼ》しかった。振《ふ》り落とされたらひとたまりもない。三人は、長い首と足のつけねに何重にも綱《つな》をかけ、それぞれのからだを留め、はさみこみ、しがみついた。

「さぁ、お願い」女が言うと、竜はのそりと立ち上がり、崖を蹴《け》って宙に踏《ふ》み出しながら、偉大《いだい》な翼《つばさ》を広げた。

たちまち三人は嵐《あらし》の渦中《かちゅう》にあった。ゴウゴウと風はうなり、冷たいみぞれが叩《たた》きつけた。すぐそばを駆け抜けてゆく稲妻《いなずま》のせいで帯電した大気に頬がふわりと撫《な》でられたかと思うと、真空の目に見えぬ無数の刃《やいば》が服や髪や肌を薄《うす》く切り裂いた。

崖ひとまたぎの飛行だったが、ひどく長く感じられた。やがて、竜が突然、魚が水にでも潜《もぐ》るように身をひるがえした。あまりの急降下に、背中の三人は骨も折れよと押し潰《つぶ》された。息もできない。胸苦しさに、顔色が青ざめ、ほとんど気を失ってしまいそうになった時、竜がバサリと翼を広げ、姿勢を変え、制動をかけた。そして気がつくと、三人は、魔王の城の開けっぱなしの門の前にたどりついていたのだった。

それは途方《とほう》もなく大きな大理石の門だ。用心しいしい、そっと潜《くぐ》ると、中がまた、とりとめもないほど広い部屋だった。床《ゆか》に敷《し》き詰《つ》められた赤と白の市松模様のタイルが、部屋の向こう端《はし》ではピンクにぼやけて見えるほど。そのやたらと贅沢《ぜいたく》に広い空間に、動くものはない。がらんと殺風景《さっぷうけい》である。

「……妙に静かだな……」大男は鼻をうごめかした。「なんだって無人なんだ？　化け物どもの匂《にお》いはぷんぷんするのによ」

「奥に行ってみましょう」女はすたすたと進みだした。「あっち側のほうが、邪悪《じゃあく》の気配が濃《こ》いわ」

「俺が先だ」若者は足を早めて、女を追い越《こ》した。「どこになにが隠《かく》れているか、わからないんだから」

かばわれて、女は、何か言おうとした。が、若者は、抜きはなった剣を油断なく構えたまま、ずんずん先に進んでゆく。女はくすぐったそうにかすかに頭を振ると、黙《だま》って若者のあとに従った。

ただただ長い廊下《ろうか》を抜け、ひたすら大きな部屋を通り抜け、どこまでも奥へ奥へ進んだ。どこまで行っても、生きて動いているものに出会わない。たくさんの生き物が息を殺しているような、ついさっきまでうろついていたような気配だけが、濃厚に漂っている。

「うさんくせぇな……どうも簡単すぎるぜ……」大男は最後尾《さいこうび》であたりを見回しながら、ぶつぶつ文句《もんく》を言い続けていた。「こんなすげぇ城なのに、なんで護衛とか、番人とかがいねぇんだ?」

「待って!」つきあたりになった廊下《ろうか》の端を塞《ふさ》ぐ扉を引き開けようとした若者に、女が声をかけた。「そこだわ……その扉の向こうに、何か恐ろしいものが待ち構えているみたい」

三人は互《たが》いにからだを寄せ合い、緊張した顔を見合わせた。

「だからよ、どうせ、魔王ムドーなんだろう?」大男が言った。「いっちょ、さっさとつっこもうぜ!」

「そうね。……ここまで来て、ためらっていてもしかたないわ」女は目を伏《ふ》せた。「でも……ふたりとも、気をつけて」

「よし」若者はゴクリと唾《つば》を飲んだ。「じゃあ開けるぞ」

若者と大男は、それぞれ、左右の扉の取っ手に手をかけ、目と目を見交わしあった。

呼吸をあわせて、同時に、グイッと引っ張る……。

「ああっ! なんだ?」

「え? こ、この部屋は……!?」

邪悪な毒蒸気《どくじょうき》か、魔法力の気配か。壁も床も天井《てんじょう》もまったく見えない。熱く甘く吸い込むと胸を焼け焦《こ》げさせ手足を痺《しび》れさせるまばゆいピンク色の雲のようなものが、部屋いっぱいに充満《じゅうまん》し、ふわふわとギラギラと対流している。

三人は激《はげ》しくむせ、咳《せ》き込み、涙《なみだ》をこぼした。手足の先が知らず知らずのうちにこまかに痙攣《けいれん》しはじめている。なんとか逃げ出そうとしたのだが、足はもつれ、膝は砕《くだ》け、大気は粘《ねば》って機敏《きびん》な動きを許さない。鼻と口は何か目に見えないものにべったりと塞がれたようで、息が苦しい。

「う……うわ！」

「きゃあっ！」

やがて錯覚《さっかく》なのか現実か、三人は、痺れて自由にならないからだがいとも軽々と宙に浮《う》き上がるのを感じた。見えないひとつの円環《えんかん》にとめつけられ、ぐるぐる回されているようだ。壊《こわ》れて嫌《きら》われた人形のように、つかまれ、振り回され、放り出されようとしているのだ。

「うわはははは！　いいざまだ。なんと他愛《たあい》のない、なんと愚《おろ》かなものたちか！」魔王の高笑いが聞こえる。「その程度の力で挑戦《ちょうせん》してくるとは、ふふふ、俺さまも甘く見られたものよ。その傲《ごう》慢《まん》の代償《だいしょう》に、永遠の時を嘆《なげ》き悔《く》やむがよい！　わははははは。わーっはははは！」

ピンクの霧の奥底で、巨大な魔王の双眸《そうぼう》が異様なふたつの光を放った。三人はよるべなく宙に浮かんだまま、くるくる回転させられたまま、おのが体が、異常なほど冷たく固く重くなってゆくのを感じた……冷たく、固く、重く、命を宿すことのできない石のすがたになるのを。

魂《たましい》は、まるで周りからだんだん凍《こお》ってゆく水の中に閉じ込められた魚のようだった。暴れ、もがき、なんとか締《し》めつけてくる枠《わく》を破壊《はかい》して逃《のが》れ出ようとした。だが、水は徐々《じょじょ》に凍《こお》り、容赦《ようしゃ》もなく凍り、どんどん凍り、あまりの冷たさに魚は、尾を振る元気もなくなってしまうのだ。そしてやがて、最後の最後の中心部分の水もすっかり凍りつく時が来る。魚もまた、水と一緒《いっしょ》に固く凍って、もうぴくりとも動けない……。

……きしょう、ふざけるな……！

魚は……いや、若者は、熱い忿怒《ふんぬ》に瞳を燃やす。

こんなバカな。こんなはずはない。俺たちが、こんなみじめな負け方をしていいわけがないじゃないか！

俺は、俺は、必ずなんとかして切り抜けて、脱出《だっしゅつ》して、復活して、もう一度準備をして、必ずもう一度ここに来て、必ずこんどは、ムドー、おまえを、倒してやるぞ……！

見てろ。

負ける……もんか———っ！

第1部　魔王ムドー

1 旅立ち

「……ひゃー……！」

使いこまれてカサカサに乾燥《かんそう》しきった掌《てのひら》が、ダラリと垂《た》れ、脱力《だつりょく》する。

おかげでドスンと乱暴に地面に落ちた背負い袋《ぶくろ》が、もうもうとひどい砂埃《すなぼこり》を舞《ま》い上げる。通りすがりに偶然《ぐうぜん》砂の渦《うず》に巻き込まれた婦人が、迷惑《めいわく》そうにコホコホと咳《せき》をしたが、若者はまるで気づきはしなかった。

「……へぇー。これがお城ってもんか」ひとりごとにしては大声だ。「……立派《りっぱ》だなぁ！」

肩幅《かたはば》よりも少し広めにがっしり踏《ふ》んばった両足を包《くる》むのは、つまさきを鋼《はがね》で補強した頑丈《がんじょう》そうなブーツだ。子供っぽく短めに尻《しり》っぱしょりしたツギハギだらけのチュニックの胸で、物思わしげに組んだ腕《うで》はそう太いわけではないが、つやつやに日焼けし、油でも塗《ぬ》ったようなブロンズ色に輝《かがや》いているのがたくましい。

若者が立っているのは、近在をまとめるレイドック王の城のお濠《ほり》にかかった跳《は》ね橋《ばし》の、手前のちょっとした広場だった。

ここから大通りがまっすぐ南に、より細い道が東西に何筋も伸《の》びてゆく。ちょうど午後も早目の暖かいころ、さまざまな店や屋台や民家が立ち並《なら》んでいることもあって、周囲の人通りは、かなり多い。

　にぎやかで忙《せわ》しない城下の町に暮《く》らすひとびとにしてみれば、通行の邪魔《じゃま》になっているのにも気づかず、人目を気にすることもなく、口をぽかんと半開きにしたまま、お城に見蕩《みと》れてぼうっと立ちつくしているやけに色の黒い若者は、見るからに田舎《いなか》じみてみっともなかった。

　古臭《ふるくさ》い脚絆《きゃはん》も手甲《てっこう》も、泥《どろ》や干し草の切れっぱしに汚《よご》れたブーツも、花の都会のここいらでは、誰《だれ》ひとり見たことがないような古色蒼然《こしょくそうぜん》たる品物だ。老人や母親世代の女たちは心配そうにあるいは微笑《ほほえ》ましそうにそっと見ては無事を祈《いの》る仕種《しぐさ》をして通りすぎていったが、同年配のシャレた服装《ふくそう》の男たちは露骨《ろこつ》に軽蔑《けいべつ》の横目を使い、若い娘《むすめ》たちは呆《あき》れたりクスクス笑って面白《おもしろ》がったりして、互《たが》いに肘《ひじ》でつつきあった。

「くせーくせー！」ナマイキ盛《ざか》りの子供たち三人組などは、露骨に鼻を摘《つま》んで通っていった。

「おいっ、なんかこのへん、変なニオイがしてないかあ？」

「イナカくせー！　イモくせー！」

　甲高《かんだか》い声でギャハギャハ笑われて、若者も、ようやく自分が道を塞《ふさ》ぎ、注目のまとになっていることに気がついた。言われてみれば確かに、ブーツの底にべったりと、乾《かわ》きかけの牛糞《ぎゅうふん》がこびりついている。

　若者はちょっと顔を赤らめた。跳ね橋の板の端《はし》に足を持っていって、そっとこそげ落としていると。

「こらこら！」跳ね橋の向こうで、旗のついた槍《やり》を持って立っていた兵隊があわてて走ってきた。

「汚《きたな》いことをするんじゃない！　無礼《ぶれい》なやつめ、しっしっ、あっちに行きなさい」

「どうも。すみません」若者は素直《すなお》に謝《あやま》った。「へへっ、こんちは。えーと……あの。ちょっとお城にいれてもらえないかな？」

「なんだ」兵隊はふん、と息をついた。「おまえ、志願兵だったのか。それなら、もう少し待っていなさい。もうじき、鐘《かね》が鳴るから、そうしたら……」

「志願兵？」若者は首をかしげた。「ちがうちがう、兵隊になりたいわけじゃないんだ。ただ、俺《おれ》、王さまに、ちょっと用があってさ」

「王さまに用がある、だと！」兵隊は声をオクターブも高くした。「口のききかたに気をつけろ、身の程知らずなやつめ！　畏《おそ》れ多《おお》くももったいなくも、陛下《へいか》がおまえのようなやつに、そんなに簡単《かんたん》にお会いになるものか！」

「ちょっとぐらいいいだろ！　会えないと、こまるんだ」若者は唇《くちびる》をとがらせた。「王さまなら、きっと何か、いい考えがあるんじゃないかと思うんだ」

「ワガママを言うんじゃない！　陛下はすこぶるお忙《いそが》しいのだ。魔王《まおう》ムドーを倒《たお》すため、昼間はもちろん夜中まで、ここんとこずっと一睡《いっすい》もなさらずに働いておられるほどなんだぞ」兵士は飛びだし気味の大きな目を悲しそうに潤《うる》ませた。「このままでは、遠からず倒れてしまわれるかもしれない。我々《われわれ》兵士は、胸が痛くなるほど心配しているというのに……この愚鈍《ぐどん》きわまりない不埒《ふらち》ものめが！　一般大衆の分際《ぶんざい》でなにをスットンキョウな……おーっと」

城のどこか高い塔《とう》で鐘が鳴りだした。兵隊はあわてて旗槍《はたやり》を持ち直すと、胸を張り、踵《かかと》と踵を打ちつけて、ピッと直立不動の姿勢を取った。

跳ね橋の向こうで扉《とびら》が開く。揃《そろ》いの華《はな》やかな衣装《いしょう》をつけた儀仗兵《ぎじょうへい》たちが六人、整然と陣形《じんけい》を成して、ザッザッザッと行進してくる。と同時に、橋のこちら側の広場の中にも、いつの間にか、さまざまな年ごろさまざまな顔つきの男たちがぞろぞろと集まってきたのである。

若者があっけに取られているうちに、儀仗兵たちが広場までたどりつき、ひとりが、恭《うやうや》しく巻き物を広げ、そっくりかえるようにして、これを読んだ。

「志願兵諸君！　諸都市諸地域からここに集まった、憂国《ゆうこく》の若者たちよ！　よくぞ来た。レイドックは諸君を歓迎する。ソルディ兵士長から話があるので、みな、ついて来るように」

六人は、脚《あし》を高々とあげながら、クルリと反対向きになった。その戻《もど》ってゆく後ろにつき従って、男たちがぞろぞろと城に入ってゆく。

若者は当惑《とうわく》に目をぱちくりさせていたが、ふいに肩に、重みと温かさと分厚い掌《てのひら》を感じて振《ふ》り向いた。

「よう、おまえさん、行かねぇのか？」筋肉もりもりの大男である。頭のてっぺんのひと筋だけを残してツルツルに剃《そ》りあげてある頭が、いかにも獰猛《どうもう》そう、喧嘩《けんか》が強そうだ。「さっきから、ずーっと、そこらにいたろ。入れてもらえるの、待ってたんじゃねぇのか？」

「いや、俺は……」頭を横に振りかけて、若者は、考え直した。「そうだな。ともかく、行ってみるか」

「俺、ハッサンってんだ」歩きながら、大男は自己紹介《しょうかい》をした。「諸国遍歴《へんれき》をしながら格闘王《かくとうおう》をめざしてるんだけどよ、そろそろ、先立つものが心細くなってきてな。傭兵《ようへい》はいい稼《かせ》ぎになるから、ちょっくら混ぜてもらおうと思ったのによ。さすが名高いレイドック軍は、敷居《しきい》がたけぇぜ。これで都合《つごう》四度めの挑戦《ちょうせん》になる。……こうなりゃ男の意地だもんな」

「そんなに何度も？　負けずぎらいなんだな」

「ふふふ。おまえも、見たとこ、なかなかいいカラダしてんじゃねぇか。根性、ありそうだしよ。ほんといって、ここに集まってる中じゃ、俺の次くらいに強そうに見えるぜ？　……なぁ、ナイショで教えろよ。おまえ、ふだん、いったい、どんなトレーニングをしてンだ？」

「俺の名はイザ。ライフコッドから来たんだ」若者は言った。「特別鍛《きた》えてたわけじゃない。うちの畑って、ひどい斜面《しゃめん》でさ、おまけに土地が痩《や》せてて、一度使うと三年かそこら寝《ね》かさなきゃ作物が実らないんだ。だから、樵《きこり》仕事だの、岩砕《くだ》きだの、しょっちゅうカラダ使って……気がついたら、こうなってた」

「なぁんだ。おまえ、明るい農業青年だったのか」ハッサンは、牙《きば》のような犬歯《けんし》を剥《む》きだしにしてニヤッとした。「そいつは実にまったく健全《けんぜん》だな。丈夫《じょうぶ》でまじめで働き者で田舎《いなか》のオッカアの自慢《じまん》の息子《むすこ》、ってわけか？」

「ありがとう」イザと名乗った若者は、明るく返事をした。「けど、俺には親はないんだ。小さいころ死んだ。家族はターニアっていう妹ひとりだけだ」

「おりょ……そうか。そりゃあ、悪いこと言っちまった」ハッサンは、ぼりぼり鼻の頭を掻《か》いた。

「おまえの妹なら、美人だろうな」

「もちろん」

「そーかそーか！　こりゃ長いつきあいになりそうだな。んじゃま、イザ、お互い、いっちょ、がんばろうぜ」

ドスンとひとつ張り手をかまされると、イザはしばらく息ができなくなった。きっとハッサンのでっかい手形が背中にくっきりと赤くついただろう。


「よくぞ集まってくれた、心あるものたちよ」

赤毛赤髭《あかひげ》のソルディ兵士長は、背中の後ろで手を組み、銀の鋲《びょう》をいくつも打ちつけたブーツの踵《かかと》をコツコツ音高く響《ひび》かせながら、志願者たちの前をいったりきたりした。

「だがしかし、せっかくの志《こころざし》ではあるが、志願してくれるもの全員を、我がレイドック城の栄《えい》誉《よ》ある兵士にするわけにはいかないのだ。根性のないもの、努力する気のないものを部下に持つのは、錆びた釘で家を建てようとするようなものだ。大風が吹《ふ》けば、そこから全体が壊《こわ》れる。ひとりの見かけ倒しをうっかり見過ごしにすれば、わたしは、わが祖国を滅亡《めつぼう》させることにもなりかねん。よって、わたしに、きみたちを厳《きび》しく試《ため》す機会を持たせてもらいたい」

ソルディ兵士長は脚《あし》を止めると、きっちり九十度、くるりと回って、志願者たちをまっすぐに見た。

「この城より南に、試練《しれん》の塔と呼ばれる場所がある。その塔に行き、ある物を手にいれてきてもらう。何を手にいれればいいのかも、各自が考えるように。頭を働かせることのできない兵隊は、飛べない蜂《はち》も同然だからな。いくら剣を……針を持っていても、どこを刺《さ》すべきかを知らなければ何の役にもたたぬ」

居並んだ志願者たちのいずれも生《き》まじめな顔つきを端から端まで鋭《するど》い眼光で見渡《みわた》すと、ソルディ兵士長は、口髭をゆがめて微笑《ほほえ》み、黒い手袋をはめた手をサッ、と掲《かか》げた。

「さあ、行け！　鉄壁《てっぺき》の精鋭《せいえい》部隊よ！　試練の塔の扉はいままさに開かれたっ！」

放たれた矢のようにいっせいにけんめいに飛びだして行く志願者たちのすがたを見守って、満足そうに目を細めてうなずきかけ……ソルディ兵士長は、目の端に、いまだに居残っているひとりを見つけて、ギョッとした。

「なんだ、きみは。なぜ行かない？　後《おく》れをとれば、それだけ、ほかのものに、くじけぬこ……おっと、ある物を手に入れられてしまう可能性が高まるぞ」

「すみません。俺、実は、兵隊になりたいわけじゃないんです」イザは悪びれずに言った。「そのふりをしないと、お城に入れてもらえなかったもんだから、嘘《うそ》をついたんだ。……兵士長さん、お願いします。俺を、王様に会わせてください。魔王ムドーのことで、大事な相談があるんだ。ほんとなんだ」

「………」ソルディ兵士長は無言のまま、カッと目を開いてこの素朴《そぼく》な身なりをした若者を見つめていたが、やがて、大声をあげて笑いだした。「きさま、なりは大きいが、まだまだ世間《せけん》知らずの子供だな？　そんな澄《す》んだ瞳《ひとみ》をして、おとなをからかうんじゃあない」

「からかってなんかいませんよ！」イザはむくれた。「王さまに話してみてください。『幻《まぼろし》の大地』を見てきたって言ってる、って。山の精霊《せいれい》さまから、祭りの夜、お告げがあったんだそうだ、って！」

「あー、そいつぁ大変だ。いやはやまったく、たいしたもんだ」ソルディ兵士長はうるさそうに手を振った。「陛下は、いまあまりにもお忙しいのだ。世界指折りの学者と共に、古い文献《ぶんけん》の解析《かいせき》に心血《しんけつ》を注《そそ》いでおられる。これはこの世でも有数の知恵をお持ちであられる陛下にしかおできにならぬ研究だから、きさまのような暇人《ひまじん》に、貴重《きちょう》な陛下のお時間をお割《さ》かせ申し上げるわけにはゆかぬ！」

「そんな」

「だが……ふむ、そうだな。もしも」ソルディ兵士長は、じっとイザの目を覗《のぞ》き込んだ。

「もしも、おまえが、みごと塔の試練を乗り越《こ》えて、立派な兵士となったなら、きっと会えるぞ」

「なるほど」イザはしかたなさそうに笑った。「わかりましたよ。じゃ、急いで、その秘密《ひみつ》のなんとかってヤツを取ってきますから！」

走り出てゆくイザの後ろ姿を赤い口髭をひねりながら見守ると、ソルディは、やれやれ、と肩を落とした。

「よろしいのですか、あのような約束《やくそく》をなさって」儀仗兵のひとりが心配そうに言った。「ああでもおっしゃらなければ、いつまでもしつこくつきまとったのでしょうが……ひどく純粋《じゅんすい》な少年のようです。完璧《かんぺき》に本気にしましたよ」

「会える、とは言ったが、すぐに会えるとは言っておらん。そりゃ、兵士になれば、一生の間に一度くらいは、陛下にお目みえする機会がないことはないだろう？　最悪の場合、退官の時には、直々《じきじき》に勲章《くんしょう》を頂戴《ちょうだい》するはずだ」

「あっ……ソルディさま、ずるい、ずるい！」

「さよう、わたしはずるい。ずるいくらいでなければ、兵士長などつとまらん」ソルディはつまらなそうにフン、と鼻をならした。「どだい、あの子には無理だよ。もっとずる賢《がしこ》そうなすばしっこそうなものが大勢、先に出発しているのだし。……こう言ってはなんだが、わたしは、あの子を、兵士にしたくないような気がしたのだ。剣を握《にぎ》らせ、兜《かぶと》をかぶせて、敵を殺せと教えるのが、なにかひどく畏《おそ》れ多《おお》いような気がしてな……まぁ、気の迷《まよ》いだろうが。あるいは、あの子の、なんとも純朴《じゅんぼく》で透明《とうめい》なところを汚《けが》したくなかったのかもしれない。若さというのは、ほんとうにまぶしいものだ」

城下町の門番に教えてもらった道は、迷いようのない一本道。問題の試練の塔も、ひとめでそれとわかるようなしろものだった。

石ころだらけの荒《あ》れ地《ち》の中にぽつんとひとつ、だんだん小さくなる円柱を重ねたような古めかしい様式で造られた建物が、空を突《つ》き刺して伸びているのだ。ほんのかすかに傾《かたむ》いているところが、なんとも危《あぶ》なっかしい。雨や風にすり減った黄色っぽい煉瓦《れんが》は、ちょっとつついたら崩《くず》れてしまいそうに見えた。

左右に寝そべった獅子《しし》の像《ぞう》のある正面入り口の前では、正装《せいそう》した兵隊がひとり、握った槍にもたれるようにして、こっくりこっくり眠《ねむ》りこんでいた。イザが、こんちは、と声をかけると、兵隊は、ヒャア、と叫んで飛び起きた。

「……なんだ。ふー、脅《おど》かすなよ。ネルソン隊長かと思っちゃったぜ」冷《ひ》や汗《あせ》を拭《ぬぐ》うために兜をおろしたところを見れば、ずいぶん若いあどけない兵隊だ。「やあ、起こしてくれて助かったよ。うるさい先輩《せんぱい》に見つかったら、たるんどる！　って、ぶっとばされちゃうところだった」

「へえ。厳しいんだな、兵隊って」

「そうなんだ。朝は早いし規則はうるさいし。飯《めし》は、なかなか悪くないんだけどさ。こんなことなら、あのまま田舎で魚漁ってたほうがよっぽど……あれっ？　ひょっとして、きみも志願兵なの？　ずいぶんごゆっくりだったじゃない。それにその貧弱《ひんじゃく》な装備《そうび》……あー、よしなよしな。悪いこと言わないから、あきらめなよ。いまからじゃ、どうせ間に合わないし。怪我《けが》するだけ損《そん》だよ」

「そうもいかないよ」イザが顔をしかめた、そのときだ。

数人の兵隊に抱《だ》きかかえられて、誰《だれ》かが運びだされてきた。立派な鎧《よろい》をつけた大柄《おおがら》な男だ。真っ青《さお》な顔をし、焦点《しょうてん》のあわない目をして、腹のあたりを押さえている。

「薬草は飲んだか？ 医者が要《い》るか？」

「いっそ、まっすぐに教会に連れて行って欲しいか？」

兵隊たちに口々に訊《たず》ねられても、答える気力もないようだった。

「ほらね」と番兵《ばんぺい》の少年が肩をすくめた。「試練っていうと、どうせ本番じゃないんだろって甘《あま》く見るヤツがいるみたいだけどさ、それは大きな間違《まちが》い。ここって、はるか昔《むかし》に失われた謎《なぞ》の宗教の遺跡《いせき》でさ。いけにえにされたやつの怨念《おんねん》が渦巻《うずま》いて強烈《きょうれつ》な呪《のろ》いがかかってるうえ、魔物もじゃかじゃか寄ってきてるんだ。噂《うわさ》じゃ、わざわざ餌付《えづ》けして集めてるんだって」

「何のために!?」

「強い兵隊を作るためさ」番兵は、そのポーズが得意なのか、もう一度大きく肩をすくめた。「魔王ムドーを倒すためには、ハンパな覚悟《かくご》じゃだめだ、心底本気でやるしかないって、レイドック不眠王が命令なさったんだって」

「でも、きみだって兵隊だろ。その難《むずか》しい試験に通ったんだ。すごいじゃないか」

「運が良かったのさ」少年はツンと唇《くちびる》をとがらせて言った。が、すぐに、顔を赤くし、小声で囁《ささや》いた。「ほんとはね、違うんだ。一緒《いっしょ》に試験うけた中に、すんごくでかくて強いくせに、てんで学がなくて、自分の名前も書けないのがいてさぁ。書いてやるって騙《だま》して、やつのほうの書類に俺の名前書いたんだ……そんなことしなきゃ良かった。けど、あのときは、他人を蹴落《けお》としてでも絶対合格したかったんだ」

その『でかくて強いくせに学のないの』にはきっぱり思い当たるフシがあったが「ふうん」と、イザはとぼけた。「じゃあ、俺も、とにかく、がんばってみるよ。ありがと！」

入り口から一歩中に踏《ふ》みこんで、イザは思わずすぐに立ち止まってしまった。

明るいおもてから来た瞳には、真っ暗といってもいいほどに暗かった。遠くの壁に二つ並んだ燭《しょく》台《だい》がぼうっと赤く光っている。黴臭《かびくさ》くて埃《ほこり》っぽい空気が音もなくもやもやと漂《ただよ》っている。

少し目が慣れてくると、あたりの様子がおぼろげにわかってきた。煉瓦積《れんがづ》みの壁が左右対称形に立ちはだかって、あたりを狭苦《せまくる》しい廊下《ろうか》のようにしている。ろくに窓もない長細い通路が、くねくねと入り組んで続いているかと思うと、角を曲がって見えなくなっている。

迷路だ。塔の中は複雑なダンジョンになっているのだ。

「……すごいな……」

頬《ほほ》を掻《か》きながら、イザはつぶやいた。こんな狭くて暗いところを手探りで進むなど、気がすすまない。行く手には何が待っているかもわからないのだ。

と。

「……ぎゃあっっ！　やられたぁっ！」

燭台の向こう側のどこからか、苦しげな悲鳴《ひめい》が聞こえてきた。イザは走った。背中の剣をサッとひき抜きながら。

めくらましのように立ちはだかった壁のあたりから、呻《うめ》き声がする。乏《とぼ》しいあかりを透《す》かして覗《のぞ》きこむと、どうやら、誰か倒れているようだ。青っぽい甲冑姿《かっちゅうすがた》の、志願兵らしい。駆《か》け寄ろうと踏みだしたイザの足の裏が、いきなり、カッと火でも押しつけられたように痛んだ。あわてて飛びのき、目をこらして見れば……なんと、その床《ゆか》には、一面、鉄鋲《てつびょう》のような棘《とげ》のようなものが生えているではないか。

毒でも塗ってあるのか、ギラギラ不気味《ぶきみ》に赤紫色《あかむらさきいろ》を帯《お》びて輝く棘の列は、避《さ》けて歩くには密集しすぎている。遠回りをするか、怪我を覚悟《かくご》で踏んでゆくしかないようだ。

「……ちくしょう！　なんて陰険《いんけん》な仕掛《しか》けなんだ」

イザはとりあえず、剣をしまった。

倒れているひとはピクリとも動かない。死にかけているのかもしれない。助けようとすれば、ただでさえ出遅《でおく》れている自分がますます不利になることはわかっていた。だが、それだけに、ほかのみんなは、もっと上のほうの階に行ってしまっていて、このひとに気づいていない可能性も高い。ほうっておくわけにもいかないではないか。

そうっと慎重《しんちょう》につまさき立ちで歩いてカスリ傷程度ですむように祈《いの》りながら近づくか——この方法だと、焦《じ》れったいし、イライラしてちょっと気をそらすと転んだりして思いきり怪我をしそうでもある――勢いをつけてできるだけ遠くまでジャンプを繰《く》り返すか――この方法だと間違いなく、一歩一歩はグッサリ奥まで刺さるだろう――イザが困り迷っていると、倒れているひとが不意に、低く呻《うめ》いた。いかにも痛そうに、苦しそうに。

イザは思いきり助走をつけ、飛んだ。

倒れているひとのそばまで達するのに、四歩着地し、四回刺された。四回目の棘はなんだかほかのところよりも長くて、足の甲《こう》まで突き抜けたような感じがした。

「……ぐうっ……つつう……た、たた……。おい、あんた。だいじょうぶか！」

イザはそのひとを抱《だ》き起こした。いかつい顔をした男だった。肩をゆさぶると、あぶら汗《あせ》に濡《ぬ》れ、げっそりとした顔の中、まつげが震《ふる》え、うっすら目が開く。

「……おお。おお？　……助かったのか？　誰か知らんが……まことにかたじけない……」

「そら、おっさん。薬草だ。しっかりしろよ」

手持ちの薬草を擂《す》り潰《つぶ》して飲《の》ませると、男は咳《せ》き込み、激《はげ》しく深呼吸し、それから、ふうっ、と肩を落とした。少し顔色がよくなったようだ。

イザは男をおぶうと、床の棘のない部分まで運んでやった。ふたり分の重みに足はますます痛んだが、歯を食い縛《しば》ってこらえた。

「いや、すまん。ありがとう」と男は言った。「こんな立派な防具を持っているのだから、仕掛け床ごとき、たいしたことはないだろうと甘く見たのが敗因だった……油断はするもんじゃないな……おや、きみは兵士ではないのか？　ひょっとすると、志願者のひとりか？」

「そうだ」強がって平気な顔をしてみせてはいたが、実はヒリヒリ痛い足を一刻も早くなんとかしたかったので、イザはぶっきらぼうに言った。「元気がでたようだな。もう、ひとりでも戻れるだろ？　俺、行くよ」

「では……きみは、自分の勝負を後回しにしてまで助けてくれたのか!?　……おお、なんと高潔《こうけつ》な若者なんだろう」男は目を潤《うる》ませた。「待ってくれ。これを受け取ってくれ。せめてもの恩返しだ」

渡《わた》されたのは、何かの武器らしい。鎌《かま》のような格好をしているが、刃《は》はついていない。白っぽくて、薄《うす》くて、ツヤツヤとなめらかだ。どうやら、動物の骨を削《けず》って磨《みが》いたもののようだ。

「ブーメランというんだ。わたしの部族の伝統《でんとう》の魔よけ道具だ」男は持ち方を教えてくれた。「こんな風に持って、こう投げれば……そら、手元に戻って来るだろう。おまけにこれには偉《えら》い賢者《けんじゃ》の浄《きよ》めの魔法がかかっているんだ。邪悪《じゃあく》な性質のものは、これに触《ふ》れると、触れた部分を失ってしまう。一度に複数の魔物を相手にしなくてはならない時には、とても有利なはずだ」

「だろうな」イザはうなずいた。「助かるよ。ありがとう」

男は、上に通じる階段のありかを知っていた。昇《のぼ》るイザと入り口に向かう男は、そのそばで、手を振って別れた。……相手が見えなくなると、イザは、即座《そくざ》に段のひとつに座り、剥《む》き捨《す》てるように靴《くつ》を脱《ぬ》ぎはがし、その内側が真っ赤に濡れているのを見て、ぶるっと震えた。

血を見たとたん、痛みがずきんずきんひどくなって、精神集中が難《むずか》しくなりそうだった。イザは天井《てんじょう》を仰《あお》いで何度か深呼吸をし、グッと奥歯を噛《か》みしめて、気をひきしめた。

目を半開きにし、両手を顔の前でかざし、頭の中に、きれいな三角形を思い浮かべる。辺の部分に、光の粒《つぶ》を、糸でも巻きつけるように回転させる。光は最初弱々しく青いが、だんだんに黄色味をおび、薔薇《ばら》色がかり、やがて、力強い真紅《しんく》に輝くようになる。回転する光の速度があがり、赤い残像《ざんぞう》が繋《つな》がって一本の帯になり、三角形全体があかあかと燃えあがった瞬間《しゅんかん》、イザは唱《とな》える。

「……ホイミ……！」

たちまち、ズキズキが止まった。

「ふう」

イザは目を開け、足の裏を確かめた。傷という傷が全部ふさがって閉じている。もうどこも痛くない。ただし、流れ出てしまった血まで戻るわけではない。イザは布を出し、唾《つば》をつけて、ザッと足を拭《ぬぐ》った。底が穴だらけになってしまったブーツを透《す》かして見て、やれやれ、とため息をつく。これでは、雨が降ったらしみてしまう。どこかでうまく直してもらえればいいけれど。

二階もおおむね似《に》たような造りだ。狭苦しい廊下は入り組んだ迷路状になっていて、いくら歩いても先に進む手がかりがない。おもてから見た塔の高さからすれば、もっと上の階にたどりつけなければおかしいはずなのだが、昇りの階段が見つからない。

迷って焦《あせ》って行ったり来たり、焦《じ》れて走りまわっているうちに「うぷ……な、なんだ？」イザは、出合い頭に、ふたつ並んでぽっかりと宙《ちゅう》に浮《う》かんだ灰色の雲か煙《けむり》のようなものにつっこみそうになってしまった。

たちまち、それが振り向いた……というか、煙のからだの向こう側からこちら側へ、いかにも何か悪賢《わるがしこ》いことを企《たくら》んでいそうな目つきをした顔が、くるりと流れてきたのである。ギズモだ。

「魔物めっ！」

イザはあわてて銅《どう》の剣《つるぎ》を抜き、切りかかった。……すかっ……！　だめだ。なにせギズモのからだは気体も同然。切っても突いても、ほとんど痛くも痒《かゆ》くもないらしい。

へらへら顔であっさり攻撃《こうげき》を受け流すと、ギズモどもは左右からイザを囲み、口々にメラを唱え、火の玉を飛ばしてきた。必死に身をかわすイザの体勢の崩れたところに、ぶきみなからだをぶつけてくる。煙のからだに触《ふ》れられると、いうにいわれぬいやな感触《かんしょく》がした。なにかベットリと粘《ねば》る真っ黒いものに同化されそうな感じがするのだ。あわてて飛びのくと、すかさずもう一体が口を開いてふうと吹いた。いがらっぽい味の煙が押し寄せ、イザの口や喉《のど》に充満《じゅうまん》した。窒息《ちっそく》しそうだ！　無《む》我夢中《がむちゅう》で振り払い、やっとの思いで向き直った。敵はあいかわらずふたつ並んで浮かんでいる。余《よ》裕《ゆう》しゃくしゃく。ニヤニヤしてる。

「くそお……二対一なんて卑怯《ひきょう》だぞ……あっ、そうだ！」イザはさっき譲《ゆず》ってもらったばかりの武器のことを思いだした。複数の魔物を相手にする時に有利なはずの、ブーメランのことを。

「……これでどうだっ！」

シュイン、シュイン、シュイン！　ブーメランは飛んだ。小気味いい唸《うな》りをあげながら横ざまに飛んで、あっけにとられているギズモ二体の煙のからだをするりと抵抗《ていこう》もなく貫《つらぬ》くと、またイザの手元に戻《もど》ってきた。一瞬《いっしゅん》、全くなにも起こらなかったように見えた。ブーメランなんて、たいして役にたたないように見えた。だが……「き……きひぃぃいん！」……ギズモたちの憎《にく》らしい顔が突然、恐怖《きょうふ》に歪《ゆが》み真っ赤になったかと思うと、いやらしい煙のからだにめきめきと切り口が走り、みるみる上下に裂《さ》けてゆく！　ブーメランに触れた部分が消失してしまったのだ。

「よーっしゃあーっ！　もらったぁ！」

イザはすかさずもう一度ブーメランを飛ばした。こんどはもっといいところにヒットしたらしい。ぽむっ、ぽむっ！　あぶくでも弾《はじ》けるような音をたててギズモが消えてしまうと……ちゃりんちゃりん！　ゴールドが少々、床に転がった。

「うわー。貯《た》めこんでんな」拾い集めながらイザは頭を振った。

魔物たちはなぜかみなゴールドを持っている。強いものほど、うんとたくさん隠《かく》し持っているようだ。人間を襲《おそ》った時に、所持金を奪《うば》うのか。それとも、そもそもゴールドは魔物に属するものなのだろうか……後のほうの考えはちょっとゾッとするものだったが、いずれにしても、金はないよりあるほうがいい。故郷《こきょう》を離《はな》れ遠く旅しているものにとってはなおさらだ。

「魔物たちも、どっかでゴールドを使うのかな。魔物の世界にも、商店街《しょうてんがい》とか、歳末《さいまつ》セールとかがあったりして？　だいたいいったい何を売ってるんだろう？　それとも、時々こっそり人間の町に入り込んで、使って遊んでるのかな……うひゃー、こんど市場いったら気をつけてみよう。知らん顔して魔物がまじってるかもしれないもんなぁ」

イザが考え考え歩いてゆくと。

「……ハーイ。どしたの。きみも迷子《まいご》？」そのへんにしゃがみこんで煙草《たばこ》を吸っていた金髪《きんぱつ》の戦士風の女が、気さくに笑いかけてきた。「ここはだめ。行き止まりよ」

なるほど、見れば壁がたちはだかっている。

「じゃ、サヨナラ」イザがくるりと向きを変えようとすると。

「ねぇ、ちょっと待って。こっちに来てみてごらんなさいよ。ほら、ここの隙間《すきま》。……ね、あっち側にある宝箱が見えるでしょ」

「ほんとだ」赤く塗《ぬ》られた宝箱が、壁の向こう側に、まるで見せびらかすように置いてあるのである。「まだこじ開けられてはいないみたいだな、あれ」

「欲しいねぇ」女はため息をついた。「何が入ってるのか、すっごーく気になっちゃう。この壁が擦《す》り抜《ぬ》けられたら、あれに手が届くんだけどなぁ……ああ、悔《くや》しい。せめて唾つけちゃお。ぺっぺっ」

イザは無言だった。顔がにやけてしまうのをごまかそうと必死だったのだ。悔しいどころか、すこぶる元気が湧《わ》いてきた。なぜなら……無事な宝箱がまだこんな下の階にもあるということは、先に出発した連中が案外てこずっているということ、つまりは、自分にも、まだまだチャンスがあるということではないか！

届かぬ箱を潤《うる》んだジト目で見つめたきり腰《こし》をあげる気のないらしい女にさりげなく別れを告げると、イザは猛然《もうぜん》と先を急いだ。再び一階に戻り、今度は念入りにすみずみまで歩いてみた。おかげで、どくろ洗いだのアロードッグだの、ぼうっと輝く花穂《はなほ》をふるって攻撃してくる切り株小僧《こぞう》だのといった魔物たちと何度も出くわし、戦わなければならなかったが、銅の剣とブーメランでいずれも無事に切り抜けた。

徹底的《てっていてき》に調べてみたところ、一階からの昇り階段は、なんと合計三つもあるのだった！　そのうちひとつは、さっきさんざん迷った行き止まりである。残りふたつのうちどちらかが、さらに上の階に通じるだろうし、あの宝箱に到達《とうたつ》する道もあるはずだ。意気込んで突進した先は、あいにく狭い袋小路《ふくろこうじ》。となれば、残りのひとつこそが正解なのである。

「よぉし。もらったぜ！」

イザはわくわくしながら階段を昇った。何度も迷ったおかげで、勘《かん》がつかめたらしい。きっとこいらだろうと思ったあたりに、案《あん》の定《じょう》さっきの宝箱があった。壁の向こうから覗いている金髪女のわめき声をよそに開けてみると……「えっ」イザはがっかりした。パサパサ脂《あぶら》肪っ気《け》の抜けた鳥の羽根みたいなものが一本、入っていただけ。

「ちぇっ。なんだ。鎧か兜か何かだったら良かったのに」イザは羽根を肩ごしに投げ捨てようとした。

「ああっ、バカ！　物知らず！　それは『キメラの翼《つばさ》』だよ！」壁の向こうから女が叫《さけ》んだ。「それがあれば、一度行った町や村にはびゅうんとひと思いに飛んで行けるんだ……いらないんなら、あたしにおくれ！」

「へぇ。『キメラの翼』？　……いわれてみれば、けっこうきれいか」イザはしばらく羽根を眺《なが》めていたが、やがて、背負い袋にしまった。「ごめん。悪いけど、あげられないや。持って帰って、妹への土産《みやげ》にするよ」

「……そんな！　旅の戦士でもなきゃ、そんなもん、宝の持ち腐《ぐさ》れだよ。こら、返せ戻せ、よこせ……ケチー！　……」

わめく女を尻目《しりめ》に、またまた見つけた階段を昇り、ついに三階に達すると……。

「ようこそ」とある部屋の入り口に踏んばっている者があった。

不可思議な形に湾曲《わんきょく》した巨大な剣を携《たずさ》えた、いかにも強そうな甲冑兵だ。兜の房《ふさ》から拍車《はくしゃ》まで、装束《しょうぞく》はすべて、烏《からす》の羽根のように緑に光る黒色だ。

「わしはレイドック王軍第一分隊『黒の隊』隊長、ネルソンである。よくぞここまでたどりついた、誉《ほ》めてつかわす！　志あらば志願者よ、わしと戦って、うち負かしてみよ。ここを通り抜けなば近道とならん」

「ああ」なんだかずいぶんと気取ったものの言い方をするおじさんだなと思いながら、イザは背中の剣を抜いて構えた。「やってみます……お願いします！」

「よろしい」ネルソンはニヤリと笑うと、兜の面頬《めんぼお》を降ろした。「言うておくがな、真剣勝負だぞ。若輩者《じゃくはいもの》の志願者だからとて、わしは手加減はせぬ。まいった、と思ったら、早目に降参《こうさん》することだ……さぁ、こい！」

「うおりゃあっ！」

「むんっ！」

イザが突き出した剣を盾《たて》で軽く受け流すや、ネルソンは稲妻《いなずま》のような一撃を放った。ギラリとひらめいた刃《やいば》が一直線に空を裂いてズシリと落ちるその速さと重さは、断頭台《だんとうだい》さながら。間一髪《かんいっぱつ》で避けたイザは、目をぱちくりさせ、思わずからだを確かめた。良かった。まだついている。指も、ちゃんと動く。でも、もう少しで、腕《うで》を胴体《どうたい》から切り離されてしまうところだった……！

「手加減せぬ。そう言うたはずだ」ネルソンはしゃがれ声で笑った。「だによって、きさまも正真《しょうしん》正銘《しょうめい》、必死の本気でかかってくるがよい。さもなくば後悔《こうかい》するぞ！　わはははは！」

びゅう！　びゅん！　ネルソンは剣を振るった。中年とも思えぬすさまじい力だ。漆黒《しっこく》の刃《やいば》の旋風《せんぷう》だ。ひと振りごとに空気が焼けた。さしもの怪力《かいりき》ネルソンにとっても、この得物《えもの》は少々重すぎ大きすぎるらしい。どうしてもゆっくりの大振りになるから、避けて避けられないことはない。だが、いつまでもチョコマカ逃げてばかりいたのでは反撃できない。脚《あし》でももつれたら、一巻の終わりだし……なにより、やられっぱなしでは、悔しいではないか！

ははぁ兵隊たちに運び出されていた怪我人《けがにん》は、この隊長さんにやられたな、とイザは思った。まともにひと太刀《たち》食らったんじゃ、気を失うぐらいですめばいいほうだ。

その間にも、黒い刃《やいば》の熱風が首のすぐそばを、膝《ひざ》の下を、耳の脇《わき》を、ヒュンヒュン抜ける。刃物の巻き起こす空気のうねりだけでも、火傷《やけど》させられそうだ。

汗で滑《すべ》る手の中で銅の剣の柄《つか》をじわじわと持ち替えながら、イザはめまぐるしく頭をめぐらした。相手のほうがからだが大きい。力が強い。相手のほうが腕も剣も長い。……だが、速さは自分が上だ！　とはいえ……動きを読まれたら負ける、とすれば……！

「……どぅえぇぇぇえい！」

イザはいきなり大声をあげて突進《とっしん》した。思いきり高々と剣を振りかぶり、一気に敵の懐《ふところ》に飛び込むと見せておいて……くるりと一回転からだを回し、蹴《け》りを放った！　渾身《こんしん》の気合いをこめたつまさきが黒い兜の横っ面にヒットする瞬間《しゅんかん》、目庇《まびさし》の奥でネルソンの目が、仰天《ぎょうてん》のあまりまん丸くなるのが見えた。

「ぐわはぁっ！」

バランスを崩《くず》したネルソンの手から、黒い剣がすっぽぬける。床に転がったそいつは、いかにも重たそうな音がした。あわてて飛びついて拾おうとしたネルソン自身も、立派な装備がいささか固すぎ、重すぎた。うまく曲がらない膝や腰に苦労しながら、ぎくしゃくと不自由な動きを示すのを、イザが見逃《みのが》すはずがない。素早く背後に回って腕を逆手《ぎゃくて》にねじりあげ、敵の腰を自分の腰に乗せかけるようにしてどう、とばかりに仰向《あおむ》けに転がした。すかさず飛びつき、目を回しかけたネルソンの頭を抱え込み、甲冑の継ぎ目にのぞいた喉仏《のどぼとけ》の上に、銅の剣のきっさきをぴたりとつけた！

「……ま……ま、まいったぁっ……！」ネルソンはあわてて叫んだ。「待った。そこまで、そこまでぇえっ！」

「へへっ。やったぁ！」

イザは剣をひっこめ、手を貸してネルソンを起こしてやった。

「いや、みごとだ。驚《おどろ》いた」ネルソンは兜をはずし、汗を拭《ぬぐ》った。「まことにすばらしい体術だが……いったい、どこの国の流儀《りゅうぎ》なのだ？　……きさまのような戦いかたをする兵士を、これまでわしは見たことがない」

「野牛の毛刈《けが》りをする時のこと、思いだしてみたんだ」イザはちょっと照れながら説明した。「やつら、俺の二十倍も体重があるし、おっかない角はあるし、けっこう気が荒《あら》くって。まともに行くと、ふっとばされちゃうから」

「毛刈り……わしゃ野牛並みか……？」

ネルソンが鼻翼《びよく》を膨《ふく》らまし顔を紅潮《こうちょう》させるのを見て、イザは、ドキッとした。まずいことを言ったたろうかとちょっと不安になった。が。やがて、ネルソンは、ぶあつい唇をニヤリと歪《ゆが》め、天を仰《あお》いでガハガハ笑った。

「そうか。なるほど、きさま、どこぞの山村の出身か。どうりで、邪気《じゃき》のない瞳と、無駄《むだ》のない頑《がん》丈《じょう》そうなからだをしておると思うたぞ。いや、りっぱ、りっぱ。たいしたものだ。きっといい兵隊になるだろう……さぁ、通れ、通れ！　がんばって、捜し物を続けるがいい」

「どうも！」イザはぴょこんとお辞儀《じぎ》をし、さっそく進もうとした。

「……おう、待て」ネルソンが低い声で呼び止める。

ああ、やっぱり野牛なんて言ったから怒《おこ》ってるんだ！ イザは、首をすくめて、ゆっくりと振り向いた。ネルソンは、半分まぶたを閉じた瞳でイザをじっと見つめ、よく響く声で言った。

「ぶじ、合格したら、きさま、『黒の隊』に入れよ」

イザはニッコリしたが、内心ちょっと困《こま》ってもいた。なにしろ……うっかり忘れかけていたが、言われてみれば、もともとほんとうのところ、お城の兵隊になりたいわけではないのだ。王さまに会って『幻の大地』の話が聞ければ、それでいいのである。

「がんばります」

しかたなくうなずいて、イザは先を急いだ。


一定の方向にツルツル滑るうっとうしい仕掛け床をやっとの思いで通りぬけてみると、路《みち》はやがて、塔のおもて、雨ざらしになった外側のテラスのような部分に通じた。どっちへ行ったらいいのかとウロウロきょろきょろしているうちに、イザは、たまたま出会ったほかの志願者に一階下まで突き落とされた。親切そうな奴《やつ》だったのが小面憎《こづらにく》い。油断も隙《すき》もありゃしない。

「ひとが背中向けたとたんに突き飛ばすんだからな……ったく、魔物より始末が悪いや」

ブツブツ言いながら再び駆けあがった先で、また誰か、天井に頭のつかえそうなほど大きな影《かげ》とバッタリでくわした。

「やるか……っ！」思わず全身緊張《きんちょう》して身構えたところ、

「あれ、おー。イザじゃん」筋肉むきむきの大男が、ひとのよさそうな顔を微笑《ほほえ》ませた。「よー、元気か。また会えたな」

「ハッサン」イザは肩を落とした。「おまえ無事だったんだな」

「まーな。今回の魔物は案外弱っちーし、薬草もいっぱい買ってあったから、けっこう楽ちんだったけどよぉ……しっかし、正直、いい加減疲れたぜ。どの道行ってみて、どの道はまだか、もう、わっけわかんねぇ。頭くるくるだぜ」

「ああ。でも、もう残りはたいして長くないはずだ。……んじゃ、お互い、がんばろうぜ」

「お、おい！　待てよ、イザぁ！」さっさと歩きだそうとしたイザの衣の背中を、ハッサンの手がグワシとつかんだ。「な～ぁ～？　この際《さい》、ふたり一緒に行かないか？」

　イザはあきれた。

「バカ言え。これ、試験なんだぞ。試練なんだぞ。どっちが先に、秘密《ひみつ》の宝物を見つけるか……俺たち、競争してる最中じゃないか」

「けどよー」ハッサンはぶあつい唇をとがらせた。「知らない場所でひとりって、イヤじゃん。涙でちゃうほど心細いじゃん？　頼りにできる仲間をしっかり見つけだして、一致《いっち》協力助け合うってのも、けっこう大事なことじゃねーかぁ？」

「……おまえ……」イザは目を細めた。「道に迷ったんだろ」

「あ、バレバレ?」ハッサンは巨大な両手で頬を押さえ、大きな目をくりくり回してみせた。「そーなの。実は、俺ってばちょっと方向音痴気味《ほうこうおんちぎみ》でさぁ、行き当たりバッタリここまでアタリだったのはいいけど、いよいよ煮詰《につ》まってみれば、帰り道なんかぜんっぜん覚えてないし。薬草も底をついちゃって」

「なにかわいぶってんだよ。そこの窓から飛び降りろよ。すぐ外だ。兵隊がいて、怪我人は、手当てできるところまで連れていってくれるぞ」

「け・ど・さー！　せっかくここまで来たんじゃん、やっぱ、ほんとはさ、てっぺんまで行きたいもん。ここであきらめたりしたら、一生寝覚《ねざ》めが悪いし」

「勝手にしろ。俺は行くぞ」

「あーっ、待てよぉ。イザ、冷たいんだからもうっ」

ドタドタついてくるハッサン。天井を睨《にら》んで無視をして、イザは冷静に道を探り、階段を昇った。やがてあらわれた長く湿《しめ》っぽい廊下の先に、またまた兵士が立っている。ふたりはそれぞれ、瞬時《しゅんじ》のうちに身構える。

「お疲れさまです」兵士は軽く会釈《えしゃく》をした。「この廊下の先に、三つの小部屋があり、三つの扉があります。扉を守っている三名のうち、二名が嘘《うそ》を、一名だけが真実を告げています。三人のセリフをよーく考えて、扉をひとつだけ選んでください。もし間違った扉を選んだら、そのままおもてに出されます。もう一度、塔の玄関口《げんかんぐち》からやり直しになります。では」

「げー」ハッサンは片手を噛《か》んだ。「なんかややこしそう……俺、そーゆーの、てんでダメなんだよなぁ」

イザは黙《だま》って肩をすくめ、廊下を進み、角を曲がった。そのまま一番右の奥まで歩いていった。ハッサンも気がすすまなさそうな様子でついてくる。

右の部屋の扉の前に座っていたのは、若い女だ。「あなたならきっと、私のことを信じてくれますわね」美しい瞳を真面目《まじめ》そうに瞬《まばた》きながら、女は言った。「一番左のひとだけが正しいことを言っています。ほんとよ！」

中の部屋の扉を守っていたのは、ローブ姿の老人だ。「年寄りのいうことはよおく聞きなされよ。この先には行ってはならん！　ケガをするだけじゃぞ」

左手前に陣取《じんど》っているのは、宮廷官吏《きゅうていかんり》らしい赤い服の男だ。「やあ、いらっしゃい。でも、この先には何もありませんよ。一番右の扉が正しい扉です」

「………」イザは腕組みをして考えこんだが。

「うへー、まいったぜ、何だって？」ハッサンは黙《だま》って考えるということができないらしい。頭のてっぺんのほうにしかない髪をかきむしりながら、ブツブツ歩きまわった。「くそっ、いったい、どうなってんだ……？　勘《かん》でいくと、あんなきれいなねーちゃんってのは、平気で嘘をつくもんだ。金持ちっぽいやつも、こころにもないことを言うのに慣れてやがるに決まってる。とすると……おおっ。そうか、信じられるのは……わかったぞ、よおし！」

ハッサンは急に立ち止まると、小振りのスイカほどの拳をかため、ニヤッ、とイザに笑ってみせた。

「悪いがイザ、先に行くぜ、あばよっ！」

塔じゅうが揺れるほどの力強い大股《おおまた》で、まっすぐ真ん中の部屋に入っていったかと思うと……やがて……「ぎゃあああああ！」すさまじい悲鳴が聞こえてきた。

やっぱり真ん中はおじいさんの言うとおり『行っちゃいけない』んだな、とイザはうなずいた。

おじいさんの言ってることだけがホントだとすると、左右のどっちもが嘘をついてるってことで、言われたことを反対にして考えると……。

イザは顔をあげ、改めて歩きだした。左側の部屋に入る。赤い服の男はとぼけて知らん顔をしている。イザは無言のまま、まっすぐ奥の壁まで進み、扉を開けた。

狭苦しく薄暗い廊下が伸びている。イザは足音をひそめながら奥に進んだ。やがて、階段がみつかった。イザは昇った。

段のつきあたりのところにあった扉を押しあけると、まぶしい空が広がった。ひゅう、と風が吹き、イザの髪を揺らした。

イザは塔の屋上に立っていた。石畳《いしだたみ》の床の真ん中が小高い壇《だん》になっていて、堂々とひるがえるレイドック王の紋章《もんしょう》の豪華《ごうか》な刺繍《ししゅう》の旗の下、小さな石棺《せっかん》のような、四角い箱が置いてある。イザは進み出て、さぐってみた。取っ手も溝《みぞ》も、なにもない。ただひとすじの切れ目が、高さの四分の三ほどのところに、ぐるりと一周走っているだけだ。重たい蓋《ふた》が、ぴたりとかぶさっているらしい。

イザは、蓋を持ち上げようとしてみた。つるつる冷たい石の肌に、指が滑った。もう一度、しっかり構えなおし、気合いをいれてやってみた。ご、とかすかに音がした。蓋が動いたようだ。見れば、切れ目が、ほんのわずかだが広がっているような気がする。イザは奥歯を食い縛ってもう一度試してみた。なかなか容易に持ち上がってはくれなかったが、渾身《こんしん》の力をこめ続けているうちに、少しずつ少しずつ、蓋が浮き上がってくる感触がした。

「……く……くくくっ……」全身から汗が吹きだす。顔はもう真っ赤だ。やがて……探る指が、溝にかかった……溝が、指の入るほど広がっていたのだ。「……どぅえぇぇええいっ！」

ごごごごっ……！　蓋が開き、中が見えた。

「えーっ？」イザはあっけに取られた。

何もない。空っぽだ。ひょっとして目に見えないものなのか、手をつっこんでみた。あせって探る指先が、ザラつく埃に黒くなった。まさかこれが宝かと、匂いを嗅《か》ぎそっと舐《な》めてみた。まごうことなきゴミの味がした。

「うぇっ、ぺっぺっ」イザはあわてて袖で舌《した》を拭《ぬぐ》った。「……なんだよ、ちぇっ、ひどいな。……ひょっとして、選んだ扉が間違いだったのか……？」

ふてくされて、疲れ果てて、イザは、壇の縁《ふち》に尻をつき、広げた脚の間に腕をたらすようにして座り込んだ。ぱぁっとどこまでも明るく晴れた空の青さが憎たらしい。さわさわと吹く風が汗ばんだ額《ひたい》からイザの青いほど黒い髪のひとふさを払いのけた。……っくしゅん！

……巨大なクシャミをひとつした時、視線の端で、なにかが、ヒラリとはためいた。何か……裏返しになった蓋に張ってあるもの。イザはそっと近づいてみた。

小さな羊皮紙《ようひし》のきれっぱしには、黄金色の蝋《ろう》で、レイドックの後肢立《あとあしだ》って左右から城を押している二匹の獅子《しし》の紋章《もんしょう》が押され、ただひとこと、こう書いてあった。

『くじけぬこころ』

「……はああ……」イザはため息をついた。「なるほど」

これなら、試練を受ける人間が集まるたびに、宝を用意しなくてもすむわけだ。レイドックの王さまって、しっかりしてるぜ、とイザは思った。

苦労して蓋をもとどおりに戻した。また、新しい志願兵がここまでたどりついた時、おのれの『くじけぬこころ』を充分《じゅうぶん》に試すことができるように。

礎《いしずえ》となる最初の石が据《す》えられてからかれこれ一千三百年、増築や修理を間断《かんだん》なくくり返したレイドック城は、大地に根でも生やしたかのようにどっしりと大きく、複雑に入り組んでややこしかった。ここで暮らしている者たちでさえ、それぞれ自分の用事のあるごく狭い範囲《はんい》しか把握《はあく》していない。うっかりいつもの角を曲がりそこなったり、階段を行き過ぎたり、知らない扉を開けるなどすると、いつ、見たことも聞いたこともない暗がりに踏み込んで迷子になってしまわないとも限らなかった。

この広大な城は、おおまかにいえば、三つに分けることができた。市街地に接する南側は兵士たちの宿舎と輜重《しちょう》（軍隊の武器防具や衣食生活雑貨）倉庫である。緑豊かな中庭を挟んで北西の明るく新しい一角は、厨房《ちゅうぼう》と大食堂、それに、会議用の広間や文官たちの住い、宿泊客《しゅくはくきゃく》のための施設を含《ふく》んでいる。最も古く奥まった北東側の一翼《いちよく》が、王とその家族たちのための宮殿《きゅうでん》部分、である。

イザはソルディ兵士長に連れられて、その北東側に案内されてきたのだった。

壁の飾《かざ》り彫《ぼ》りは実に見事で、燭台《しょくだい》や緞帳《どんちょう》の留め具はみな金でできているようだったが、廊下の石畳はすり減って真ん中が低くなっているし、階段に敷かれた真っ赤な絨毯《じゅうたん》も端がほつれ、ぺっちゃんこだ。すさまじく高い天井は、何百年分ものススや埃や蜘蛛《くも》の巣でかすんでいる。

通り抜けてきた南側は建物そのものが比較的新しく、窓も豊富だったし、壁も何度も丁寧《ていねい》に塗《ぬ》り直されていて明るい感じがした。人通りも多く、光も風もたくさん通り抜けた。つまり、もっとずっと開放的な感じだった。

なのに、ここは、ガランと静かだ。動くものといえば、イザとソルディ兵士長ふたりきり、聞こえるものといえば、彼ら自身の足音きりである。空気が滞《とどこお》っているというより、まるで、時そのものが足留めを食らってでもいるかのような奇妙《きみょう》な雰囲気《ふんいき》が漂っている。

「なんか……ここ、さびしくないですか?」イザは言った。

「陛下は簡素な暮らしを好まれるのだ」ソルディはいかめしい顔つきで答えた。「民衆や我々兵士や、世界ぜんたいのことを思って、頭がいっぱいでいらっしゃって、ご自身の身のまわりになど構わなくていいとおっしゃる。……おお、ここだ。よいか、くれぐれも、失礼がないようにな」

ソルディがちょっと手をあげて合図をすると、置物かと見えた古風な甲冑姿の見張り兵がガシャガシャと動きだし、両開きの巨大な扉を押し開けてくれた。

現れたのは広大な部屋だ。まるで、野原に屋根をかけたようだ、とイザが思ったほど。樫《かし》の樹《き》のかわりに太い大理石の円柱がたちならび、葉枝のかわりにタペストリーや旗や絵画《かいが》がたっぷりと茂っている。

小高い丘のようになった台座の上に、まっ黒い立派な材でできた王の執務机《しつむづくえ》があった。鯨《くじら》でも横たえたかのようなそのとんでもない机の上一面には、さまざまな本や巻き物や絵図面や羽根ペンやインク壺《つぼ》やなにやかやが、隙間もなく広げられている。机を囲んで飛び飛びに並んだ背もたれの高い椅子《いす》には、何人もの賢そうなひとびとが座っていた。

雪のように白いくしゃくしゃ髪をビロード帽《ぼう》からはみださせた老人だの、汗みずくで赤い顔をして何か食べているのかモグモグ口を動かしながらセッセと本をめくっている太鼓腹《たいこばら》だの、烏《からす》みたいに真っ黒なマントから枯れ木《き》のような腕をつきだし、唾をとばしてわめきちらしている者だの。みな、名高い学者や博士《はかせ》や賢者《けんじゃ》たちだった。各自の脇《わき》にはそれぞれの書記官がへばりついて、主人の発言を一言もらさず書き記そうと、猛然《もうぜん》と腕を動かし続けている。もうもうとくすぶりながら床に垂れて渦巻くパイプの煙を、駆け回ってみなに飲み物を注ぎサンドイッチやピクルスを配る小間使いの娘たちが、そのつど、蹴散《けち》らしはねのけ、かき混ぜる。

ひとつだけ圧倒《あっとう》的に大きく立派な造りの象牙色《ぞうげいろ》の椅子に座っているのは、かき乱れた金髪のたっぷり豊かな様《さま》もひとり若々しい、どこかしら野生的ながらひどく顔だちの整った男だ。年は、三十に少し欠けるほどだろうか。王冠《おうかん》ははずして脇にのけてあるし、真紅のマントは椅子の背に無造作《むぞうさ》に投げかけてあるし、かなり長いこと着続けているに違いないよれよれの上着も、襟《えり》や袖《そで》を邪魔そうにはだけてまくりあげてあるのだが、そんなだらしない格好でも、ひとめでわかった。これがこの国の王さま——レイドック不眠王——に違いない、と。

イザは感心して首を振った。彼には活力と気迫《きはく》があった。男っぽいというか、骨っぽいというか。見るからにたのもしく、頼《たよ》り甲斐《がい》がありそうだ。ターニアが見たら、きっと憧《あこが》れのあまり、ぼうっとしてしまうに違いない。

そのときおりしも、

「いや、だから、ここはだな！」

王がひときわ声を大きくした。外見から想像されるよりもずっと低音の、ぶっきらぼうと言ってもいいような声音《こわね》だ。「エピステテトスの文法学にいう修辞疑問文《しゅうじぎもんぶん》の形であろう。すなわち『彼はぶちスライムやファーラットを恐れただろうか？　いや、恐れはしなかった』というように解釈《かいしゃく》したい。問題は次だ。『しかるべき夜、妹は、光の冠《かんむり》をおし戴《いただ》き、女王の深き思いを告げるだろう』これでよいか？」

「あ、いや、陛下！」背丈《せたけ》よりも長く伸びた銀色の口髭を、左右ふたりのお小姓《こしょう》に恭《うやうや》しく捧《ささ》げ持ってもらっている皺《しわ》クチャの老人が、甲高い声をあげて挙手をした。「お待ちくだされい。ここの『女王』には特殊冠詞《かんし》『ME』がついておりますよって、これは、そこらの人間の王家の誰かのことではありませぬ。まさに、唯一《ゆいいつ》絶対の女王陛下、時には『山の精霊さま』とも呼ばれる、あのかたのことと考えるべきにございましょう」

「山の精霊さまだって！」

イザが驚いて思わず声をあげると、会議のざわめきがピタッと止まった。学者たちはもちろん、書記や小間使いや髭持《ひげも》ち係たちにまで、じっと見つめられて、イザは少々気後れがした。

レイドック不眠王はペンについた羽根で頬をこすりながら、片目をすがめた。「ソルディ兵士長？ だれだ、それは？」

「イザと申します、ライフコッドよりまいりました。我が軍の新兵でございます！」畏《かしこ》まりながら、ソルディ兵士長は言った。「このたび、試練の塔にまいりました二十六名のうち、ただひとり、『くじけぬこころ』を見出《みいだ》した者にございます。……どうしても陛下にお目にかかってお話申し上げたいことがあると言ってききませんもので……ご無理を承知《しょうち》で連れてまいったのですが」

「王さま！　俺、見たんです、『幻の大地』を！」

イザはたまらず飛びだした。律法学者をのけぞらせて鯨机に手をつき、まっすぐレイドック王に向けて、身を乗り出した。

「行って来たんです、下の世界に。そのうえ、こないだ、山の精霊さまが妹のターニアに乗りうつって、妙なお告げをしたんです……収穫祭《しゅうかくさい》の夜に。だから、うちの村長さんが、王さまにお目にかかってみろ、って。王さまはとても賢いかただから、きっと、おまえがどうすればいいかもご存じだからって。通行証をよこしてくれたから、大急ぎで来てみたのはいいけど、兵隊になるって言わなきゃお城にいれてくれないだろ。だから、なりたいって嘘をついた。嘘なんです。ごめんなさい……！」

学者たちは、みな、あんぐり口を開けた。

王は美しい青い瞳をまん丸くしていたが、やがて、ゆっくりと口を開いた。

「イザとやら……不思議《ふしぎ》だ。会うのはこれがはじめてのはずなのに、おまえの名には、奇妙《きみょう》な懐《なつ》かしさを覚える。前世ででも会ったのだろうか、おまえのその顔を、声を、確かに知っていたような気もする。……どうかもう一度、最初から順序だてて話してくれ。いったい、おまえは何者だ？ なぜその『幻の大地』とやらに行くような破目《はめ》になったのだ？ はたまた、精霊《せいれい》のお告げとはどんなことがらだったのだ？」

そこでイザは話した。

ライフコッド村ののどかな日々。ランドとターニア、ジュディと自分、二組のおさななじみ同士、そろそろ結ばれて家庭を持ち、先祖代々の細々とした暮らしを続けていくことになるだろうと思っていた矢先、村長に、『精霊の冠《かんむり》』を買ってくるよう頼まれたこと。冠職人ビルテを捜《さが》しあぐねてシエーナの西の森に出かけたところ、大地にあいた大穴に落ちて、下の世界をかいま見たこと。「いまとなっては、夢みたいだけれど」と、イザは言った。「落ちた先のすぐ近くに、ひとつ村があったんです。ここらによくあるような造りの家があって、ここらによくいるような人たちが住んでいた。でも……俺のほうがへんだった。俺は確かにちゃんとそこにいるのに、からだは一緒《いっしょ》に持ってけなかったみたいだったんです。俺は、そこのひとたちには見えないし、さわれないし、喋りかけても、声を聞こえさせることができないんだ……すごく困った。ただ、ほんのかすかに気配ぐらいはしたんだと思う。勘のいいヤツには、変だなぁって首をひねらせることができたし、犬には吠《ほ》えられたから」

教会の牧師《ぼくし》さんには神さまと間違えられたと言うと、学者の何人かがクスクス笑いを洩《も》らした。

「そんな、透明《とうめい》で不便な幽霊《ゆうれい》みたいなからだのまま、そうだな、半日ぐらいかな、ウロウロしていたら。村のずっと北のほうに『夢見の井戸』ってのがある、そこは危《あぶ》ない、って、子供が噂《うわさ》してるのを聞いたんです。そこに落ちると、どこか、ここではないところに行ってしまうらしい、って。……俺は悩みましたよ。こっちから落ちてあっちに行ってたんだ、あっちから落ちたら、またまた別のとこに行ってしまう理屈《りくつ》でしょう？　元のここから、もっと遠ざかってしまうはずでしょう？　でも、そんなハンパな幽霊みたいな状態のままじゃどうしようもないし、もし元に戻れなかったらターニアはどうなるだろう、冠を買って帰れなかったら祭りもできない、村のみんなが困るんだからって考えて、思いきって飛び込んでみたんです。そしたら、不思議なことに……幸いにも……こっち側の世界に戻ってこれたんだけど」

「なるほど、それはまさに『幻の大地』じゃな！」クシャクシャ髪の老人が口を挟《はさ》んだ。「いにしえより、数々の予言の文献《ぶんけん》にあるとおりじゃぞ！ そこはここより下にあり、同時に上にもある場所なのじゃ。行くものもあり、来たものもあれど、多くはない。普通の人間には、そこへの通路はけして見つからないとされておる！」

「じゃあ、この少年は普通じゃあない、ってことになりますわな」隣《となり》の学者がくるりと巻いた髭をひねりながらつぶやいた。

「それから、祭りの夜のことなんですけれど」イザは続けた。「今年は、うちの妹のターニアが精霊のお使いの役をしたんです。真夜中に、精霊の冠に火を灯《とも》して、村長さんの家から御聖堂《ごせいどう》までずっと行進しました。それから、御聖堂の精霊さまの石像に、新しい冠をかぶせて、来年一年の豊作とみんなの無事を祈るんです。そのお祈りがすんで、ひっこもうとして、俺のそばを通りがかった時……ターニアがいきなり、おかしくなった。いや、俺のほうが変だったのかもしれないけど……そこにいるのはたしかに妹なのに、妹の上に、誰か知らない女のひとが……すごく立派で威厳《いげん》のあるきれいな女のひとの姿がうっすら重なって見えて……そして、そのひとは、妹の声じゃない声で喋《しゃべ》りました。……『世界を闇《やみ》が覆《おお》う時、イザ、おまえの力が必要になる、その時が来るまえに、閉ざされた謎《なぞ》を解きあかせ』って……それが俺の使命なんだ、って」

「なんと」

「その女人《にょにん》とはまさに……」

「女王ですよ、女王！」

　学者たちは驚いた顔を見合わせ、それから、いっせいに王を見た。

「……閉ざされた謎、か……」王は深々とため息をついた。「なるほど、そなたがわたしに会いたがっていた理由はよくわかった。そんな事情とは露知《つゆし》らず、回り道をさせてしまってすまなかった」

「いいんです、そんなこともう」イザは首を振った。「でも……それで、王さま？　俺はこれから、いったい、どうしたらいいんでしょう？」

「うむ」王は腕組みをした。「……ソルディ？　このものは試練を果たした、と言ったな？」

「申しました」ソルディ兵士長は、あわてて前に進み出た。「聞くところによりますと、黒の隊のネルソンをも、みごと降参《こうさん》させたそうにございます。そしてネルソンめは、以来なぜか、野牛ネルソンと名乗っております」

「そうか。イザは、強いんだな」

　王は微笑みを浮かべて、イザを見つめた。澄みきった青い瞳で、イザがどぎまぎするほど長いこと、じっと見つめて……それから、口を開いた。

「よし。では、今度はわたしの話を聞いてくれたまえ。……我々は、長年、魔王ムドーという忌《い》まわしい怪物《かいぶつ》をこの世から消してしまおうと、必死の努力を重ねてきた。何度も何度も精鋭《せいえい》の兵士たちを送りこんだし、さまざまな武器や魔法を工夫《くふう》もした。わたし自身、もっと若かったころには、最前線に立って戦いの指揮《しき》を執《と》ったものだ。だが……いつも、あと少しで倒せそうだと思うやいなや、ムドーは、その姿を掻《か》き消してしまうのだ。まるで、そこになど、最初からいなかったように……我々を嘲笑《あざわら》うようにな。我々は、影ぼうしを相手に、さんざん苦労して消耗《しょうもう》させられるばかりなのだ」

「魔王ムドー……」イザはつぶやいた。「名前ぐらいは、聞いたことがありますよ。すっごく狡賢《ずるがしこ》くて、恐ろしい奴《やつ》なんでしょう?」

「『世界を闇が覆う時』とは、我々が魔王ムドーに負けてしまう時のことではないかと思うのだ」と国王。「けして勝てっこないのだと、諦《あきら》めてしまう時のことではないかと……。このままでは、遠からずその日が来るやもしれん。だが、ひとつだけ……ムドーを捉《とら》える手段がある。それは、『ラーの鏡』だ。この世界のどこかに隠《かく》された、真実だけを映しだす魔法力を持った宝物なのだ。『ラーの鏡』があれば、ムドーの正体を暴《あば》き、倒すことができるはずだ! それゆえ、我々はなんとかしてその『ラーの鏡』を発見し、手に入れることはできないものかと、古今東西のありとあらゆる文献や伝説を分析《ぶんせき》研究しているのだ。そして……ああ、そうだ。グレゴリオ博士、さきほど中断した部分の解釈を、改めてお聞かせ願えますか?」

「よろしいですとも」グレゴリオ博士というのは、例の、髭を持ってもらっている立派な学者であるらしい。小間使いがすかさず差し出したワインを啜《すす》って喉《のど》を湿し、コホン、とひとつ咳《せき》をすると、博士は、まっすぐイザを向いてこう言った。

「『しかるべき夜、その若者の妹は、光の冠をおし戴き、山の精霊であるあのかたの深き思いを告げるだろう』、これは、古ドマン語の古典『ラーの予言書』より、我々が発見した重要な一節であります。失われた宝を発見し世界を救う若者の出自《しゅつじ》について、物語られた部分であります」

「なんと！」ソルディは言った。「それは……さっきこやつの語った体験談と、まったくそっくりじゃありませんか！」

「ちなみに」と博士。「わたくしの読解《どっかい》が正しければ、この後の部分でこのものは『愛すべき巨漢《きょかん》の友人某《なにがし》』と共に、長らく封印《ふういん》されていた地へと旅立つ、ということになっておりまする。……そこから先どうなるかは、文献が欠けていて、ちょっと判明いたしかねまするが」

「だから、イザ」王は机を回ってやって来ると、両手でイザの手を捕まえた。「実はな、この城から北東の方角に馬で二日ほど行った山中に、関所が築《きず》いてあるのだよ。国境の向こうの強い魔物どもが万が一にも侵入《しんにゅう》せぬよう、兵士を派遣《はけん》して封印してあった。おそらく……そこを通ってゆけば、道はおのずと開けるのではないか。それがそなたの運命ならば！」

「……ええ……」イザはうなずいた。

「イザ、わたしはおまえを信じる。おまえこそ、わたしの、そして世界の待ち望んだ若者なのだと！　だから……頼む、一刻《いっこく》も早く『ラーの鏡』を見つけだし、魔王ムドーを倒してくれ！　できれば、すぐにも出発して欲しい。国元には伝令を飛ばしておくから……準備など、わたしに手伝えることなら、いかようにでもするから」

「……どうもありがとうございます」と、イザ。「なんか……なにもかもとんでもなくて、突然の話で、まだ頭がぼうっとしちゃってるんですけど……これって、ずっと昔っから決まってたことなんですよね？ そしてどうやら……俺が、この俺が、それをやるしかないんですよね？」

「そうだ」と、王。「我々には、きみだけが頼りなのだ」

「『愛すべき巨漢』といえば」と、ソルディ兵士長。「実力はかなりありそうなのに、試練の塔に挑戦しては、なぜか何度も何度も落第《らくだい》している常連《じょうれん》に、いたって気のいい大男がおったが……」

「ああ、ハッサンか」

「イザ、知り合いか？」

「ええ」イザはうなずいた。「なるほど、きっと、あいつも運命のうちなんだな。最初に会った時から、どうも何か縁《えん》がありそうな気がしたんです。知らない奴じゃないような気がしてしょうがなかった」

「ようし。さっそくその男を見つけだせ。連れてこい。ああ、それから、誰かイザを倉に案内してやれ。武具と馬具とを整えさせねばならぬ。台所方には、かまどを燃やし、酒と料理をありったけ用意するよう伝えよ！」王が吠《ほ》えると、小姓や小間使いたちはみなおおわらわで駆け出した。

「急げや急げ、壮行会《そうこうかい》だ！ 城じゅう、いやさ、国じゅうに大声で伝えるがいい。我々の希望の星、伝説の若者イザがいま、まさに旅立とうとしているぞ、と！」

2　予言の守護者

空はどこまでも澄《す》み、雲ひとつない。ぴりっと冷たい空気の向こう、まだ低い位置にかかった太陽が、白くくすんだような光を少しずつ少しずつ強めてゆく。

冬の朝特有の、身のひきしまるような光景《こうけい》だ。遠い岩山の上空を、イヌワシの夫婦がくるりくるりと輪を描《えが》きながら飛んでいる。

石ころだらけの荒《あ》れ地《ち》を真北に向けて一直線。のんびり馬車を進めながら、イザは少々情《なさけ》けない気分だった。ずいぶん前から空腹だったのだ。ハッサンが起きたら飯にしよう。そう心に決めてから、もう何度、臓物《ぞうもつ》が不満の声をあげたやら。

……くぅ……きゅるるる。

ほら、また。

イザはため息をつき、ゆるく握《にぎ》っていた手綱《たづな》をさらにダラリと持ち替《か》えた。御者台《ぎょしゃだい》の背板に肘《ひじ》をかけて振《ふ》り返り、まだどこかおろしたての新しさの名残《なごり》を留《とど》めた幌布《ほろぬの》の垂《た》れ戸《ど》をめくる。

「ぐぅおおおおお！　……ぷすー……がぉおおおおぉおぉ！　……ぷすー」

たちまち、すばらしく立派《りっぱ》で規則的な音声がイザの鼓膜《こまく》に襲《おそ》いかかった。もちろん、これは、広々とした荷台のど真ん中で大の字に仰向《あおむ》いて眠《ねむ》りこけている相棒《あいぼう》ハッサンの大鼾《おおいびき》である。まったく、よくこれで鼻や喉《のど》がぶっこわれないなと思うほどの音量なのだった。

「ハッサ〜ン！　なー！　俺《おれ》、腹減ったよぉ」イザは声をかけた。「なー、起きないんなら、俺、ひとりで食っちまうぜ！」

「ぐぅわぁあああ！　……くっ……くくくくっ。……く……。…………………」

「お……おいおいっ？　死んだか？」

「……ぷ。……すー。……ぐぅあぉおおお！」

窒息《ちっそく》しかかっているんじゃないかと思われるような喉音《のどおと》を発したかと思うと、ハッサンはまたまた豪快に高鼾を洩《も》らし、やおら大きく寝返《ねがえ》りを打った。

「……ちぇっ。わかったよ」イザは垂《た》れ幕《まく》をおろして、座りなおした。「しょうがないなあ」

ひとりで食う、と言ってはみたものの、腹を満たすには、馬車を止め、火を起こして、料理をしなければならないのだった。その面倒《めんどう》よりも空腹が重くなってはじめて、食事の支度にとりかかる気になるわけだ。

レイドック城で貰《もら》ってきた便利な携帯食《けいたいしょく》はもちろんとっくに食べてしまった。パンはカケラもなくなったし、干《ほ》し魚も齧《かじ》りつくした。となれば、残っているのは、ものすごくしょっぱくて固い塩《しお》漬《づ》け肉だけだ。これは保存はきくが、鍋仕立《なべじた》てにでもしなければ、とうてい食べられないしろものだ。スープにすればからだもあったまるし、そこらで摘《つ》んだ食べられる草でも入れて増量することもできる。だが作るのに時間がかかる。まず、きれいな水を手にいれられる川かなにかを見つけ、しっかりと焚《た》き火《び》をしなければならない。

どうせ、と、イザは思う。料理ができあがっていい匂《にお》いが漂《ただよ》いだせば、ハッサンも起きだすに違《ちが》いないのだ。

起きればもちろん、食う。入るだけ食う。あのでかいからだに必要なだけ食う。仲間なのだから、食《しょく》糧《りょう》を分けあうことに異存《いぞん》はないが、なぜいつも自分ばかり、野営場所を捜《さが》したり、焚き火を準備したり、空腹を我慢《がまん》してせっせと調理したりしなくてはならないのか、いまひとつ釈然《しゃくぜん》としない。

「なんだかなぁ……」

耳の後ろを引っ掻《か》きながらため息をつくと、腹の虫がまた、きゅるるん、と寂《さび》しく鳴いた。

ハッサンには助けられたこともたくさんある。感心させられたことも一度や二度ではなかった。たとえば、騎馬用《きばよう》の馬や鞍《くら》ではなく、いっそ馬車をもらっていこうやと提案《ていあん》してくれたこと。レイドックの倉庫《そうこ》に、あまりに大きすぎ立派すぎてとんと使い道がなく、何十年もホコリをかぶっているだけだったという祭典用の馬車があるのを、いつの間にか誰《だれ》からか、既《すで》に聞きだしていたのだった。うまいことそれをもらい受けると、今度は、城の繕《つくろ》い物方を束《たば》ねるガミガミばあさんに頼みこみ、誉《ほ》めておだてて喜ばせ、とびきり頑丈《がんじょう》な幌布《ほろぬの》をさっそく作らせてしまった。

旅慣れ世慣れたハッサンは、自分の名前も綴《つづ》れぬほど無学な男ではあるかもしれないが、見知らぬひととすぐに打ち解《と》けることのできる得がたい人柄《ひとがら》を持っていた。いかつい顔をニコニコさせ、でかいからだを折りまげるようにして、他人をなごませ、その懐《ふところ》に飛び込んでしまうのである。

もっとも、そうしてできあがった馬車はあまりに重厚長大《じゅうこうちょうだい》で、王の厩《うまや》の駿馬《しゅんめ》たちでも四頭も繋《つな》がなければぴくりとも動かない。これでは長旅には不便すぎた。それではと、野生の悍馬《かんば》を狩《か》りにいったのは、実はイザの知恵だ。

王の狩り場の一角に住みついて好き勝手あらくれた真似《まね》をしては周囲の民人を困らせているという野生馬《やせいば》の群れに近づいて、中でも最も大きくたくましく賢《かしこ》そうな純白《じゅんぱく》の一頭に目をつけ、まる三日がかりで口説《くど》き落としたのだった。

そう、けして力ずくで捕まえたのでもないし、罠《わな》にかけたのでもない。口笛《くちぶえ》を吹き、ぶらぶら歩き、草に寝転んだり座ったりして、ずっと馬のそばをウロウロしていただけだ。剣もなし、伴《とも》もなし。食事もなし。眠くなると、地べたでそのままうたた寝をした。どうにも喉《のど》がかわくと、あたりの果実《かじつ》をもいでむしゃぶりついた。そうして、一日目よりは二日目、二日目よりは三日目と、徐々《じょじょ》に段々に、なにくわぬ様子でにじり寄ったのだ。

馬のほうも、たったひとり、武器も持たずにやってきた人間には、ずいぶん面食らった様子だった。当初は、あまりそばまで寄ってきたら蹴《け》り殺してやるぞといわんばかりにぴりぴり緊張《きんちょう》していたが、半日もたつと、殺気を発し続けているのにも疲《つか》れたらしい。イザのほうを意識してチラチラ見ているそのあまり、いつの間にか群れから一頭ぽつんと離れてしまったことが何度かあった。そして、三日目の太陽が赤く傾《かたむ》くころ、馬は、好奇心《こうきしん》にかられて、とうとう自分からイザに近づいてきたのだった。

イザはそのとき、とねりこの樹《き》に背をもたせかけてのんびりあぐらをかいていた。巨大な獣《けもの》がいきなりヒタとこちらを向き、凄《すさ》まじい気合いと共に全力疾走《しっそう》してくるのを見ても、そのまま姿勢《しせい》を変えなかった。動かなかった。ただその白くて大きな生き物をひたすらにまっすぐに見つめたまま、わずかに微笑《ほほえ》みを浮《う》かべ、ひとりごとのように語りかけたのだ。

「おまえ、ほんとうにきれいな馬だな」

馬はぎりぎりで制動をかけると、後肢立《あとあしだ》ちになって高らかにいななき、蹄鉄《ていてつ》のはまっていない巨大な足をふりあげて、イザを踏《ふ》み潰《つぶ》そうとした……して見せた。それでもイザは怖《こわ》がるどころか、逃《に》げるどころか、うっとり惚《ほ》れぼれと言ったのだ。

「カッコいいなぁ。まるで風がかたちになったみたいだな」

待てど暮《く》らせど帰ってこないイザを捜しに、ちょうどこの野原にやってきていたハッサンが遠くまでよく見える目で見たのは、まるで憧《あこが》れの姫君《ひめぎみ》の窓辺《まどべ》ににじりよって甘《あま》い恋の歌を歌ってみせている男のような、とろけそうに甘い微笑《びしょう》を浮かべたイザの顔だった。

「おまえ力もすごく強いんだよな。肝《きも》っ玉《たま》も据《す》わってる」と、イザは馬に話しかけているところだった。「おまえみたいな素敵《すてき》にいい馬が、一緒《いっしょ》に来てくれると助かるんだがな」

白馬はイザを踏まなかった。蹴らなかった。そこから去りもしなかった。

巨大な足を繊細《せんさい》なステップでそっと踏み変えると、柔《やわ》らかい鼻面《はなづら》をおずおずとイザの頬《ほお》に寄せ、ぶるるん、と遠慮《えんりょ》がちの、ため息のような声を洩《も》らしたのだった。

「どう？　来る？　おいでよ」イザは優しく囁《ささや》き、馬の耳のあたりをそっと掻《か》いてやった。「俺と一緒に世界じゅう、旅をしようぜ」

ぅひひひひぃん！　と馬は答えた。

かくて彼らは、ファルシオンを手に入れたのである。ファルシオンは、王宮の厩《うまや》のどの馬と並んでも三倍は大きく重く、力ときたら、軽く十倍はあるようだった。厩舎《きゅうしゃ》の誰かれがうっかり近づけば、バカでかい歯を剥きだしにし、火を噴《ふ》きそうな目をして怒《おこ》るこの馬が、なぜかハッサンにはすぐに懐《なつ》いた。

「俺とおまえが無二《むに》の親友だってのが、わかるんだなぁ、きっと」ハッサンは喜んだ。

なにせ、この世にふたつとないだろう素晴らしい馬を手にいれられたおかげで、くだんの幌馬車《ほろばしゃ》を無駄《むだ》にせずにすんだのだ。

が……神秘の名馬もおのずと認める仲間であろうとなかろうと、大鼾《おおいびき》は迷惑だ。そもそもハッサンは徹夜《てつや》にも夜更《よふ》かしにも強いが、そのかわり、いったん寝入ったが最後、滅多《めった》なことでは目覚めないのである。延々《えんえん》半日も眠りっぱなしになってしまうし、起きてからしばらくはボーッとして使いものにならない。頭もからだも平時の十分の一も働かない、ほとんど生きる屍《しかばね》状態。

食事や休憩のたびにいとも容易《ようい》に眠くなるが、熟睡《じゅくすい》していても何かあると即座《そくざ》にパッと起きられる、起きたらその途端《とたん》シャッキリする、猫《ねこ》のような寝方をするイザとはまったく反対である。

「……たく。寝る子は育つ、ってゆーけれど。それでハッサン、あんなでっかくなりやがったのかな」ガタゴトと馬車に揺られながら、イザはひとりごちた。「それにしても、よくそうずーっと寝っぱなし寝続けてられるもんだよ。……おや」

緩《ゆる》やかな起伏をひとつ乗り越《こ》えた時、ずっと右手を隠していた低い山脈《さんみゃく》が途切《とぎ》れているのがわかった。山肌《やまはだ》を彩《いろど》る背の高い針葉樹の森の一部が、いかにもひとの手が入ったような形に切り取られているかと思ったとたん、うっすらと立ち上り漂っているひと筋の煙《けむり》に気づいたのだった。

「人里だ。誰か住んでるんだ」イザは手綱を操作して、ファルシオンに右折の合図をした。「やれやれ、やっと、あったかいメシにありつけるぞ！」


うきうき気分で森に入ったというのに、とたんに魔物たちに出くわした。拓《ひら》けた場所では敵《かな》わないと思ってか、見るからに立派なファルシオンに遠慮してか、よほど無鉄砲《むてっぽう》な魔物でなければ近づいてもこなかったくせに、木立の枝葉《えだは》が入り組んで影《かげ》が濃《こ》くなっていると、突然《とつぜん》強気になるらしい。金色トサカのガンコ鳥や、骨ばった手足を茶色いローブに隠した森じじいなど、強くはないが妙《みょう》にねちっこいのが、後から後から、懲《こ》りもせずに襲《おそ》って来る。

「くそっ……いちいち相手をしてたんじゃあ、きりがない。悪いけど、もうちょい急いでくれよ、ファルシオン！」

ファルシオンは任せておけと言わんばかりにいななくと、たくましい四肢《しし》をいっそう力強く駆使《くし》して疾走《しっそう》する。イザは御者台に立ち上がり、アロードッグの放つ矢を、ギズモの発するメラの炎《ほのお》を振りかぶった長剣で右に左に振りはらう。万が一にも、幌《ほろ》に当たっては大変だからだ。

……だというのに。

「なんだよう、揺するなよ……どーしてこんなに、騒《さわ》がしんだ?」ガタンゴトンと揺れる幌から、ハッサンの不機嫌顔《ふきげんがお》がのぞいた。「たまにはゆっくり寝かしといてくれよ」

「たまにー? ちぇっ、呑気《のんき》なもんだ。もう半日以上寝続けてたくせに」

「えー? 嘘つけぇ、俺はほんのついさっき、マブタつぶったばっか……あ……あー……ふあぁぁあ……」

寝惚《ねぼ》けたままのハッサンがカバも恐《おそ》れ入りそうな大あくびをした、そのときだ。魔物の刃《やいば》が宙を飛び、あんぐりあいたハッサンの喉の奥《おく》めがけて一直線に突き進んでゆく!

「危ないっ!」

イザの剣が鋭《するど》く閃《ひらめ》き、短剣を叩《たた》き落とし、ついで、敵の盾《たて》を弾《はじ》き飛ばす! 恐ろしい表情の顔を模《も》したまん丸い盾がなくなってしまうと、小さな薄緑色《うすみどりいろ》の禿頭《はげあたま》を光らせて腰蓑《こしみの》をつけただけのシールド小僧《こぞう》には、もうほとんどなすすべがない。ぴぃぴぃ悲鳴《ひめい》をあげながら逃げていった。

「ひ……ひゃー」ハッサンは冷《ひ》や汗《あせ》を拭《ぬぐ》い、パッチリ開いた目を瞬《またた》いた。「わー、助かった……いやー、いまので、一発で目が醒《さ》めた」

「じゃあ、ここに来て代わってくれよ」イザは手招きをした。「俺もう、腹ペコで目がまわってるんだ」

「おいよ」

見るからにたくましいハッサンが手綱を取ったのを見ると、魔物たちはアテがはずれたような顔をして、大慌《おおあわ》てで逃げて行った。イザが空《す》きっ腹《ぱら》に片手をあて、もう一方の手指をひもじそうにしゃぶりながらしょんぼりうずくまった格好でいる間に、馬車は進んだ。

やがて森の中の拓《ひら》けた草地に出る。一軒《けん》の丸木小屋が、屋根の煙突から煙をたちのぼらせている。イザはたちまち目を輝かせておきあがり、くんくん鼻を鳴らし、舌《した》なめずりをした。

「ハッサン、こりゃシチューだぜ！　野うさぎと茸《きのこ》数種の猟師風《りょうしふう》、ってとこ。バターでジュッと金色に焼けたオムレツもあると見た！」

「おまえ……鼻、犬並《な》みだな」

「腹ペコの時だけな」

小屋のそばまで来る。ハッサンがファルシオンを停止させるのも待ちかねて、イザはこぼれ落ちるように馬車を降り、よろめきながらも扉《とびら》を叩いた。

「ごめんくださ～い！　飯《めし》分けてくださ～い！」

「おいおい」追いついてきたハッサンが苦笑いする。「そりゃずいぶんといきなりだ」

「なんだおまえらは」

戸口に現れたのは、ひどく小さな男だ。ハッサンはおろか、イザと比べても半分も背丈《せたけ》がない。子供といっても通るような貧弱《ひんじゃく》な体形に、乗っている頭はでかかった。立派な鈎鼻《かぎばな》と眼光鋭い大きな目玉を持ち、髭《ひげ》も眉《まゆ》も真っ黒でやたらに濃くてモジャモジャしている。壮年《そうねん》の顔だ。

「あんた……おじさん、ドワーフか……?」イザは驚《おどろ》きと空腹にふらつくからだをなんとか戸枠《とわく》で支えた。「人間じゃないな」

「そうだ」ドワーフの男はそっけなく言い、扉をしめようとした。

「あ、待って!」

「なぜ?」ドワーフはぎょろりとイザを見る。「ここは儂《わし》の家でおまえらの家ではない。そうだな?」

「え? ああ、そうだけど」

「ならば、儂がおまえに命令される謂《い》われはない。そうだな?」

「そんな、命令なんて! ただ、ちょっと頼《たの》みごとを」

「頼みごと?」ドワーフのゲジゲジ眉がぴょこんと動いた。「はっ! どっからともなくいきなりやってきたかと思うと、頼みごと! 人間どもときたら、いつだってそうだ。こっちの都合《つごう》なんてまるでおかまいなし!」

「……すみませんでした」イザはだんだん恥《は》ずかしくなってきた。「それじゃ、もう、いいです」

シチューの湯気のすばらしい匂《にお》いに背を向けるのはかなり難《むずか》しいことだったが、イザは、なんとかそうした。そうしたというのに。

「なんだ。せっかく頼みごとを聞いてやろうと思ったのに」その背に粘《ねば》りつくように、ドワーフが言ったのだ。「ただし、儂がおまえらの頼みごとをきく前に、まず、おまえらのほうに儂の頼みごとをきいてもらいたい。ひとにものを頼む時にはそのぐらい当然だ。そうだな?」

「ええ。そうですね」イザはゆっくりとふりむいた。「頼みってなんです?」

「切った木をしまっておく小屋を建てたい」ドワーフはきっぱり言った。「材木はとっくに準備してあるんだが、組み立てがなぁ。儂ひとりでは、どうにもならん。手伝ってくれるか」

「そんなことですか!　いいですとも」イザはうなずいた。「薪《たきぎ》小屋なんてちょちょいのちょいですよ」

　そのときだ。

「おいっ」ずっと後ろで腕組《うでぐ》みをして黙っていたハッサンが、忿怒《ふんぬ》に顔を赤くして唸《うな》り声《ごえ》を出した。

「どーして俺たちがこんなジジイのために小屋なんか建ててやんなきゃなんないんだよ?」

「ハッサン?」イザは当惑《とうわく》した。「なに怒《おこ》ってるんだ?」

「けっ。何だよ、こいつ。チビのくせに偉《えら》そうなしゃべりかたしやがって。何さまのつもりだか。気にいらねぇんだよ!」

　吠《ほ》えるように言うと、ハッサンはくるりと背を向け、幌馬車のほうに戻《もど》って行ってしまった。

「ふん!　チビで悪かったな」とドワーフのじいさん。「でかいズウタイして、ものの役にもたたんやつよりマシだぞ!　おい、おまえはどうなんだ?　手伝ってくれるんだろ」

「え?　あ、ああ」ふと気がつくと、いつしか空腹が消えていた。限界を乗り越えてしまったのか、ハッサンの態度を不可解に思った拍子《ひょうし》に、気がそれてしまったのかもしれない。

「やります」とイザ。「俺でよければ手伝いますよ」

「ありがたい。じゃあ、来てくれ。こっちだ」

案内されたのは、住居の裏手だ。勇《いさ》んでついて行ったものの。

「……これ……小屋、ですか?」イザは情けない声を出す。

「そうとも」

ドワーフの示した地面には、土を直接ひっかいて、広大な計画が記《しる》されている。底面積で比べても、隣《となり》の住居より少しばかり大きいようだ。おまけに、材料として、そこらに何十本も転がされているのは、斧《おの》をいれて切り倒したまんまの立ち木なのだ。

どうやら、話を聞いてとっさにイザが想像した小屋の、ザッと百倍ほどの規模《きぼ》のものを作ろうということであったらしい。

「切った木をしまっとくって……くべるのにちょうどいい大きさに割った薪《たきぎ》をちょっと積んどこうっていうんじゃなくて……山から切りだした木を、長さも太さもそのまんま、納める、って意味だったの!」

「そうだ。そう言わんかったかね? 儂や樵《きこり》だからの。切ったらまず半年ばかり雨ざらしにしてアブラを落としたあと、三年かそこらじっくり寝かせて芯《しん》まで乾燥《かんそう》させるとな、絶対に狂《くる》わない素《す》晴《ば》らしい材になるんだ」

「なるほどねえ」イザは頭を掻《か》いた。「わかりましたよ。さっさとはじめましょ」

そうは言ってはみたものの、イザにはまるで自信がなかった。

薪小屋や犬小屋ほどのものならともかく、ここで建てようとしているのは、ほとんど本格的な住宅並みの建造物である。そもそもいったい、何をどういう順序で作業すればいいのか見当もつかないので、いちいち訊《たず》ねるほかはないのだが、「ホゾをあわせろ」だの「マサメに使え」だの「アタリを取ってから現場あわせしろ」だの、ドワーフに言われる専門用語は、一から十までちんぷんかんぷん。はたまた、ともあれやるべきことの輪郭《りんかく》がなんとなくわかったとしても、今度はそれがうまく実現できるものとは限らない。

材木にさわれば木の皮のササクレたところで掌《てのひら》を刺《さ》すし、釘《くぎ》を打てば斜《なな》めに曲がってにっちもさっちもいかなくなる。カンナをかけてもデコボコは直らないまま減る一方、ノコを使えば変に力んで必要なところまで割ってしまう。

「いやはや……人間に儂らドワーフの器用さ繊細《せんさい》さを求めても無理なのは知っているが」しまいには、呆《あき》れたじいさんにしみじみため息をつかせてしまった。「それにしても、おまえさんほどひどいのはちょっと見たことがないわい。全部の指が親指なんじゃあないのかね？」

「すみませんね」イザはすっかり困ってしまった。「畑仕事と動物の世話なら、わりかし得意なほうなんだけど」

「ほれ、ほれ。えーから、ぼうっとせんで、そっちを持て！」ドワーフのじいさんも必死である。

「小屋造りは長年の悲願《ひがん》だ。どんなにドジで不器用で役立たずでも、できあがるまで解放する気はないぞ！　おまえさんはキッパリ手伝うと言うた。ゆえに、できあがるまで、責任がある！　たとえ一週間、いやさ、一カ月かかっても、完成させるまで、ちゃんと手伝わなければならん。そうだな？」

「えー？　……うーんとこらしょ……うーん、俺、たしか魔王ムドーを倒さなくちゃならないんだけどな……そんなにのんびりしていられないんだけど。……いまさらこのひとも見捨てられないし、困ったなぁ」

もたもた、ぐずぐず。でれでれ、のろのろ。体格に不自由のあるドワーフと、センスに不自由のあるド素人《しろうと》である。あっちを立ててはこっちが立たず、あっちが合ったらこっちがズレる。同じことを何度も何度も試し、ふたりでしゃがみこんで相談し、結局一からやりなおし……じりじりと、ずるずると、時間が過ぎた。やがて太陽が天の高いところに移り、森の中のこの平和な草地に投げかけられる影がくっきりと濃く、次第に短くなっても、作業はいっかな進まなかった。ただただ、無駄《むだ》にしてしまった材木だけが、増える一方であった。

ハッサンは馬車の荷台でゴロリと手枕《てまくら》に寝転んだまま、不機嫌なふくれっ面をしていたのだが、幌の隙間からさしこむ日差しが顔にまぶしく当たりはじめた時、とうとうたまらなくなって起きあがり、様子を見にいった。なんと。驚いたことに、小屋はまだ、まったく一切ほんの少しもできていなかった。延々半日も費やしたというのに、壁一面はおろか、柱一本まともに立っていないのだ。ドワーフのじいさんは丸太を肩に乗せてヨロヨロ運んでいるし、グッタリ疲れた顔をしたイザときたら、いったい何をやらかしたのか、ダメにしてしまった材木のカケラを、いじけた格好でせっせと拾い集めているばかりである。

「……く……くそ……」ハッサンは奥歯を噛《か》みしめ、岩くれのようなでかい拳《こぶし》を握《にぎ》りしめた。いかつい顔が怒《いか》りの皺《しわ》を刻《きざ》みこみ、青筋の浮いた額《ひたい》からたらりとひと筋汗が流れた。

ハッサンはこらえた。こらえた。こらえた。……だが、こらえきれなかった。

「……ええい、どけ！　……さがれ！」

ドスドスと地面を揺らしてハッサンが進みでると、作業中のふたりは、ぽかんと驚いたような顔をした。

「俺がやる」ハッサンはわめいた。「まかせろ！」

それからの小半刻《こはんとき》に起こったことがらは、イザにいわせると夢の神秘《しんぴ》の奇跡《きせき》であった。

ハッサンが地面に木材をおっ立てると、次の瞬間、それはまるで根でも生えたかのようにそこに定着し、立派な柱になっていた。外周に十二本、小屋内部に四本、柱の列がよく訓練《くんれん》された兵隊のようにピシッと直立すると、今度はみるみる梁《はり》が渡《わた》り、あっという間に屋根がかかった。驟雨《しゅうう》の勢いで釘を打ちつけられた板は、互いに重なりあった微妙《びみょう》な傾斜角《けいしゃかく》も美しい外壁をなし、扉や明かり取りにはいつの間にか、さりげなく凝《こ》った意匠《いしょう》が施《ほどこ》された。床のカンナ屑《くず》をほうきで掃《は》きだし終えると、ハッサンは、柱の一本の目立たないところに、ムキムキ胴体にトサカのような頭をした男の姿を単純化した紋章《もんしょう》のようなものを彫《ほ》りつけた。文字を知らないハッサンの、それが製造責任者署名《しょめい》であった。

ハッサンが、仕事にかかってからはじめて手を止め、ふう、と汗を拭《ふ》いて微笑《ほほえ》んだのは、すなわち、小屋が、すっかり完成しきった時だった。

「いや、みごとみごと！」ドワーフのじいさまは、ぴょんぴょん飛び上がり、満面笑みの大喜びである。「こんな立派で頑丈《がんじょう》そうな凄《すご》い小屋を作ってくれるとは！　いや、驚いた。知らんかった。人間にも器用なやつがおるんだのう」

「この壁の構造なら、冬は暖かくて夏は涼《すず》しいはずだ」と、ハッサン。「中で焚き火をして材木の表面にススをまわしておけば、雨や霜《しも》でも腐《くさ》りにくくなる」

「心得《こころえ》た。いや、ありがたいこった！　さあ、ふたりとも来てくれ。飯にしよう」

ドワーフ特有のすばらしい味つけのシチューをたんまりご馳走《ちそう》になって、ようやく人心地がついた時、イザはハッサンに訊ねてみた。こんなにみごとな知識と技術があるのに、なぜ最初、それを披露《ひろう》しようとしなかったのか。あんなに不機嫌になったのか。

「だぁってよう」ハッサンはもじもじした。「俺がなりたいのは旅の武闘家格闘家で、大工なんかじゃねぇんだよ。なのに、カンナだのトンカチだの見ると、なぜか体がムズムズしちまう。ちょっとやってみると、まさかってくらいうまくできちまう。……自分でもどーしてなのかわからねぇんだけどよ。そんな姿、ひとに見せたくはなかったんだ」

「ふうん」イザは両手で持って空にしたスープ皿をテーブルに置いた。「けどさ、いやでもなんでも、おまえ、大天才だぜ。ひょっとして、大工仕事の世界的チャンピオンなのかも」

「だー！　頼むよ、勘弁《かんべん》してくれ」ハッサンは怖気《おぞけ》を震《ふる》った。「んーなものより、俺ゃあ、蹴りとか突きとか投げとかさ、なんかそういった男の必殺技《ひっさつわざ》を身につけたいんだ。だから、もう大工のことは言わないでくれ。こりゃ本気だぜ」

「ふたりとも、もういいのか。たりたか？　ほれ、おかわりもあるぞ」ドワーフのじいさんはすっかり上機嫌である。「もっと食え、たんと食え。遠慮はいらん」

「あ、そうだ」四杯《はい》めのシチューをにこにこ受け取りながら、イザは目をぱちぱちさせた。腹がくちくなって、やっと思いだしたのだ。「ねぇ、おじさん。ドワーフのひとたちの知識って、きっと、人間のとは少し違うよね」

「だろうな」ドワーフは肩をすくめた。「儂らとおまえさんがたとでは、寿命や時間がだいぶん違うからのう。それがどうかしたか？」

「ひょっとして、『ラーの鏡』ってもののこと、知らないですか？　ドワーフのひとたちの中に覚えてそうなひと、いない？　俺たち、それを捜して旅をしてるんだけど」

「はて。『ラーの鏡』？　『ラーの鏡』ねぇ」ドワーフは空っぽになったシチュー鍋をさかさまにして、腰をかけた。「どこかでいつか昔、きいたことがあるような気はするが……心当たりはないのう」

「甘い甘い！」ハッサンが笑う。「呑気なのはおまえさんのいいとこだが、イザ、そりゃ考えが甘すぎらあ。国境を出たとたんに会ったひとなんだぜ。王さまや学者が長年ずーっとさんざん悩《なや》み続けてることの答えが、そうそう近くに転がってるわけがあるかよ」

「そうだな」イザも笑いだした。「ほんとだ。こんなとこでいきなり答えがでちゃったら、あんな立派な壮行会して送りだしてもらったのが、恥ずかしいよな」

「むう。ひとつ思いだしたぞ」とドワーフ。「おまえさんがたの質問の答えではないが……近くに転がってるといえば、ここからさほど遠くないところに、ダーマの神殿《しんでん》というものなら、あるかもしれん」

「ダーマの？」

「神殿？」

イザとハッサンは顔を見合わせる。おまえ知ってるか？　いや。短いパントマイムを交わすと、ふたり、声を揃《そろ》えて訊ねた。「なんだい、それ？」

「伝説だ」ドワーフは、太い眉《まゆ》をふたつとも、ひょいと持ち上げてみせた。「聞いたことはないかね？　ふむ、恩知らずな人間どものことだ、もう何世代も前に、忘れ果ててしもうたのかもしれんの。だが、世界のどこかにはな、生きとし生けるものにとって最高にありがたい神殿があるのだよ。そこに行けば、どんな者でも、そのものの望むとおりの生き方を探求する力を与えられるのだ。魔法道を精進《しょうじん》したいものには魔法の、剣術を極《きわ》めたいものには剣術の、それぞれ特別の奥義《おうぎ》を得るための魂《たましい》の道すじをつけてくれるんだ。古代、人間たちの王や英雄《えいゆう》も、大勢、この神殿に詣《もう》でたと聞く」

「望むとおりの生き方だって……?」ハッサンがしゃがれ声を出した。「じゃあ……俺は、そこにいけば、大工の天才ハッサンじゃなくて、最高の戦士ハッサンになれるってことか?」

「そんなすごいもんが、近くにあるの?」イザが訊ねた。

「わからん」ドワーフは頭を振った。「『ある』とは言うとらん。『あるかもしれん』と言うた。そもそもこりゃ、ヒイ爺《じい》さんの話でな、儂もこの目で見たわけじゃないんだ。ただ、東の海峡《かいきょう》を越えて、さらにどんどん東に向かって進んで行った山奥に、とてつもなく大きな神殿があった、と、ヒイ爺さんは言うとった」

「ちょっと待てよ」イヤな予感がして、イザは口を挟《はさ》んだ。「あなたのヒイお爺さんがそこに行ったのって、何年くらい前の話なんです?」

「ふむ、そうさの。ざっと三百年ほど昔かな……おう、話しこんでいるうちに、もうすっかり日も暮れた。あんたら、今夜はうちに泊《と》まっていけ」


ドワーフの寝台は小さすぎたので、イザもハッサンもできたてホヤホヤの小屋の中に、干し草や古毛布を持ち込んで休むことにした。ファルシオンも曳《ひ》き具《ぐ》をはずしてもらい、同じ屋根の下、飼《か》い葉《ば》と水をたっぷりもらって満足そうである。

おやすみ、と、蝋燭《ろうそく》を吹《ふ》き消すと、あたりは暗くなった。開け放った明かり取りの窓に切り取られてわずかに見える星空が、イザに、祭りの夜のことをチラリと思いださせた。自分は、あの山から、妹から、どんなに離れてしまっただろう……。

「……おい」暗がりの中、ハッサンが言った。「どうするんだ、俺たち。明日」

「どうするって？」

「進路をさ。もとどおり北に戻すか。それとも、東の海峡ってのをちょっと越えてみるか、だ」

イザは片膝《かたひざ》をついて起き上がり、薄暗がりの中、仰向けで頭の後ろに両手を組んでじっと天井を睨《にら》んでいるハッサンを見た。

「ハッサン。おまえ……ひょっとして信じてるのか、あのじいさんの話を？」

「……ああ」ハッサンはむっつり顔のまま短く答えた。

「だって……聞いたろ？　三百年前の話だってんだぜ？」

「ああ」

「おいおい！」イザは笑った。「俺の考えが甘いって笑ってたのは誰だっけ？　悪いけど、俺は、なんとかの神殿なんてものは、ないと思うな。そんな話、これまで、ただの一度も聞いたことないもん。もしかすると、うんと昔にはあったのかもしれないよ。少なくとも、建物だけは。でも、きっともう崩れて埋もれて、全部なくなっちゃってるさ。でなきゃ、レイドックみたいな学問のさかんな都には、噂くらい聞こえてなきゃへんだ。だろ？」

「変わりたいんだ、俺」ハッサンは低く囁《ささや》くように言った。「大工仕事なんか、どんなにうまくったってつまらねぇ。俺は、戦士になりてぇ。戦士として、もっと、もっと、ずっと強くなりてぇんだ……!」

「………!」

　イザはしばらく無言のままハッサンの大きな横顔を見つめていたが、やがて、わかったよ、とつぶやいて寝そべった。「じゃあさ、とにかく行ってみよう、東に。でも、もし、期待どおりのものがなくってもあんまりガッカリするなよ」

「すまん」ハッサンは顔を横向きにしてイザを見つめた。「イザ?」

「あ?」

「おまえ、いいやつだな。おまえとこうして旅ができて、俺はほんとに嬉《うれ》しいぜ」

「なんだよ」イザは撲《ぶ》たれたように赤くなった。「いいからさっさと寝ろよ」

「ああ。おやすみ」

　わずかにのち、イザは後悔《こうかい》することとなった。『さっさと』寝かしたりせず、ハッサンより一瞬でも先に眠っとくんだった! と。


　ドワーフの小屋に別れを告げると、ふたりは馬首を東に向けて一路進んだ。やがて、話に聞いたとおり、陸地が途切れ、逆巻《さかま》く海が横長の帯となって行く手を遮《さえぎ》っている場所にさしかかった。渡し舟もなければ、橋のようなものも見当たらない。いくら怪力《かいりき》ファルシオンでも、こんな流れの中を泳ぎぬくことなどできそうにもない。

諦《あきら》めて引き返そうとした時、岸辺《きしべ》の砂地に埋もれた謎《なぞ》の洞窟《どうくつ》を見つけた。巣《す》くったモンスターどもを撃退《げきたい》しながらこれを進んでみると、案《あん》の定《じょう》抜け道だ。再び太陽の下に出た時、一行は、見知らぬ大陸に立っていた。そして……予定どおり、ごくなにげなくさらに東に向けて進み始めて、わずか半刻後。

彼らは崖《がけ》っぷちに立っていた。目の前で大地がスパリと切り落とされ、巨大な穴をなして失われている。

のちにレイドック王宮の学者たちが分析し計算してみたところ、この日、イザとハッサンが早朝からここまでに踏破した距離は約四百二十レイグを越える。普通の旅人ならば、ほぼ十二日を必要とする道のりだ。ファルシオンがいかな駿馬《しゅんめ》であろうとも、一日二日で駆け通すことができるような単位ではない。よって……おそらく、なんらかのこの世ならぬ力が働いて、時間か空間かどちらかがねじ曲がったのではないかと推察《すいさつ》される。それが、彼らにとって有利であったのか、そうではなかったのかはともかくとして。

「……穴だ……」御者台のハッサンは、あんぐり口を開けた。「なんてこった……下にも別の世界がある。森が見えるぞ」

「『幻《まぼろし》の大地』だ」イザは荷台から飛び降り、ファルシオンの脇《わき》に立って、見下ろしながら、断言した。「……うーん、前に俺が落ちたところとは、地形が違うみたいだな」

「ま、ま、前に落ちた、だと？」ハッサンは青ざめた。「まさか」

「さー。降りてみようぜ」イザは励ますようにファルシオンの首を叩いた。「伝説の神殿のあったはずの場所に、こんんな大穴が開いているんだ。これにはきっと何か重大な意味や理由があるはずだ！　大丈夫《だいじょうぶ》。頭で考えるほど怖くはないんだ。どういうわけか、ぜったい怪我はしないみたいだしさ」

「さらばだ、友よ」ハッサンはギクシャクと馬車を降り、じりじりと後じさりしながら、青ざめた顔でひきつったように笑った。「世話になった。短いつきあいだったな」

「ばか。何言ってんだよ。もちろんおまえも一緒に来るんだよ」

「いけねぇ。高いとこだけは、どーにもならねぇ」ハッサンは頭を振った。「ほら、俺って、他人さまよりか、ちーっとばっか余分に体重があるだろ？　だから、地面にブチ当たった時、ひとより痛ぇに違いねぇじゃないか」

「ブチ当たらないったら」イザは逃げられないようにハッサンの腰帯《こしおび》をムンズと捕まえた。「ふわっと、重さなんかないみたいに降りるんだから……だいたい、ハッサン、高いところが怖いなんて嘘だろ。あの小屋建てる時、屋根に上がってセッセと仕事をしてたじゃないか」

「てめえで建ててる家ならいいんだ。てめえで建ててる家なら、どこに梁《はり》があって、どこ踏んでりゃあ、ぜったい底が抜けないかわかってるから……って、おい！　こらっ！　大工の話はしねぇって約束だろがっ！」

「ごめんな」肩をすくめたかと思うと、イザはいきなり、ハッサンの肩の向こうの、あさっての方角を指さして、アッと驚いたような顔をした。

「へ？　なんだ？　……ひぇっ」

あわてて後ろを振り向いた拍子にかすかにバランスを崩したハッサンに、イザは知らん顔でどすんと強く体当たりをした。ふたり揃《そろ》って、荷馬車の幌の中に転がりこむ。「よし、いまだ！　いけ！」イザが叫ぶ。すかさず、ファルシオンが走り出す！　大地に穿《うが》たれた穴をめがけて。

「……うわぁあぁあぁぁあああ！」


それは不思議な感覚だ。めまいのような、貧血《ひんけつ》のような。底知れぬ奈落《ならく》に落ちてゆくような、はたまた、天に昇《のぼ》るような。

いまに来るに違いない致命的《ちめいてき》な衝撃《しょうげき》に備えて、ハッサンは手足を縮《ちぢ》め、頭を抱《かか》え、奥歯をしっかり食いしばった。どしーん、と来るか、ばーん、と来るか。古びて捨てられ放り出される人形のように、自分が無残《むざん》にバラバラになって悲鳴をあげながら散ってゆく幻影《げんえい》。ハッサンは目の前が真っ赤になったり真っ白になったりした。

だが、いくら待っても、それ以上はなにも起こらない。ふと気がつくと、奇妙な感覚も消えている。

ハッサンは指の隙間《すきま》からそうっとあたりをうかがい、ぱちぱちと瞬《まばた》きをした。どこも痛くもなんともなかったのだが、そういえば、全身が妙にスウスウ頼りない。なぜだろうと思ったら、どうも重さがないらしい。おい、と傍《かたわ》らのイザを怒鳴《どな》りつけようとして、あっけに取られた。

「い、イザ!?　おまえ……透《す》き通ってるじゃねぇか！」

「そうなんだ」半透明のイザは、半透明の馬車を引いた半透明のファルシオンを慰《なぐさ》めるように撫《な》でてやりながら、落ち着きはらってうなずいた。「ここに来るとこうなるんだ」

「こうなるって……こうなるって……」無意識のうちに頭を掻《か》こうとして、ハッサンは、その指も、透けているのに気がついた。「うわぁ、げげーっ！　俺もか！」

「ついでに教えておくとね、俺にはハッサンが一応ぼんやりとでも見えるけど、ここで暮らしてるひとたちにはまるで見えないみたい。触《さわ》ることもできない。ほんといって、俺たち同士、ともかくこうして普通に話ができたり、触ったりできて、助かったぜ」

「うへぇ。気味悪ぃ。調子狂うなぁ。これじゃ、まるで幽霊《ゆうれい》じゃんか！　こんなんでいったいどうするんだよ？　イザよう！」

「なんとかなるよ。そのうち。……見ろよ」

イザの透明な指のさし示す先に目をやり……眉《まゆ》をしかめて、焦点《しょうてん》を調整して……ハッサンは、アッと息を飲んだ。

あまりに近すぎて視野《しや》に入っていなかった。あまりに巨大過ぎて、見ているものが何なのかわからなかった。

それは壁、玄武岩《げんぶがん》を積み重ねた立派な壁の一部だ。神話に出てくる獣の背に跨がってたてごとを奏でる美しい子供の姿を描いたレリーフが、無残な半欠けになっている。崩れてなくなった部分から、元はさぞかし優雅《ゆうが》だっただろう立派な柱の折れたのがのぞいている。ゆっくりと頭を巡らしてみると、階段であったらしい部分、門であったらしい部分、泉の痕跡などが見分けられた。荷馬車が着地した草地は、おそらく何世紀も昔に廃虚になったのだろう広大で神々しい何かの建造物の、前庭のような部分なのだ。

「……ダーマかな……?」ハッサンは呻《うめ》いた。「こりゃ……神殿だぜ、イザ!」

「俺もそう思う」と、イザ。「しかし、けったいだな。あっちの世界で噂を聞いたもんが、実はこっちにあった、ってことかな?」

「地面がスッポリ抜けた時、ついでに落っこって来ちまったのかも」ハッサンはまばゆい空を見上げてみた。「あれーっ、なんもねーの??　へんだなぁ……落ちてきた穴が見えたってよさそうなもんなのに」

「ここと向こうは、普通の上下関係じゃないんだ。……とにかく、ちょっと入ってみようぜ。もしかして、近くにまた井戸があるかもしれない」

「イド?」

「前に『幻の大地』に落ちた時、井戸に飛び込んで元の世界に戻ったんだ」

なにくわぬ顔つきで言い、ファルシオンを引いて歩きだすイザを、ハッサンは、不安そうなどんぐり眼で見守り……やがて、そっと肩を丸めると、無言のままに追いかけた。

井戸はあった。あるにはあったが、瓦礫《がれき》が詰まって塞がっている。これでは、どんな場所にも抜けられそうにない。

なおも未練がましく崩れかけの女神《めがみ》像や神獣像《しんじゅうぞう》の立ち並ぶ広間をさまよううち、ハッサンが埋もれた棒《ぼう》のようなものに蹴《け》つまずきそうになった。

「っとお！　あぶねぇあぶねぇ」当のハッサンは、そのままなにげなく通りすぎようとしたが。

「おい待て」イザが気づいた。「へんだぞ。俺たち、ここの物には触《さわ》れない……実際には、触っていない、はずだろ？　なんでつまずくんだ？」

「あっ……そうか！」

ふたりは大急ぎで瓦礫によつん這《ば》いになり（といっても、床に触っている感触《かんしょく》はしないのだからヘンテコである）問題の棒をひっぱりだしてみた。

それは、きつく巻かれ、房《ふさ》のついた立派な紐《ひも》で縛られたものだ。どうやら古い書物らしい。シミだらけで、黴臭《かびくさ》くて、パリパリに乾燥して無理をすると壊《こわ》れそうなのを、そうっと広げ、のぞきこむ。

「おおっ！」

「……わっ、なんだ？」

巻きがほどけかけたそのとたん、きらきらといかにも魔法めいた金色の粉《こな》が舞ったかと思うと、羊皮紙の表面がひとりでに広がり、真新しいインクの匂いを発し、ぴかぴかした一枚の絵が現れた！

いや、絵ではない。地図だ。描きかけなのだろうか。ほとんどの部分は、大陸や島の輪郭《りんかく》をザッと線描きした以外、真っ白いまま取り残されている。だが、ふたりから見て右側の中央と、左上の昆虫《こんちゅう》のような形をした島の一部には、色がつき地形が描きだされているのだった。琥珀《こはく》に輝く山の峰《みね》、緑萌《も》える大草原、そして、青い青い海原《うなばら》まで……鮮《あざ》やかに美しく、なんとも実物めいた迫力《はくりょく》を持って！

そして……小さな小さな、妖精《ようせい》の羽根ペンのようなものが、その色のついている一方の図形のほぼ真ん中あたりの表面に支えるものもなく浮かんでそっと揺れている。まるで「ここよ！　ここなのよ！」と訴《うった》えかけるように。イザは手を伸ばしペンを取ろうとしてみるが、指が擦《す》り抜《ぬ》けてしまった。

「これは……きっと『幻の大地』の全体図だぜ」「そっちの上の島の地形に、なんとなく覚えがある。それは……俺が、この前落ちた時、いったところなんじゃないかと思う」

「そ、そ、そいじゃよ、なにかい？　つまり、こいつは、持ち主が行ったことのある場所だけ、くっきり見せてくれる地図、ってわけか？　うわお！　それって……まるで魔法じゃないか！」

「魔法さ。もちろん」イザはニヤリとした。「なにせここは『幻の大地』なんだぜ。何が起こっても不思議じゃない」

「ふーん。なるほどな」

「とすると……なぁ、ハッサン？　この羽根が浮かんでるとこって、ひょっとして、俺たちがいまいる場所なんだとは思わないか？　ペン先が指さしてるでっかい灰色の塊《かたまり》が、この廃墟だとすると……」

イザは地図を指でたどった。向かって右側は険《けわ》しい山脈《さんみゃく》を経《へ》て海。下は大河に阻《はば》まれている。上側も、海峡《かいきょう》ですぐに行き止まりになりそうだ。だが……。

イザの指が、左側の海岸縁《べり》の一点にたどりつく。そこは、ほかの部分とは少し雰囲気が違って見えた。自然ではない、人工的な感じがしたのだ！　そっと顔を寄せてみると、確かに……ごちゃごちゃと細かな屋根や煙突《えんとつ》が立ち並んでいるのがわかった。

「人里か……どうやら港町らしいな」ハッサンは呻いた。

「そうだ。とすれば、これは桟橋《さんばし》だ。桟橋といえば」

「船。海。……大海原をひとまたぎ！　うわぁ！　いいぜいいぜ！　なんだか胸がわくわくしてきた」

「よし。行こう！」


港町サンマリーノは、にぎやかな華《はな》やかな町だ。

ひどく切り立った地形のせいか、なにかほかにそうしないわけにいかぬ理由でもあったのか、町じゅうすべての家々が互《たが》いに重なりあいくっつきあい、ひとつの巨大な塊《かたまり》をなしている。どの一《いっ》軒《けん》にも、他人の家の屋根や廊下《ろうか》をいくつも通路にしなければたどりつけないし、階段や袋小路《ふくろこうじ》がいくつもあって、うっかりすると道に迷う。そんな迷路めき要塞《ようさい》めいた町じゅうを、半透明の一行は、誰に阻《はば》まれることもなく、隅々《すみずみ》まで見学して歩いた。

教会があり、宿屋があり、幼稚園《ようちえん》があり、商店街があった。男たちは賭《か》けごとをし、女たちはおしゃべりに興《きょう》じる。洗濯物《せんたくもの》がさかんにひるがえる下では若い恋人同士がひとめをはばかってこっそり手と手をつなぎ、台所の窓からは野良猫《のらねこ》がまないたの魚を狙《ねら》っている。

「ああ、たまんねぇな。どうしたんだろ。なんか、妙な感じだ。胸がドキドキしてきた」ハッサンは透明のまま、苦しげな吐息《といき》を洩《も》らした。「『幻の大地』とかっつっても、みんなつまりは、ごくふつーの生活ってやつをやらかしてんだなあ。おとっつぁんもおっかさんも、せっせと生きて働いてやがるぜ……グスッ……うわ。おい、見ろよイザ、あの酒場《さかば》なんて、ほんと、まさに魂の故郷《ふるさと》って感じしねぇか？」

「酒場が？」イザは苦笑した。「あのね。俺は、田舎《いなか》育ちの未成年なんだぜ。港町の酒場に郷愁《きょうしゅう》なんか感じるわけないだろ」

「ちぇっ。話の合わないやつだな。そっか。俺はもう全身ムズムズ感じちゃうよ……なぁなぁ、ちょっと入ってみねぇ？　いや、酒なんか飲めないのはわかってる。わかってるけどよ！　気分だけでも味わいたいからよ！」

言いながら、もうハッサンは身軽に馬車を飛び降りて、酒場の扉を擦り抜けて入っていってしまう。イザはやれやれと頭を振ると、悪いけどここでちょっと待っていてくれ、とファルシオンに声をかけ、後に続いた。

酒場は安葉巻《やすはまき》のケムリでいっぱいだ。イザは思わず咳《せ》き込みそうになったが、考えてみれば、ほんとうのところ、いがらっぽさを感じているわけではない。

使い込んでほとんどまっ黒になったテーブルや椅子《いす》が、ぎっしり並んでいる。男たちや女たちがジョッキをあおり、カードをめくり、互いのホラ話にいちゃもんをつけあって楽しんでいる。片隅《かたすみ》の舞台《ぶたい》では派手《はで》な帽子《ぼうし》の爺《じい》さんの手風琴《アコーディオン》にあわせて、小さな女の子が巧《たく》みに玉乗りをし、化粧《けしょう》をした猿《さる》がおかしな動作をしてドッと笑いを取っていた。

ハッサンは、両手をズボンの隠しにつっこんで、肩で風を切るようにして、そこらをのして歩いた。いかにも満足そうに、気持ちよさそうに、馴染《なじ》んだ場所に戻ったかのような、堂々とした歩きかたで。……と。ハッサンがぴたと立ち止まる。岩のような背中が、なんだかギクリとしたようだ。

イザは急いで追いついた。立ちつくすハッサンの視線の先で、カウンターにつっぷしているのは、屈強《くっきょう》だがやや小柄《こがら》な体格をした黒っぽい服の壮年の男だ。鼻先には半分飲みかけの酒の盃《さかずき》がある。酔《よ》いどれた顔の口許《くちもと》から、よだれが糸を引いている。

イザにはわけがわからなかった。なぜハッサンが、その男をそんな目で見ているのか。酒場にいるほかの大勢と比べても、どこといって特徴《とくちょう》のないただの男なのに。

どうかしたのか？　と声をかけようとした時。

「あ～あ……それにしてもほんと、カッコ良かったなぁ、彼」問題の男のすぐ隣のスツールにでろりと腰かけた女――美しいし、色っぽいが、案外年を取っていそうだ――が、夢みるようなまなざしでつぶやきはじめたのだった。「ねぇ、棟梁《とうりょう》？ あんたは家出した息子さんのことが、まだまだ忘れられないんでしょ。その気持ち、よーっくわかる。あたしも同じ。あの彼が、また来てくれるのを、きっとここでこうして一生待ってるんだわ……ああ、あたしってかわいそう」

「東の森で魔物に襲《おそ》われてたら、助けてくれたっていうんだろ？」カウンターの中で酒壜《さかびん》を磨いていた男が口を挟んだ。「その話はもう、一万と三百七十八回聞かされたぜ、ビビアン」

「いーじゃないよ。あたしの大事な思い出なんだからっ！」

ビビアンと呼ばれた女が拗《す》ねたようなまなざしで空の盃を差し出すと、カウンターの内側の男は黙って肩をすくめ、酒壜を傾《かたむ》けてやった。

「彼、世界一の剣を捜して旅してるって言ってたわ。そういう彼自身こそ、抜き身の刃物みたいな瞳をしてた……ああ、あのひとこそ、勇者だわ。永遠の戦士なのよ。地平線の果てまでもおのれの夢を追いかける男……ああ！」ビビアンは自分のからだを抱きしめて、ぶるぶるっ、と震えた。「なんて素敵《すてき》！ あいたい……もう一度でいいから、あいたいよう、え～ん……」

「……ふん！ ……」

突然、酔い潰れて寝込んでいたはずの黒服の男が、自分の頭を抱えるようにして、ブンと大きく身を起こした。

「くっだらねぇこと、いつまでもピーチクパーチクほざきやがって……なにが勇者だ。夢を追いかける、だよ。戦士なんてもなぁな、おねーちゃん……ヒック！ つまり、要するに、殺し屋だろーが！　ウィッ……」

「棟梁」カウンターの内側の男がたしなめるように笑いかけたが、黒服の男の口は止まらなかった。

「んーなに喧嘩《けんか》がしたいかよ！　んーなに家業が嫌《きら》いかよ。ずうたいばっかでかくなりやがって、力ばっか強くなりやがって……てやんでぇ。チャンチャンバラバラ、剣ブン回して、弱いものイジメしてりゃ嬉しいのかよ、バーローめ！」

ことばは激しく、振り回す腕も乱暴だったが、男の顔は辛《つら》い悲しみに満ちていた。その目は何度拭《ぬぐ》ってもあふれてくるもので、ギラギラ燃えるように輝いていた。

「何さまのつもりなんだか。誰のおかげで、おっきくなったと思ってるんだか。息子だ？　ハッサンだ？　おあいにくさまだね！　そいつはとっくに他人だ。俺ぁ何も待ってなんかいねぇぜ。勝手にどこにでも行って、好きなとこでくたばりやがれってんだ！　……う……うぷ……おぇっ……げろげろげろ……」

「きゃあっ！　いやぁん！　うっそー」

「棟梁、棟梁！　あーあ、しょうがねぇなぁ。しっかりしなって！」

カウンター周りはたちまちバタバタ大騒ぎになった。その隙に。

「おい」イザはハッサンに近づいた。「おいハッサン、……このひとは誰なんだ？　なぜおまえの名を知ってる？　もしや……」

「偶然だろ！　知らねぇよ！」ハッサンは吠えるように言うと、いきなりくるりと踵《きびす》を返した。

「確かに同じ名前だけどよ。そういうこともあるさ」

「おいっ!」

ハッサンはどんどん先に立って、店を出てしまう。おもてでようやく追いついて、イザはハッサンの腕をつかみ、振り向かせた。

「ほんとうに偶然なのか? だって……おまえ、名前を呼ばれる前からあのひとのこと、びっくりしたような顔で見てたじゃないか。……思いがけないとこで、思いがけないひとに、バッタリ出くわしたみたいな顔して」

「ちょっとな。知ってるような気がしたんだよ。でも、んなわけないだろ! だって、ここは、『幻の大地』なんだぜ? 俺たち、こんな透明人間なんだぜ!」

「………」

思わずイザが黙《だま》りこんだ、そのときだ。

たまたま往来のそのあたりを、かっぽかっぽとロバの蹄《ひづめ》を鳴らして通りかかった商人風の男が、忠実《ちゅうじつ》なその獣に話しかけるのが聞こえてきた。

「やれやれ、おまえのおかげでどうやら間に合った。定期船にさえ乗りこめば、たっぷり休ませてやるからな。レイドック城下町もすぐそこだ。見てなよ、こんどこそ、がっぽがっぽと売りまくるからなー!」

あたりに誰も聞くものがないと思い込んでいるので、いかにもはしゃいだ様子である。黙々と歩き続けるロバの耳のあたりをゴシゴシ撫《な》でてやりながら、みるみる遠ざかって行ってしまう。

「……聞いたか？　……」ハッサンがあんぐり口を開ける。

「ああ。……あの人、いま、レイドック、って言ったな」イザがハッサンを見上げる。

「言ったか、やっぱり」ハッサンがうなずく。

「けど……どうなってんだ？　だって……俺たち、穴から落ちてきたんだよな？　こうして透明なんだよな？　なのに……なんで、ここにレイドックがあるんだ？」

「俺に聞くなよ」

ふたりは困惑《こんわく》の目と目を互いに見合わせた。

「……待て。ちょっと待ってくれ。定期船ってのも、聞こえたと思わないか？」とイザ。「それに乗れば、レイドックに行けるかもしれない……としたら、ともかく乗ってみたいよな」

「だな。よし、行こうぜ！」


見上げるような断崖《だんがい》の数多《あまた》入り組んだ海岸線にまぎれるように作られた船着き場は、重なりあって段をなすサンマリーノの町の最下層、一番西側にあたる部分にあった。ふたりは透明な馬車を引いて、定期連絡船乗り場、と看板《かんばん》の出ているあたりまで行ってみたが、埠頭《ふとう》に船の影はなかった。

荷場用のトロッコやロープ、水の樽《たる》などが、きちんと隅に片付けてあるだけだ。

堤防《ていぼう》の先のほうで釣《つ》り糸《いと》を垂れている男がひとり、倉庫街のあたりで子供を遊ばせている老人がひとり。……船員や乗客らしいのが少しも集まってきていないところを見ると、船が着くのは、もう少し先のことなのかもしれない。

「へー、これが港ってもんかぁ。初めてみたぜ」イザは馬車を滑《すべ》り降り、水際《みずぎわ》まで歩いた。突堤《とってい》の端に、脚《あし》をなげだして座り込む。

青に藍《あい》にどこまでも広がる大海原。びっしりと並んだ三角波が、風に吹き寄せられたり、うねりに乗り上げたりしている。雲湧《わ》く遥《はる》かな水平線は、まばゆく晴れた空と、どちらからともなく混じり合い溶け合って、はっきりどことはわからない。

手前、足許《あしもと》に目を落とせば、ゆるやかな波が渦巻き泡立《あわだ》ちながら、桟橋の桁《けた》を洗っていた。海草が女の洗い髪のようになってへばりついている石の土台の上を、小さな赤い蟹《かに》がちょこまかと歩きまわっている。名前のわからない小さな魚が、ちょろちょろ楽しそうに泳ぎまわっている。

「人間って、けっこうすごいよなぁ……船だとか港だとか作りあげて、こんなでっかい水たまりも、平気で渡ってっちまうんだから」脚をぶらぶらさせながら、イザは潮風《しおかぜ》に髪を編ませた。

「よう。それで？　どうする、これから」ハッサンも隣に来て、巨体をヨッコラショと腰かけさせる。「このまま、ぼーっと、船が来るまで待ってるのか？」

「そうだなぁ……なにせこの幽霊状態じゃあ、ほかにどうすることもできないし」

やるせなく遠い太陽に目を細めた、そのときだ。

「……やっと来たわね」

背中のあたりで、低く囁《ささや》くような女の声がしたのは。

ふたりは思わず振り向いた。

立っていたのは、背の高い、首の細い、抜けるように肌《はだ》の白い女だ。

黄金色の滝めいた長い髪を肩の後ろに垂らして束《たば》ねている。何枚も薄い布を重ねたような風変わりな衣装《いしょう》。繊細《せんさい》な陶器《とうき》のような美貌《びぼう》だが、瞳《ひとみ》の色がひどく薄い。どこを見ているのかハッキリしない銀青色の虹彩《こうさい》は、夜歩く肉食の野獣《やじゅう》のそれに似て、冷たく油断ならない感じがした。

「ようこそ、わたしはミレーユ」両手指を揃えてぴたりと胸の前で合わせる、奇妙《きみょう》な挨拶《あいさつ》のような仕種《しぐさ》をして、女は名乗り、ほんのかすかに唇《くちびる》の端《はし》をもちあげた。たぶん、微笑《ほほえ》んだのだろう。

「ここであなたたちを待っていたの」

「お……俺らをぉ？」ハッサンは自分の鼻を指さして寄り目になった。「なんで？」

「あんた、何者だ？　なぜ俺たちが見える？」イザは利《き》き手《て》を剣の柄《つか》にかけ、姿勢を低くして身構えた。「魔物か？」

「魔物？　……そうね、ある意味、確かにそうかもしれないわね」

ミレーユと名乗った女は、含《ふく》み笑いを浮かべると、踊るように流れるように両手の指をひらめかせた。

薔薇色《ばらいろ》の爪をしたしなやかな指先が素早く空中に描きだす種々《しゅじゅ》の形に従って、あたりに目に見えぬ不可思議な力場が走り、彼女が両肩に掛けめぐらした黄色い紗帯《しゃおび》がふわりふわりとたなびいた。

顔で笑うかわりに、全身の気配を笑わせている。その妖《あや》しさ、面白さ、幻想的《げんそうてき》な美しさときたら！

イザもハッサンも、驚き、気を呑《の》まれて、思わずぽかんと口を開けたまま見蕩《みと》れてしまった。

と。ミレーユが、ぱちん、と手を打ち合わせた。

男たちは、いきなりハッと我にかえった。

「ついてきて」

短く言うと、ミレーユは、返事も待たず、すたすたと大股に歩きだす。いきがけの駄賃《だちん》、透明ファルシオンの鼻面を励《はげ》ますようにポンポンと気さくに叩いてやりながら。

「お、おい」ハッサンはイザを肘《ひじ》でつついた。「なんだ、あれ？」

「怪《あや》しい」イザは頭を振った。「ものすごく怪しい。けど、きっと、そんなに悪いひとじゃないと思う」

「おまえさあ」ハッサンはため息をついた。「見た目に弱いってのはよくない性質だよ。きれいな女ほど油断ならねぇもんはねぇんだぜ」

「ばか！　そんなんじゃないよ！　ファルシオンがおとなしく撫《な》でられてただろ」

「あ、そっか……なるほど」

町の外に出てひとめがなくなると、ミレーユは馬車に乗り込んできて、手綱《たづな》を握《にぎ》っていたハッサンに進路を細かく指示した。

透明で、この世界の人間には触《ふ》れることができないはずの馬車に、である。もしも誰かが外から見たなら、ミレーユがひとり、ゆったりと座ったかっこうで宙に浮かんだまま移動しているように見えてしまったに違いない！

「もう気がついていると思うけれど」

ミレーユは幌《ほろ》をまくりあげた荷台の前端に頬《ほお》づえをつき、狭苦しい御者台で押し合いへし合いくっつきあっている男ふたりに親しげに話しかけた。

「この馬車もあなたたちも、ここでは実体じゃあないの。精神体よ。かたちを持つものは、あそことここの境界線を越えることができないから。物質である肉体は置き去りになり、魂だけがやって来たの。だから、あなたたちは、そうやって、自分をもとどおりそのまんまの姿にさせてるけど、ほんとうはそんな必要はないのよ。これこそほんとうのほんものの自分だって信じられるなら、もっとハンサムにだって、たくましくだって、なれるはずなのよ」

「はー。なるほどね。でも、俺の場合、これ以上いい男になるなんて、無理っスからね、ははははは」ハッサンは大柄なからだを苦労して振り向かせて、愛想よくウケない冗談《じょうだん》を言った。「けど姐《あね》さんは、あれでしょ。魔女さんとか、巫女《みこ》さんとかって類《たぐい》の仕事のかたでしょ？　その、オデコのナニは確か、そーゆーひとじゃないと貰《もら》えないモンだったような気がするんスけど」

「よくご存じね。そう。この額環《サークレット》は、魔法使いギルドの認定章《にんていしょう》よ。これがあれば、どこの教会でも神殿でもいい仕事に就ける。旅をしていればたいがいの町で、少なくとも一日は、無料で宿と食事を世話してもらえる。これを持った女でなければお妃《きさき》にしたがらない王さまもいるわ……でも」ミレーユは額《ひたい》を隠した白銀の金属環《きんぞくかん》にそっと触れた。「ほんとうは、これは、枷《かせ》なの」

「カセ？　つーと……手や足を縛って動けなくする、あれのことですかい？」

「そうよ」ミレーユは狼《おおかみ》めいた瞳をそっと伏せた。「魔法能力というものは、識《し》ることそのもの、身につけることそのものに、重大な責任を伴うものだから。……いまそれをなすことがなさないことよりも良いことであるかどうか、過去から未来まで、天地森羅万象《しんらばんしょう》のどの神に照らしても、けっして恥《は》ずかしく思う必要のないものであるかどうか……わたしたちはつねに厳《きび》しく自問自答しなくてはならない。もし少しでも不安や躊躇《とまど》いがあったら、そのとき、この環《わ》は、わたしたち自身をピシリと閉ざすの」

「へー。ずいぶんとオオゴトなんだな」イザはつぶやいた。「魔法って、もっと便利で都合いいものかと思ってた……俺には、ホイミぐらいしかできないけど」

「えっ、おまえ！」ハッサンが目を見張る。「イザ、魔法なんか使えたのか！」

「ほんのちょっとだけだよ」

「治療呪文《ちりょうじゅもん》にはそれほど深刻《しんこく》になる必要はないの。影響力が少ないから。問題は攻撃系。高度で複雑な呪文になればなるほど、より慎重《しんちょう》に細心に使わなければならない。大いなる力をむやみに駆使《くし》すれば、敵のみならず、周囲の環境にも作用してしまう……ひいては、世界の秩序を大きく掻《か》き乱してしまう……」ミレーユはおとなっぽく微笑んだ。「けど、少しぐらい難《むずか》しくなくっちゃ面白くないわ！　これが、わたしの望んだ生き方なんだし……あ、その先の三叉路《さんさろ》は右に曲がってね」

何世紀という樹齢《じゅれい》を誇《ほこ》るだろう各種の大木が縦横《じゅうおう》に、まるで生きた城のように入り組んだ森の奥に、ミレーユはファルシオンを進めさせた。

高いところで層をなして重なりあった枝葉の素晴らしいエメラルド色の天蓋《てんがい》から、太陽のさしいれた無数の光の矢が、黄金色のヴェールとなって揺れた。互いにからみあいもたれ合った樹木は、さまざまな美しい色や形を描き、大聖堂の柱廊《ちゅうろう》にも負けぬほど神々《こうごう》しい雰囲気をかもしだしている。節くれだった根が固い岩盤《がんばん》と戦って、大蛇《だいじゃ》のようにのたうちくねり持ち上がってゲートのようになった部分を潜《くぐ》ると、馬車はぽっかりと開けた天然の大広間に出た。

さんさんと惜《お》しげもなく降り注ぐ澄《す》んだ明るいひざしの中、見るからに柔《やわ》らかそうな若緑色の芝《しば》草《くさ》の絨緞《じゅうたん》をみっちりと敷《し》き詰めた小さな丘のてっぺんに、煉瓦《れんが》造りの可愛《かわい》らしい邸宅《ていたく》がちょこんと建っている。丁寧《ていねい》にしつらえられた花壇《かだん》には、色とりどりの花が咲《さ》き乱れ、小鳥が舞い、蝶《ちょう》が飛びかう。

夢のように甘く、おさな児《ご》にとっての母の腕のように優しく、永遠の春のようにほのかにあたたかな光景である。

「馬を休ませてあげましょうね」ミレーユは軽やかな身ごなしで馬車を降りると、手際《てぎわ》よくファルシオンの装具をはずし、傍《かたわ》らの清らかなせせらぎのほうへ引いて行った。

それでイザとハッサンも我に返り、順繰《じゅんぐ》りに御者台から飛び降りた。

「ミレーユかい？」

幼い子供のような甲高《かんだか》い声がしたかと思うと、丘の上の家の玄関《げんかん》が開いた。瞬間《しゅんかん》、まっ白い湯気がもうもうと溢《あふ》れる。

声を発したのは、ドワーフかと思うほど小柄で、片手に長い銀色の料理串《りょうりぐし》を掲《かか》げ、片手に銀色のグローブ型の鍋《なべ》つかみをしっかりはめたままの誰かだ。純白でフリルひらひらのかわいらしすぎるようなエプロンをつけているくせに、とんでもなく強烈《きょうれつ》なピンク色のとんがり帽子《ぼうし》を深々と被《かぶ》っている。

「おやまあ、どうやらうまいこと見つけてきたようだね、おかえり！　おかえり！　ひゃーっひゃっひゃっひゃっ」

転がるようにして降りてきて、透明状態のイザとハッサンを見上げ、歓迎《かんげい》の握手《あくしゅ》をしようとして串で刺《さ》しそうになり、おお、すまんすまん、だが、どうせ痛くもないじゃろ、とケラケラ笑った顔を見れば、ぽちゃぽちゃの頬に小さな鼻と口が半ば埋もれ、ドングリでもはめ込んだようなまっ黒でまんまるな目がくるくる悪戯《いたずら》っぽくよく動く、まるでヌイグルミのように愛らしい老女である。

「ただいま、おばあちゃん」

ミレーユがやってきて、老女の手から、危なっかしい串をサッと取り上げた。

「こちら、夢占《ゆめうらな》い師《し》、グランマーズ。わたしに、あそこで、あなたたちを待つように教えてくれたひとなの」

「占い師……ってのも、魔女さんの一種か」

「あの。へへへっ。どーも、はじめまして」

いったいどうふるまっていいものやら、困ってへどもどする二人組に、「ようきた、ようきたね」

老女は屈託《くったく》なくニコニコ親しげに笑いかけ、ついでに素手《すで》や鍋つかみをはめたままの手を振り回して、小麦粉の煙幕《えんまく》をもうもうとたちこめさせた。

「もうそろそろ来るころだろうと思ったから、あたしゃ、素敵なお菓子《かし》をたんまり焼いておいたんだよ！　えーと確か、あんたたちの名は、イザとハッサンだったね……おっと、そうそう！　いかんいかん。まずはこれをせんと」

言うが早いかグランマーズは、エプロンのポケットから小さなカット・グラスの壜《びん》を取り出した。左手の掌《てのひら》に乗せて掲げると、美しい細工のガラスがキラリと光る。中身は、うっすら真珠光沢《しんじゅこうたく》を放つ乳色の水のようなものだ。

よーく見ていなさいよといわんばかりに、右手のひとさし指をピシリと一本たて、皺《しわ》だらけの唇をオチョボにすぼめて目をくりくりさせ、男ふたりの注目を壜にしっかりたっぷり集めると、グランマーズは、腹をたてた仔犬《こいぬ》のような声で低く高く唸《うな》りだした。眉根《まゆね》を寄せ、顔をしかめ、右手の指をコショコショと擂り合わせながら、気合いを高め……それから、右手を獲物につかみかかる鷹《たか》の鉤爪脚《かぎづめあし》のような格好にして壜に向け、ヤァ、と叫んだ。

すると……壜の中の水が発光した！　明るい空色に、一瞬、チカリ！　と瞬《またた》いたのである。

よしよし、と満足そうにひとりごちたかと思うと、グランマーズはねじこみ式の蓋《ふた》を引き抜き、いきなり壜をふたりに向けた。

「わわっ、かかった！　なにすんです！　冷たい！」

「あ。あれ？　おい、イザ！　見ろ！　手が。足が出たぞ！」

「え？　ほんとだ、俺たち、戻ってる戻ってる！」

そのとおり。老女のかけてくれた不思議なしずくが、ぽつりとあたったその場所から、透明だった精神体がみるみる実体化し、やがて、どちらも全身くまなく、しゃっきりスッキリ蘇《よみがえ》ったのだ！

「うわお、ばあちゃん！　ありがてぇ！」

「どうして!?　……いったい、どういうことなんだ！　あんたは誰だ！」

「ふぉっふぉっふぉっ。まぁまぁ、そう逸《はや》りなさんなって！　長い話になるからの。いいから、ふたりとも、まずはあたしの家におはいりおはいり！」

「待ってくれ」イザは言った。「ファルシオンも……馬も戻してやってくれ！」

グランマーズの館《やかた》は、香《こう》ばしく焼けたクッキーやケーキの甘い匂いでいっぱいだった。老女が短い足でちょこまかとかまどと卓《たく》を往復し、焼きたてのお菓子を並べあげる間に、勝手を心得た様子のミレーユが、素晴らしい香りのハーブ・ティーを淹《い》れた。イザとハッサンも、はりきって、生クリームを泡立《あわだ》てたりジャムを壜から皿《さら》に移したりして手伝った。なにしろ、この世界に普通に存在するなにもかもに、触《さわ》れるようになったばかりである。そんなことでも、嬉しくってしょうがない。

美味《おい》しいお茶とお菓子をいただいてお腹があったかくなるころには、はしゃいで興奮した気持ちが、ようやく静かに落ち着いてきた。

イザとハッサンが目くばせをして雁首《がんくび》そろえ、きっぱり真面目にお礼を言うと、グランマーズもコホンと居ずまいをただし、エプロンで唇のまわりにくっついていたフロスト・シュガーをそっと拭《ぬぐ》った。

「さぁて、まずは何をどこから説明したものか……すべては、夢のお告げのとおりじゃったわけじゃが」と、グランマーズは話し出した。

「さっき、おまえさんがたに振りかけてやった水、あれは、ただの水ではない。夢見のしずく、という特殊《とくしゅ》な聖水での。ここからずっと南にある夢見の洞窟《どうくつ》の、夢見の祭壇《さいだん》でしか手に入れることができないものなのじゃが。……道中には魔物も出るし、あたしゃあ、この年で膝《ひざ》が痛む。そこで、そのミレーユが、ひとりっきり、おまえさんたちのためにわざわざ取りに行ってきたんじゃぞえ」

「ひとりで?」イザは驚いた。「そりゃあ大変だったただろう。……あんがい、勇気があるんだな」

「……すまねぇ……」ハッサンも言った。「そんなことは知らないで、俺たち、怪しいとかなんとかさんざん疑《うたが》っちまってた。けどよー、姐《あね》さんってば、善玉にしては、なまじ顔が良すぎるんだもんな」

「ごちそうさま」ミレーユはそっと笑った。

「そら。これを、持っておいきよ」ぴっちりと蓋をしめたしずくの壜をイザの手にさしだしながら、グランマーズは言った。「まだ少し残っている。もしこの先、お前さんがたのような境遇に陥《おちい》っている誰かを見つけたら、かけておやり。お前さんがたになら、そういうひとが見えるはずじゃからの。……のう、ミレーユ？」

「実はね」と、ミレーユは言った。「わたしも以前、あなたがたと同様、魂だけになってさまよっているところを、おばあちゃんに助けてもらったの。おばあちゃんの手元にあった、夢見のしずくの最後の一滴《いってき》でね」

「ギルドの契約《けいやく》じゃからの」と、グランマーズ。「困っとる同業者を見かけたら、死力の限りをつくしても救わねばならぬ。それが、あたしら魔女たちの、家族以上の絆《きずな》なのじゃ」

「ふーん。なあるほど」と、ハッサン。「じゃ、つまり、もと同じ境遇《きょうぐう》だったから、あんたには俺たちが見えたってえ仕組みか。けど、ばあちゃんに見えるのはなぜなんだ？」

「ほい、こちらさん、つっこむのう。ほっほっほっ。そりゃー企業《きぎょう》秘密じゃな。ま、あたしゃこう見えても希代《きたい》の大魔女さまなのじゃ。つつーことで納得《なっとく》せぇ」

「けちー。隠すなよー!!」

「そんなことより」イザは紅茶茶碗《ちゃわん》を置きながら、まっすぐミレーユを睨《にら》みつけた。「俺たちを、待ってたって言ったよな？　そのうえ、ひとりで魔物のいる洞窟に出かけてまで、わざわざそのなんとかを取ってきてくれたって話だろ。……それって、いったいぜんたい何のためになのさ？ 通りすがりの、赤の他人なのに？」

「……イザ……？」ミレーユは眉をひそめた。「……やっぱり、何もかも忘れてしまったのね……」

これにはイザは面食らった。「忘れてって……って、何をだよ？」

女たちは顔を見合わせた。ミレーユが問いかけるように瞬《まばた》きをすると、グランマーズは肩をすくめ、顎《あご》をしゃくった。おまえさんが言いなさい、というように。

かすかにひとつうなずいたものの、ミレーユはなかなか言葉を発しなかった。

とまどいがちな瞳でイザを見つめ、何か言いかけては呑み込み、ためらい、唇を噛み……とうとう片手で額環《サークレット》を押さえて顔をそむけた。

「ごめんなさい……だめだわ。いまは言えない。口に出せない。覚えていないのなら、覚えていないことこそが、理に適《かな》うんだわ。いまのあなたでは、きっと、まだ、真実に耐《た》えきれないのよ」

「……なんだよ、それ」イザはムッとした。「……隠すなよ！ 言いかけておいて黙《だま》ることないだろ。耐えきれない、だって？ 俺をバカにしてるのか……」

「バカになんかしてない」ミレーユは言った。「信じて。わたしはあなたの味方よ」

「ふん。どうだか」イザはそっくりかえり、テーブルにブーツの足を載《の》せた。「ま、いいよ。ぜんぜん知らない女の人に恩着せがましく味方なんかしてもらわなくったって、俺ぁぜんぜんかまわないさ！」

「おいおい、イザ！」ハッサンが割って入った。「いいすぎだぞ、おまえ！　……すいませんねぇ、こいつ、案外短気で。……けどさ、いまのは姐《ねえ》さんもいけないやね。でしょう？　だってさ、そうでなくても、俺たちわけわかんないことばっかで、不安なんスから、頭ゴチャゴチャなんスから。そこに、ますます混乱させるようなこと言われたんじゃ、こいつじゃなくたっていじけてグレちま……」

「……信じて……！」

叫んだわけではない。ごく低いさりげない声でピシリと言っただけだった。

が、そのことばと同時に、瞬間解《と》き放たれた気迫《きはく》が、熱い空気のうねりになってイザとハッサンにぶつかった。ズン、と響《ひび》いたその一撃に、ふたりとも椅子《いす》に座ったまま、いきなり壁まで押しやられてしまった。棚《たな》の上に載せてあったドライフラワーの束《たば》がはずれて落っこちて、すっぽりハッサンにかぶさった。奇妙な帽子みたいに。

ふたりはあっけにとられ、椅子と、机と、ぶん殴《なぐ》られたようにズキズキする腹を見回した。

「信じて」と、囁《ささや》くようなしゃがれ声でミレーユは続けた。「言えるようになったら、すぐに話すわ。それまでは、気にいらなかろうとなんだろうと……黙って信じてもらうしかない。信じて。わたしは味方。あなたたちの仲間よ。わたしたち、これから、ずっと一緒に行くの」

「一緒に？」と、花帽子をはずしながら、目を白黒するハッサン。「おたくさんが？　……ははは、そりゃ、なんちゅーか……迷惑……いや、ありがたいこって、まったく」

「どこにさ?」イザは衝撃《しょうげき》を食らった瞬間とっさに握っていた剣の柄《つか》から、のろのろと指を引きはがした。「俺たちと一緒に、どこへ行こうっていうんだ?」

「それは」ミレーユは肩をすくめ、視線をそらした。「それはわからない。……最終的な目的地は知っているわ。そこで、何をすればいいかもわかっているの。けれど、そこに至る道筋は幾通《いくとお》りも幾通りも……数えきれないほどもある。たくさんの選択《せんたく》と、おそらくはたくさんの試行錯誤《しこうさくご》を繰り返して、やっと道が拓《ひら》ける……」

「話がうまいな」イザはそっぽを向いた。「あんたは何ひとつ、ハッキリ言おうとしないんだな。そのくせ、自分を信じろだって? ……無茶くちゃだよ」

「そうね。そうかもしれない」と、ミレーユ。「でも、さだめってそういうものだわ。わたしが言うから信じられないんじゃない? 信じたくないから、信じないんだわ。山の精霊さまが……あるいは、妹のターニアさんが言ったことなら、どんなに不思議でわけがわからなくても、素直に信じたでしょう?」

イザがギクリとするのを見ると、ミレーユはあくまで寂《さび》しそうに微笑んだ。

「とりあえず、次に向かうべきなのは、レイドックね」

「レイドックに?」

「……やっぱりこっちの世界にもレイドックがあるのか!?」

「ええ。定期船に乗れば、すぐよ」

「ひぇー。いったいどうなってんだ?」

「あの賢い王さまに逢《あ》えば、なにかわかるかな」

驚き騒《さわ》ぐ男たちを見ると、ずっと黙って成り行きを見守っていたグランマーズが、ほっほっほっ、と子供のような細く甲高い声で笑いだした。

「レイドック城は、いま大変じゃぞ。なにせあそこの王子ときたら、いったいどこへ行ったやら、行方《ゆくえ》不明のままなんじゃからのう」

「王子? あそこに王子さまなんていたっけっか? 俺はぜんぜん見なかったけど???」ハッサンはしきりに首をひねった。

3　恋人たちの運命

漕《こ》ぎ手《て》が投げあげた舫《もや》い綱《づな》を、波止場《はとば》で待っていた人足が受け取り、引っ張った。渡《わた》し舟《ぶね》は桟橋《さんばし》にへさきをぶつけ、とん、と小さな音を立てた。

反動で、舟の横っ腹がみるみる離れてゆくのに気づかず、そのままふらふらと水面に足を踏みだそうとするハッサンを、イザはあわてて抱《だ》きとめた。

「……おえ……」ハッサンは口許《くちもと》を押さえた。顔は真っ青《さお》だ。

「平底舟は揺《ゆ》れるのよね」身軽に桟橋に飛び移りながら、ミレーユは言った。「でも、幸い、これで到着《とうちゃく》よ」

ハッサンは弱々しく笑った。

船員や荷揚げ人に手伝ってもらって馬と馬車をおろすと、三人は、地面がぐらぐら揺れているような感じがなくなるまで、しばらく休息を取った。簡単《かんたん》な食事をすませた後、まだ具合の悪そうなハッサンを荷台に横たえ、イザとミレーユで御者台《ぎょしゃだい》に座って、北西に向かって野を駆《か》けた。ほどなく、王家の紋章《もんしょう》を高々とひるがえした立派《りっぱ》な城が見えてきた。

ミレーユが腕《うで》をあげて示した。「レイドックよ」

「ああ」イザは笑った。「わかるよ。……同じだもの……」

「何が？」

「この城と、あっちの……もといたほうにあったレイドック城と、気味悪いほど似《に》てるんだ。尖塔《せんとう》のかたちとか、テラスの具合とか……跳《は》ね橋《ばし》のところにいる兵隊の槍《やり》のたてかけかたまで、そっくりだぜ……！」

「目がいいのね」薄《うす》く笑うと、ミレーユはどうどう、と手綱《たづな》を引いて、ファルシオンの足を弛《ゆる》めさせた。「町に入るわよ。日が暮《く》れる前に、宿屋を決めましょう」

「え？　どっか近くに野宿する場所捜《さが》そうよ。金がもったいない」

「お金は血と同じよ。流れていればきれいだけれど、澱《よど》むとにごって固まってやっかいなことになる」

「だって、少なくとも二部屋借りなきゃならないだろ」イザは頬《ほお》を赤くした。「なんなら、俺たちは、外にテントを張るよ。あなた、ひとりで宿に寝《ね》ればいい」

ミレーユは美しい顔を向け、色の薄い瞳《ひとみ》でじっとイザを見つめた。イザはドギマギした。知らず知らずのうちに口がゆがんでしまう。

「だって、そ、そんなに野宿がやだってんなら、しょうがないだろ！」

「おとなになったのね、イザ」吐息《といき》を洩《も》らすように、ミレーユは言った。「前は、女だからって、わたしひとり、特別扱《あつか》いをしようとはしなかったわ。みんなで一緒《いっしょ》に眠《ねむ》ってもまるで平気だったのに……ひょっとして、誰《だれ》かできたの？　好きなひとが。恋をした？」

イザはカッと頬が熱くなった。頭に浮かんだのは妹のターニア。だが、それがまさか、恋などであるはずはないではないか。

「前、だって？ それ、なんのことさ？」動揺《どうよう》を悟《さと》られまいとするあまり、声をはりあげてしまった。「俺は、今度のこれよりも前に、あんたのことを知ってたはずなのか？ それって……ひょっとして、前世、とかってやつなのか？」

ミレーユは答えず、なんのヒントもくれなかった。周囲に目を走らせ、そっとファルシオンの向きを変えると腕を挙《あ》げて指さした。「あそこにしましょう」

戸柱に掲《かか》げられた黄色い角灯《ランタン》が、宿屋のしるしだ。

「屋根の下で、温かい寝台《しんだい》で眠るのはぜいたくだと思うかもしれないけれど、わたしたちの旅はとても長いわ。こんなところで、気力体力を無駄《むだ》にすり減らすわけにはいかないの。それに……宿は、さまざまな地方から訪れるひととニュースの交差点よ。貴重《きちょう》な情報を手に入れる絶好のチャンスだわ」

「ああ、そうですか」はぐらかされた悔《くや》しさに、イザはそっぽを向いた。「チェッ。なんだい。年上ぶっちゃって……」

耳に届かなかったはずはないのに、ミレーユは知らないふりをした。

宿屋の前まで来ると、サッと御者台を飛び降り、ファルシオンを引いた。

たちまち、戸口や前庭や道傍《みちばた》から、みすぼらしい服装《ふくそう》のギラつく目をした子供たちがワラワラぼろぼろあふれだした。ミレーユと馬をかこみ、細っこい手をつきだす。世話を焼かせてくれ、というのである。みな、ボロのような服を着、ススまみれの黒い顔をして、みじろぎもせず影《かげ》の中に座り込んでいたので、まるで、ひっくりかえした石の下からぞろぞろ這《は》いでてくる虫のようだった。

イザはあっけにとられ、御者台の上で固まってしまった。

ミレーユは何人かを指さし、コインを与《あた》えた。それで、雇《やと》い入れたことになるらしい。嬉しそうな声をあげてサッと散った子供たちは、馬車の前後左右に取りついた。誘導《ゆうどう》し、歩かせながら、巧《たく》みに、ファルシオンの装具《そうぐ》をはずしてしまう。

屋根のかかった厩《うまや》に巨大《きょだい》な馬体を導くと、そこにはもう湯気のたつバケツを持った子供たちが一個連隊待機している。数人が新鮮《しんせん》なまぐさをほぐして敷《し》いてやる間に、残りは、ブラシやハケやお湯で固く絞《しぼ》った布を小さな手に握《にぎ》りしめ、疲《つか》れた馬体をセッセと拭《ふ》いて清めてやりはじめた。雑穀《ざっこく》と水は馬の顔の高さの桶《おけ》に既《すで》にたんまり盛《も》ってある。行き届き、こころのこもったこの歓迎《かんげい》に、ファルシオンが思わず鼻の穴を広げてほうっと息を洩《も》らすのをイザは見た。

引き馬を失った荷車のほうは、その間にゆっくりと動いた。大勢の子供に押したり引っ張ったりしてもらい、清潔《せいけつ》に片付いた納屋《なや》の片隅《かたすみ》に、やがてぴたりと収まった。

イザはやっと我にかえった。御者台を降り、後ろに回る。幌《ほろ》の中の荷物を担《かつ》ぎ出そうとしたのだ。ところが。

「心配ないよ」荷車の下から、かわいらしい声がした。「誰も盗《と》らない。そんなこと、させない。俺たち、ちゃんと見張ってるから」

のぞいて見れば、いつの間にか、枯《か》れ木《き》のようにガリガリの子供が三人ほど床下に潜《もぐ》りこんで、車輪や軸《じく》に挟《はさ》まったゴミやドロを、指先やボロ布や木の枝《えだ》で、丁寧《ていねい》にこそげ取ってくれているのである。

「俺たち、ちゃんとやるもん」いったいいつ洗ったのやら、クシャクシャにもつれた髪をし、頬も鼻も垢《あか》じみて薄よごれているが、見るものの胸が痛くなるような澄《す》んだ目をした少年が、まっすぐイザを見上げながらもう一度きっぱりと言った。「ヘマしたら、俺たち、おっぱらわれる。レイドック城下町では、二度と稼《かせ》げなくなっちまうから。ぜったい、だいじょうぶ」

残りの同じように汚《よご》れまくった子供たちも、作業の手を止めぬまま、そうだとも、そうなんだ、とばかりにコックリとうなずく。

「……おまえら、飯《めし》ちゃんと食ってんのか?」この騒《さわ》ぎに目を覚《さ》まして荷台から降りてきたハッサンが、おずおず訊《たず》ねる。「なんでそんなに痩《や》せてんだよ? とうちゃんかあちゃんはどうしたんだ?」

「ねえ、きみたち、もうそんなことしなくていいから」イザも言った。「出てきて、話をきかせてくれよ」

するとと子供らは仕事をやめ、素直に這《は》いだしてきた。イザとハッサンが笑いかけると、困ったようにもじもじし、目と目を見合わせ、おとなびた仕種《しぐさ》で唾《つば》を吐《は》き、肩《かた》をゆすりあげてみせたりもした。

「それで?」

イザがうながすと、

「親父《おやじ》なんかとっくの昔に死んだよ」一番大きい少年が、両手をズボンのポケットにつっこんだまま、ぶっきらぼうに言った。「魔王退治《たいじ》に借りだされて……それきり戻《もど》ってこなかった」

「かあちゃんも死んだ。お城の兵隊さんのごはんの係に行ってたんだけど、働きすぎて、熱だしてぶっ倒《たお》れちゃった」

「しょいでもね、あおね、王さまが元気だった時には、あいじょうぶだったんだよ。お城いけば、ごあんもらえたし、兵隊さんたち、あしょんでくえたし」

「元気だった時？」イザは顔をしかめた。「王さま、どうかしたのか？」

子供たちは、また顔を見合わせ、それから、口々に言った。

「王様は悪い病気なんだ。王妃《おうひ》さまも」

「ぐーぐー寝てる。ずーっと寝てる」

「一年前から寝たまんま」

「大臣ゲバン、やりほうだい」

大人《おとな》たちの言うのを聞いて覚えたのだろうか、かわいい声で歌うように拍子《ひょうし》を取って言われたことがらの悲惨《ひさん》さに、イザとハッサンはびっくりして立ち尽《つ》くした。

「寝たまんま？」

「レイドック王が眠りはじめたのは、とうとうご自分で立ち上がった魔王退治の途中《とちゅう》から、だそうよ」振《ふ》りむくとミレーユが、納屋の戸口によりかかるようにして、まぶたを伏《ふ》せて立っていた。

「魔王ムドーの島にたどりつく寸前、突然《とつぜん》倒れて意識をなくし、以来、こんこんと眠り続けているんですって。当然、遠征《えんせい》は中止、全軍退却《たいきゃく》。ところが、お城に連れ帰って必死に看病《かんびょう》しているうちに、こんどはその奇妙《きみょう》な眠り病が、王妃シェーラさまにも伝染《うつ》ってしまった。シェーラさまはともかく、陛下は既《すで》にかなりのご高齢《こうれい》のはず……このまま病気が長引けば、あるいは、いのちも危ないかもしれない……」

「えっ、ちょっと待ってくれよ！　へんだなぁ」と、ハッサン。「俺の知ってるレイドック王は、若くて元気で颯爽《さっそう》としてたぜ？　それに、眠りっぱなしどころか、一年もの間、一睡《いっすい》もせずにガンガン働いてるって話だったけど？　……な、イザ？」

「うん……」

イザは腕を組み、考えこんだ。

そっくり同じふたつの城。全く別人であるふたりの王。

一年眠ったことのない王さまと、一年ずっと眠りっぱなしの王さま。……もちろん、このふたつは違《ちが》う。違っている。違っているけど、恐ろしく似てる。いわば、カッキリ正反対だ。……ちょうど。……そう、まるで、鍵《かぎ》と鍵穴みたいに。

……と。

「……おにいちゃん……」

痩せた子供のひとりが、イザの服の裾《すそ》をひっぱった。

「なんだい？」イザは膝《ひざ》を折り、子供のそばまで顔をおろした。「言ってごらん？」

「やっぱりだ……」子供は目を見張り、言った。「おにいちゃん、王子さまなんでしょう」

「え？」イザはあんぐり顎《あご》を垂《た》らしたが。

「その目、その鼻！　笑った時の、その口の感じ！」子供の声はだんだん大きくなった。「ぜったい、ぜったい、どっかで見たことあるなって、さっきからずっと考えてたんだ。いまわかった。思いだした！　おにいちゃんの顔って、教会の食堂の壁にかかってた王さまご一家の肖像画《しょうぞうが》の、王子さまの顔にそっくりなんだ！」

「お、おい」イザははにかんで笑った。「そりゃ、まぁ、光栄だけどさ」

「ほんとだ！　似てるー！」イザの顔を確認しにきた別のこどもが、飛び上がった。「うわー、じーちゃんが大喜びすっぞー！　行方《ゆくえ》不明の王子さまさえ帰ってくれればって、いっつも言ってるもんにー！」

「そうだ。そうだ。王子さまだ」

「うわあ、王子さまだ、王子さまだ。おーい！　王子さまが戻ってきたぞう」

外に残っていた子供たちがたちまちのうちに集まってきて、イザの顔を確かめに近づいてきては、飛んだり跳《は》ねたり笑ったり叫《さけ》んだり、きゃあきゃあわいわい大喜び。

「王子さまだ！　王子さまだ！　うひょー！　やりぃ」

「とうとう戻ってきてくれた、これでもう安心だ、わーい！」

「こんなに長いこと、どこ行ってたんだよ。みんなすっごく困ってたんだよ、早くかえってこなきゃダメじゃんか!」

中には、冷静なのかへそ曲がりなのか、「確かに似てるけど、どっか違う……」とつぶやく子供もいたのだが、大騒ぎに紛《まぎ》れて誰にも聞こえなかった。

「おいっ、待てよ、違う。誤解《ごかい》だってば……! やめてくれよ、こらっ!」イザはなんとか黙らせようとした。が、なにしろ敵は大勢で、チョコマカとはしゃぎまわってつかまらない。おまけに興奮しきっていて、いくら怒鳴《どな》っても、こちらの声など耳にはいらないようだ。

「王子さまバンザーイ! レイドック、バンザーイ!」

「ねえ、すぐ、おとなたちに知らせなきゃ! きっとみんな嬉し泣きしちゃうよ」

「ゲバン以外はね」

「よせ、やめろ」イザは怒鳴《どな》った。「頼《たの》む、やめてくれ。人違いだってばーっ!」

兵士長の二つの青い瞳と、こざっぱりと整えられた赤毛の口髭《くちひげ》に彩《いろど》られた唇《くちびる》とは、どれもこれもパカッと丸く開きっぱなしになった。

「おお……おお……おおおお!」

黒い皮手袋をはめた手は、こころの内側で巻き起こった大嵐《おおあらし》を反映してワナワナ小刻《こきざ》みに震えた。あふれだした涙《なみだ》が眼球の上で限界まで盛り上がると、兵士長は、ガバと顔を覆《おお》い、ついでまたザッと勢いよく手をおろし、ハァハァと肩で息をした。見るからに忠実そうな白い顔の真ん中、両側からはさみこんだかのように鋭《するど》く高い鼻の頭が、いつしか真っ赤になっている。その真っ赤な鼻の両側を、拭《ぬぐ》いきれなかった涙の筋がとうとうと流れた。

城門を入ってすぐの小部屋だ。青みがかった灰色の石造りで、左右の戸口には黒ぐろと太い鉄格子がはまっている。城を訪れる者たちの人物風体《ふうてい》を改め、奥に通すか、追い返すか、それともサッサと切り刻んで壕《ほり》の魚の餌《えさ》にしてしまうかを決定するための場所である。

壁際《かべぎわ》には鎖《くさり》かたびらを着こんだ強そうな護衛兵《ごえいへい》がニコリともしない顔つきで控《ひか》えているし、あちこちにおかれた架台《かだい》には、使い込まれた戦斧《せんぶ》や槍や大剣や、棘《とげ》つき鞭《むち》やさるぐつわや鉄枷《てつかせ》や、なんだかよくはわからないがどうも拷問《ごうもん》道具らしいもの何種類もが仰々《ぎょうぎょう》しく飾《かざ》られ、訪問者が不審《ふしん》なふるまいをすればどうなるか、無言のうちに雄弁《ゆうべん》にそれぞれ語っているのだった。

こんな剣呑《けんのん》な部屋に連れこまれ、しげしげ観察されたのだ。イザは落ち着かなかった。そっと右足から左足に体重を移してみたが、なんとなく尻《しり》の座りが悪い。やっぱり右足のほうが良かったような気がして、すぐに戻した。

赤毛赤髭の兵士長は、真っ赤な鼻の頭ごしに、まつげの長い目をぱちくりさせながら、そんなイザを見つめつづけ、とうとう、言った。

「……殿下《でんか》……」

口にしてしまうと、とたんにたまらなくなったらしい。兵士長は、イザの足許《あしもと》にからだを投げるようにしてひれ伏した。「……我が君！　……暁《あかつき》の御子《みこ》イズュラーヒンさま！　よくぞ、ああ、よくぞ、ご無事で……！」

膝を抱かれ、つまさきに額をおしつけられ、掌《てのひら》に髭《ひげ》の生えた口でさかんに何度も音をたてて接吻《せっぷん》される。

「おい、まずいよ、これ」イザは後ろ側に控えたハッサンとミレーユに、小さな声で囁《ささや》いた。「おもいっきり本気で勘違《かんちが》いされてるよ」

「暁《あかつき》の御子《みこ》だって？」ハッサンはクックッと笑った。「なんとまあ、ずいぶんとごたいそうなこった」

「だから略して通称にしたのね」と理由《わけ》知り顔のミレーユ。「イザ、なら、言いやすいもの」

「なに言ってんだよ。ただの偶然《ぐうぜん》だろ。早いとこ、逃げださないと……」

「ああ、わたくしは、信じておりました」と兵士長が呻《うめ》いた。「……ええ、信じておりましたぞ……殿下は必ずや生きておいでになると……必ずここにお戻りになると！　片時たりとも、疑ったことはございませんでした！」

男泣きに泣く兵士長。

イザは、やれやれとため息をついた。こんなにおおげさに感動されてしまっては、いまさら後へはひけそうにない。

そもそも、イザは嘘《うそ》をつくつもりなど、これっぽっちもなかったのだ。

子供たちの騒ぐ声を聞いて、宿のおかみさんだの隣《となり》の靴屋《くつや》のご隠居《いんきょ》だのがおっとり刀《がたな》でやってきたかと思うと、注進注進と誰かをお城に走らせてしまった。さっそくすぐさまお城から兵士が数人やってきて、流言蜚語《りゅうげんひご》は許さんぞと恫喝声《どうかつごえ》をあげたのだが、ひとめイザの顔を見ると、「おお、王子さま！　王子さま！」いっせいに地べたに頭をすりつけた。また大急ぎで伝令が走り、さらに上級の兵士が呼ばれ、さらにその上の……と順に確認が進む。

気がつくとイザは、立派な毛皮のケープを着せかけられ、錦《にしき》を飾った馬の背中におしあげられ、三角旗を掲げた衛兵に先導されて、城への大通りをしずしずと行進させられていたのである。道端に、あるいは道沿いの店やら住居やらの戸口やテラスや屋根の上に、噂をきいたひとびとがすずなりになり、口々に、喜びの、感激《かんげき》の、祝福の、声を張りあげた。やがて馬は跳ね橋を通り、城内に入って……この赤毛の兵士長との対面となったわけである。

ただのちょっとした勘違いなんだと、わかってくれればまだいいが、万が一、わざと、王子のふりをして、みんなを騙《だま》そうとしたのだなどと疑われてしまったら……イザは周囲を見回した。ここには、恐ろしいことに使えそうな道具が売るほどある。

「あの……ねぇ。もうそろそろ、顔をあげてくれませんか」イザは兵士長の肩に手をかけた。「兵士長さん……えーと、ソルディさんだっけ？」

「は？」兵士長は身を起こした。燃えるように赤い髪と、口髭。泣きじゃくったおかげで、目まで真っ赤である。「いま、なんとおおせられました？」

「えっ？　えっと、だから……ソル……」

言いかけてイザはしまった、と冷《ひ》や汗《あせ》をかいた。ソルディは、ここではない別のレイドック城ので、うっかり混同してしまった。

兵士長の名前だった！　どちらも赤毛赤髭で、これまた同じ鋳型《いがた》で作ったかのようにそっくりなのが。

「おお……おおおおお！」兵士長は感極《かんきわ》まったようにブルブルっと震えた。「なんと懐《なつ》かしい響き！　なんと懐かしいことば！　ああ、走馬灯《そうまとう》のように蘇《よみがえ》ります。殿下が、ごくごくお小さくていらっしゃったころのこと、ヨチヨチ歩きの時分のこと……馬術、体術、剣術などなどを、つきっきりでお教えもうしあげましたね。毎日毎日、何時間も、殿下と過ごさせていただきましたよね……」

「そ、そうだっけ？」イザは面食らい、またふたりの仲間をふりかえった。ミレーユもハッサンも、あいかわらず、そっぽを向き、そ知らぬふりをしている。

イザは唇を舌で湿《しめ》した。

「兵士長さん、ソルディ、なの？　ほんとに？」

「またまた、おとぼけになって！」兵士長はゲンコツで涙を拭《ぬぐ》いながら、武者らしい野太い笑い声をあげた。「わたくしの本名はトムでございます。しかし、トムでは平凡《へいぼん》すぎてカッコ悪くて気分がでないと、殿下が御《おん》みずからつけてくださった遊びの名前がソルディだったではございませぬか！　……ええ、殿下に、ソルディと呼ばれるたび、わたくしは、いっそうピシッと背筋を伸ばし、いっそう勇敢《ゆうかん》で忠実な軍人となってみせることができたものでございました……殿下をお育てもうしあげているつもりでおりながら、その実、殿下に育てていただいたのでございますねぇ……」

またひと粒《つぶ》、おお粒の涙が、兵士長のまつげに振り飛ばされて宙に舞《ま》った。

イザが袖の中からハンカチを出して渡してやると、兵士長は受け取り、高らかにはなをかんだ。

弱っちゃったなぁ。イザはびっしり汗をかいていたが、いつの間にかこの赤毛赤髭の兵士長に、わきあがる親愛の情を覚えてもいた。こんな、真面目で誠実そうなひとに忠誠を誓《ちか》ってもらっているなんて、その、舌を噛《か》みそうな名前の王子は幸せなやつだな、と思う。

「もっと待たなければなりませんの？」とミレーユが言った。

「おお。これはしたり」兵士長は涙を拭った。「このような寒々しい場所に長々とおひきとめして、面目《めんぼく》次第もございませぬ。すぐにも奥《おく》へ。殿下の父君母君のもとへ。そのすがら、どうぞ、城じゅうのものに、殿下、どうぞ、そのお元気なお姿を、たっぷり見せてやってくださいまし！」

兵士長は係の者に合図をして、入り口の鉄格子をあげるよう命じた。ギギィ、ときしみ音をたてながら、頑丈《がんじょう》な鎖《くさり》が巻き上がり、重たい鉄の扉がゆっくりと持ち上がりはじめる。イザたちはすぐさま、そちらに向かおうとした。

すると、じっとかたわらに控えていた衛兵が「まてい」、と槍穂《やりほ》をつきだした。

「なにをする」トム兵士長はイザを庇《かば》って立った。

「なりません」衛兵は胸を張って言った。「身元の不確かなものは誰ひとり城内に入れてはならぬと、ゲバン閣下《かっか》のご命令でしょう。このものたちは、しばらくここに控えさせ、閣下《かっか》じきじきのご検分を待つべきだ」

「ばかめ、愚《おろ》かものめ！」言うが早いか、トム兵士長は衛兵の槍をむんずとつかんでかいくぐり、素早く脱いだ手袋でピシャンと音高くその頬を打った。「よくも暁の王子を侮辱《ぶじょく》したな。身元が不確かだと？　このトムの眼力を愚弄《ぐろう》しおるか！　よーし、決闘《けっとう》だ。さぁ、抜け。出会え！」

「決闘？」衛兵はみるみる真っ赤になった。「ばかはどっちだ。ゲバンさまの御命令にそむくなんて。後悔《こうかい》するぞ！」

「ふん、ゲバンなど、もはやこれまでだ。おべっか使いめ！　そうなりゃおまえもすぐにクビだぞ。さぁ、生命《いのち》が惜しいなら、さっさとここを出てゆくがいい」

「このっ」

「まあまあまあまあ、どちらさんもそう興奮なさらず」ハッサンは両者の間に割って入ると、大きな手でそれぞれの胸を突いて遠ざけた……と見せて。「やっ！」

「どわぁっ！」

腕をたぐられ投げられた衛兵は、頭を下に、おっぴろげた脚《あし》を上にした格好で壁に激突《げきとつ》し、そのまま昏倒《こんとう》してしまった。

「余計なことをしてくれましたな」兵士長はムッとした。「あのていどの者、助太刀《すけだち》いただかずともやっつけられたものを！」

「すいませんね、さしでがましくて」とニヤニヤするハッサン。「しかし……さっき町でも名前を聞いたけど、ゲバンとかってのは、いったい何者なんです？　ずいぶんハバを利《き》かせているみたいだけど」

「ゲバンか！」トム兵士長は吐き捨てるように言った。「やつは、りんごに巣《す》くったうじ虫ですよ。……かまわなければ、歩きながら話しましょう」


トム兵士長は語った。

兵士になるのに生命がけの腕だめしがあるように、王宮つきの文官として王に登用されるにも、厳しい試験が行われる。予言書解読《かいどく》や外交文書製作の能力、レイドック国史や地理はもちろんのこと、一般にはほとんど秘密《ひみつ》とされる世界の真のなりたちに関する理論の知識もたっぷり蓄えておかなければ、そうそう合格するものではない。

とはいえ、そのような技術や知識は、もともと数少ない特別の階級の人間の間にしか流布《るふ》していない。また、たとえ、誰かに教わり学ぼうとしても、一朝一夕《いっちょういっせき》に身につくはずもない。

たいがいの場合、文官試験を受けるのは、長年、城に務《つと》めている者だ。畑仕事をするのにも、商売を切り盛りするにも、あるいは剣を振りまわすのにも、少々不向きな性質を持った子供が、将来を心配した親によくよく言い含《ふく》められて城に入り、雑用や使い走りに熟練《じゅくれん》しながら先達《せんだつ》の文官に習って勉学を進め、小姓《こしょう》や書記、ひょっとすると秘書になったころ、まず最初の挑戦をしてみる。そうして、自分の技術なり知識なりの大きく欠けている部分を確かめ、それを補うべくますます仕事に励《はげ》むのである。

このほか、他国から流れてきた者、僧院《そういん》や魔法使いギルドなどで独特《どくとく》の修業を成《な》し遂《と》げてきた者たちなどが挑戦《ちょうせん》し、たまには合格することもある。

だが、ゲバンは……。

「証拠《しょうこ》はひとつもない、あくまでウワサ、なのでございますが」トムは声をひそめた。「きゃつめはたいそうな金持ちの生まれ。お城に入りたい一心で、たいへんな量の金貨をバラまいたとか。問題を前もって買い取ったか、書き上げた答案をすり替えさせたのか、方法は知られていませんが、いずれ、金の力で誰かを動かしたに違いない、と言われています。なにせ、それまでただの一度も書を読んでいるところも羽根ペンを握っているところも見られたことのない商家の息子が、ある日突然、試験を受けたいと申し出て、いきなり最高点で合格してしまったのですから。いくらなんでも怪しすぎるとゲバンを罵《ののし》ったフランコ兵士は……これはわたしの部下の中でも最も信頼《しんらい》にたる男のひとりだったのですが……憤慨《ふんがい》のあまり、城を出ていってしまったほどです」

「よくわかんねぇな」と、ハッサン。「そんなすごい金持ちが、なんでわざわざお城になんか勤《つと》めたがるんだ？　元の商売やってりゃいいじゃんか」

「横恋慕《よこれんぼ》です。ゲバンが勝手に好意を寄せた若い娘の嫁《とつ》ぎ先が、我が軍の兵士だったのです」トムは口髭をひくつかせた。「逆怨《さかうら》みしたゲバンは、遠大な復讐《ふくしゅう》計画を練《ね》りました。兵士という兵士をおのれの意のままにできる戦《いくさ》大臣の地位を欲し、それゆえに試験を受け、それゆえにガムシャラに働き、出世を急ぎ、レイドック陛下の目に留《と》まるようにしてみせたのです……ええ、そういったことがらは、みんなあとからわかったのです。いまごろになってようやく、ああ、なるほど、そういうことだったのかと思い当たったのです」

そこへ、王重病の非常事態。

突如《とつじょ》、絶大な権力を手に入れたゲバンは、好き放題に走った。

まず男という男を兵士として城に集めさせた。朝から晩まで来る日も来る日も訓練と称して徹底《てってい》的にしごきぬき、無理な重労働や競争をさせ、キリキリ舞いの果てに泡《あわ》を吹《ふ》いてぶっ倒れるのを見ては、膝をたたいて大喜びをした。ついで、その兵士たちの武装や兵糧《ひょうろう》に資金がたくさん必要であるという理由で、とんでもない額の税金をビシバシ容赦《ようしゃ》なく取り立てはじめた。充分《じゅうぶん》な金が払えない家からは、娘たちを供出《きょうしゅつ》させ、自分のまわりにはべらせた。働き手を失ってただでさえ日々の暮らしも難しくなっていた城下の家々では、無理な労働にからだを壊《こわ》した老人や母親たちがたちまち次々に病み倒れた。

「国を守るため、魔王襲来《しゅうらい》に備えるため、とゲバンのやつはいいますが」と、声をつまらせながらトム兵士長。「そんなのは表向きのかけ声だけ。ほんとうのところ、ゲバンは、自分の命令にひとが右往左往《うおうさおう》するのを見るのが楽しいのです」

「ひでぇ話だな」と、ハッサン。

「そんなやつ、ぶっ飛ばしてやればいいのに!」イザは怒《おこ》った。「兵隊さんたちがみんなで団結して協力すれば、捕まえて、追放しちゃうくらい簡単でしょう」

「やつは、他国から強い傭兵《ようへい》をおおぜい招きいれて、身辺警護をさせています」と、トム兵士長。

「それに……たとえどんなに承服しがたい内容のものであったとしても、命じられたことを忠実に履行《りこう》するのが正しき軍人というもの。やつが現在陛下の正式な代理である以上、やつに反旗を翻《ひるがえ》せば、国家に対する反逆者になってしまいます」

「いずれ、しばり首ね」とミレーユ。「火あぶりじゃないとしても」

「幾度《いくど》、夢にみましたことか」トム兵士長は横目にじっとイザを見つめ、両手をギュッと握りしめた。「自分の抜いた大剣が、奸臣《かんしん》ゲバンの心《しん》の臓《ぞう》を真一文字に貫《つらぬ》くさまを……そうして、叫び声をあげながら目覚めた時、わたしはひとり外に出て、東の空に高々と輝き渡るあの星に祈りを捧《ささ》げました。……早く、どうか一刻も早く、我らに王子をお返しくださいませ、と！」

「あ、ああ」

イザは半端《はんぱ》な笑顔を作ると、そっと目を逸《そ》らした。

嘘をつくのは気がすすまない。でも、もし、自分がほんものの王子のふりをすることで、悪者ゲバンをやっつけることができるなら……おおぜいの人々が苦しみから救われるなら、ちょっとくらい芝居《しばい》をしたっていいんじゃないだろうか。

「そもそも、王子はなぜ、行方不明に?」ミレーユが訊《たず》ねた。「病気の両親を置いて出ていくなんて、よっぽどのことがあったのかしら?」

「はい。かれこれ一年近くも前でしょうか。陛下と王妃《おうひ》殿下の謎《なぞ》の眠り病に、医者も調薬係もまじない師も、なんの役にもたたないことがわかった時、われらレイドック兵士たちの間に悲愴《ひそう》で捨《す》て鉢《ばち》な気分が高まったのです。みなで陛下のかたきを討ちにゆき、だめならば、いっそ全滅《ぜんめつ》しようと。魔王ムドーとの戦いに向けて着々と準備を整え、明日にも全軍をあげて出立《しゅったつ》しようというまさにその夜、王子殿下は、たったひとりで、おでかけになってしまったのです。『俺に任せろ。おまえたちは城と町を守りぬけ』と、書きおきを残されて」

「なるほど」ミレーユはニコリともせずにうなずいた。「ひとりでね。勇敢《ゆうかん》だこと」

「そうキッパリと命令されてしまっては、わたくしどもとしては、おおせのとおりにせざるを得ません。……ああ、なのに。このていたらく。ゲバンめの陰謀《いんぼう》を阻止《そし》することもできず、お留守《るす》を預かりきれなかった……まったくもってほんとうのところ、私は、殿下にあわせる顔がありません……口惜《くちお》しうございます……あいすみませせぬ……」

トムは悔《くや》し涙を袖で拭った。

ハッサンに、ついで、ミレーユに肘でつつかれ、顎《あご》でうながされて、イザは不承不承《ふしょうぶしょう》口を開いた。

「泣くなよ、ソル……トム兵士長さん。あんたは悪くない」

「……殿下……」

「国だの政治だのって、俺にはよくわかんないけど」イザは暗がりに無言でしゃがみこんでいた子供たちのことを思いだした。王子だ、王子だとはしゃぎだした時、みんなの瞳に戻った輝きのことを考えた。「親を亡くした子供たちがあんなにして働かなきゃあメシも食えないなんて、あんまりひどすぎるぜ！　ここがこんなになったのが、そのゲバンとかってやつのせいならば、そんなやつ、許しちゃおけない」

「……殿下は、少し、お変わりになられましたね……」トムは目を見張り、それから、クシャクシャと顔をゆがめた。「お小さいころからお優しく、正義感の強いかたであらせられましたが、一般大衆の身の上までご案じなさることはありませんでした。ずっと城でお育ちになって、外のことは何もご存じなかったのですから、無理もありませんが……辛《つら》い苦難《くなん》は少年をほんものの男にすると申します。……ああ、では、こんなにおとなに男らしゅうなられた殿下には、いったいどんなイバラの道があったやら」

またまた感極まってハラハラと落涙《らくるい》するトムの肩を、イザは、しょうがなく抱き支えながら歩いた。

階段を昇《のぼ》り、廊下《ろうか》を回った。また別の階段を昇り、別の廊下を通りぬける。その道順は、イザがうろ覚えに覚えていたとおりだ。いや、覚えていた別の城にそっくりだと言ったほうがいいかもしれない。

いつしかイザの胸は早鐘《はやがね》のように打ちはじめていた。赤毛の兵士長に連れられて王宮をめざし進んでゆくこの行程は、試練の塔で『くじけぬこころ』を手にいれたあと、レイドック王の面会を求めて行った時の状況にあまりにもよく似すぎている。なんだか時間が、ひとつの大きな輪になって、閉ざされているようだ。自分は、尾の先を握られたネズミのように、ただ同じところをぐるぐる何度もめぐらされているだけなのではないか……。

「どうしたの、イザ?」

背後からミレーユの柔らかく落ち着いた声に名を呼ばれて、ハッとする。

そうだ。そのときは、ひとりだった。ハッサンもミレーユも、そばにいなかった。

たとえそっくりに見えても、同じではないのだ。ものごとは少しずつ、とにかくちゃんと動いている。一見どうどう巡《めぐ》りのぐるぐる回りのように見えたとしても、それはいわば、らせん階段から見る景色《けしき》のようなもの。ひと回りごとに少しは高さを稼《かせ》ぐことができるはずのものなのだ。

高さ?　だが、それは……どこにのぼってゆく高さだろう?

考えをたどろうとすると、目玉の奥がグラグラし、背中にぞくっと寒気がした。「覚えていないのなら、覚えていないことこそが理に適《かな》うんだわ」いつか冷たく突き放すように言われたことばが耳の奥にこだまする。ミレーユの色の薄い瞳がふたつの銀色の円盤《えんばん》になり、途方にくれるイザ自身を、ぼやけ鏡に映しだす。「いまのあなたは、まだ、真実に耐えきれない……耐えきれない……耐えきれない……」

イザは犬が水からあがった時のようにブルブルと頭を振って頭の中の気に入らない考えをうっちゃった。先導する兵士長の赤毛の後頭部に焦点《しょうてん》を合わせ、怒ったように唇をひき結んだまま、せっせと脚を動かした。

やがてたどりついた王宮は、覚えていたのとは少し違っていた。

天井の高い広々とした空間の半分は、不眠王の研究室の縮小版《しゅくしょうばん》とでもいうような具合に、卓《たく》や戸棚《とだな》や小物入れがところ狭しと並べられ、羊皮紙《ようひし》の巻き物や革装の書物、さまざまな小函《こばこ》や手文庫《てぶんこ》などで埋めつくされている。が、残り半分は、ドレープたっぷりの薄布で半透明の壁をめぐりわたし、絹《きぬ》と天鵞絨《ビロード》で内装した豪華《ごうか》な寝室《しんしつ》になっているのだった。こちらに進むと、埃《ほこり》っぽい学問臭のかわりに、鼻がムズムズするほど強烈《きょうれつ》で高価そうな香水の匂《にお》いがした。

赤毛の兵士長はとばりのそばで遠慮《えんりょ》がちに立ち止まり、控える姿勢をとりながら、イザたち三人には、どうぞもっと奥へ、という仕種《しぐさ》をした。

レースごしに草原を貫く大河の風景を見渡すことのできるテラスと、風と光がたっぷりと入る窓《まど》辺《べ》に沿わせて、大理石の四本柱に囲まれた純白の天蓋《てんがい》つきの巨大な寝台がふたつ並べてある。ふかふかの羽根蒲団《はねぶとん》の真ん中には、王と王妃がそれぞれ仰向《あおむ》けに横たわっていた。

あたりが晴れた昼間の突き抜けるような明るさに満ちているせいもあって、ふたりはどちらも、ただ眠っているというよりも、不可思議な魔法によって魂を抜き取られ、あるいは、時を停止させられたもののように見えた。

王の寝台をのぞきこんだ時、イザはもう少しで、『違う!』と言ってしまうところだった。

この王は、イザの覚えているもうひとりの若きレイドック不眠王とは、まるきり似ても似つかなかった。もっとずっと年よりだし、骨格はずっと頑丈そうだ。秀《ひい》でた額に垂れかかる巻き毛は青みを帯びた銀白色。やや平たく横に広がった感じのする頬は、唇をムッツリとひきしめた時浮き上がる皺《しわ》を深く刻《きざ》みこんでいる。たかだかと隆起《りゅうき》した鼻は、頂点近くでかすかに下垂《かすい》しているのが鳥の嘴《くちばし》にそっくりだ。

美麗《びれい》ではなかったが、荘厳《そうごん》で印象的で、品格のある容貌《ようぼう》だった。

王、という名にふさわしい顔だ、とイザは思った。こころの底のどこかがチラリと、素直で純粋《じゅんすい》な敬慕《けいぼ》を覚えるのに我ながら驚いた。

より当惑したのは、隣の王妃を見た時である。

ひとめ見たとたん、知っている顔だと思った。そして、ダムでも決壊《けっかい》したかのように、ドッと熱くあふれだしたものに、胸がじんわりとひたされるのがわかった。イザは知らず知らずのうちにそのひとの手を――掛け布の上に出し、胸元で、祈るような形にゆるく組まれていた手を――とり、ギユッと握りしめてしまっていた。

金色の滝のような髪が取り巻いた小さなハート型の顔は、信じられないほど若々しく、見るからに聡明《そうめい》で、気が強そうだった。目鼻と頬や顎《あご》の輪郭《りんかく》は絶世の美女と言ってかまわないほど整っていたが、拗《す》ねたようにめくれた形の唇がごくわずかに大きすぎ、全体のバランスを崩《くず》していた。が、それゆえに――なまじ完璧《かんぺき》すぎないものであるからこそ――かえって王妃は、ひと好きのする、いつまでもじっと見つめていたくなるような、素晴らしく愛くるしい顔だちになっているのだった。

懐かしい。

知っている？　この顔を？　いったい、どこでいつ？

我知らず固く握りしめてしまった華奢《きゃしゃ》な手指に顔を寄せて、イザは考えこんだ。……そうだ。なんてこった。このひとのほうが、あの王に似てるんだ。俺がこの間、やっと面会させてもらった、あの、ひどくきれいな顔をしたレイドック不眠王に！　……いや、もしかすると、それだけじゃない。もっと前にもしかしていつか……？

と。

つかんだ手が強すぎたのだろうか。

王妃が眉《まゆ》をしかめ、小さく頭を横にふりながら、何かブツブツつぶやいた。

「え、なに？　どうしたの？」イザが思わず訊ねると、

「……か……み………」少しはっきりと王妃がつぶやいた。「……の、鏡、さえ……あれば……」

「鏡？　鏡って言ったのか？」

イザが問い詰めると、王妃はニッコリ微笑《ほほえ》み、うなずいた。

「どこにあるんだ、その鏡は？」

小さな子供がイヤイヤをするように、王妃は金髪の頭を振った。「か……ぎ……鏡の鍵、アモール……」いかにも眠そうにつぶやいて、フウッと大きく息を吐きだすと……また深い深い夢の中に沈《しず》んでいってしまった。

「鏡だって」ハッサンが言った。「そりゃあ、例の、『ラーの鏡』ってやつのこったろうか？」

「間違いないわね」と、ミレーユ。「さっき通ってきた部屋、見たでしょ？　王妃は、魔王ムドーを倒すための研究を熱心に行っていた。当然、『ラーの鏡』の重要性に気がついたはず」

「けどよー姐《あね》さん、問題は、その『ラーの鏡』ってもんが、いま、どこに、あるかだぜ。何のヒントもなしじゃあ、いくらなんでも、見つけることなんて……」

「どこにあるんだ！」イザは眠る王妃を揺さぶるようにして問いかけた。「『ラーの鏡』を見つけるためには、俺たち、いったい、どこに行けばいいんだ？」

「おお。これはこれは。親子感激のご対面でございますか」

いきなり聞こえたいやらしく毒を含んだ声に、三人はハッとして振り向いた。

寝室の入り口で、トム兵士長が、屈強《くっきょう》そうな兵士ふたりに槍と剣で押さえつけられている。その脇《わき》から、胸あてもキルトも籠手《こて》も臑《すね》あても全部黒一色の不気味な兵隊たちが、ぞろぞろと室内に入ってきた。大勢が、隊列も足音もぴたりとひとつにそろえ、ニコリともしない。

兵隊がサッと二つに割れて通路をなした部分を、太鼓腹《たいこばら》を揺すりあげ、短いねじれた脚をちょこまか忙《せわ》しなく動かしながら、こちらにやって来るものがある。これこそ噂《うわさ》の大臣ゲバンだろう、とイザは思った。

「お久しゅうございます、イズュラーヒン殿下」卵ほどもある宝石を飾った指輪をいくつもいくつもはめた手を、いやらしく幾度《いくど》もヒラヒラさせながら、ゲバンはちっとも似合わぬ宮廷式の礼をした。「矮臣《わいしん》ゲバン、王子ご帰還《きかん》の知らせをうけ、取るものもとりあえず駆《か》けつけましてございます。

よう戻られましたな、よくぞ、ご無事で！　陛下妃殿下ご不例《ふれい》中、身にあまる重責を負ってまいりました拙《せつ》にとって、これほど喜ばしいことはございませぬ。……が」ゲジゲジ眉毛をぴくりとさせると、ゲバン、じっとりと濡《ぬ》れたような上目遣《づか》いでイザをねめあげた。「……しばらく見ぬ間に王子殿下、何やらおひとが変わられたような、ご人相がちと、違うような……」

「たわけたことを！」衛兵に腕をとられたまま、トム兵士長は叫んだ。「このかたはわれらが希望の星、イズュラーヒン王子だ。間違いない！」

「信じたいのはやまやまですが」ゲバンはゼンマイそっくりのヘンテコな髭をしごいた。「なにせわが国はこの一大事のさなか。どんな悪事を企《たくら》むものがいないとも限りませんからな。用心のため、ひとつ、ささやかな質問をお許し願いたい。王子が真っ赤なにせものでない限り、お答えになるのは取るに足らぬこと……ようございますかな？」

ふふん、といやらしく笑ってみせると、ゲバンはイザにつめより、こう訊ねた。

「王子には幼いころ、亡くなられた妹君がありましたな。その妹君の名は？」

イザは凍《こお》りついた。

頭の中が真っ白になる。顔から血の気がひくのを感じた。

仲間たちを振り返りたかったが、そのためには、グイグイ刺し貫いてくるようなゲバンの視線をふりほどかなければならない。目をそらすのは、その瞬間に負けることだった。ちょっとの間、沈《ちん》黙《もく》が続いた。

「名は？」再び……さっきよりも、強い調子でゲバンが訊ねた。

「……ターニア」イザはかすれ声で答えた。

「ほほおー？　なるほど！　聞いたな、みなのもの？　トム兵士長？」ゲバンはカラカラと笑った。

「やはり、こいつはニセ者だ。妹の名を間違う兄がどこにいる」

「あちゃー……」ハッサンは片手で目を覆《おお》った。

「くそっ……」イザは背負った剣の柄《つか》に手を伸ばした。

と。ひんやりした指に手首をつかまれた。ミレーユだ。ミレーユは、だめだ、というように、首を横に振る。

「……けど……！」イザはふくれっ面になったが、ミレーユは、淡《あわ》い色の瞳でじっと見つめ返すばかりだ。「……わかったよ」イザはため息を洩らし、拳をおろした。

「ふふふ、あなたには、この責任を取ってもらいますぞ」羽交《はが》い絞《じ》めにされたままの赤毛の兵士長のこわばった頬を、指輪だらけの手で撫《な》でまわしたかと思うと、ゲバンは得意気に叫んだ。「兵士！　さあ、そのニセ者どもをひったてい！」

黒一色の衛兵たちがすぐさま三人を取り囲んだ。

力ずくで城門から追い払われる光景を、通りすがりの町人たちに見られてしまった以上、もうレイドックに留《とど》まることはできなかった。あの子供たちに見つかったら、どんなに失望させてしまうことか。

ミレーユはこちらの世界の大きな地図を持っていた。山を越えて西に六日ほど進んだ先に、南の大海に注ぎ込む短い川があり、その上流付近に、アモールという小さな町があるらしい。

王妃が寝言《ねごと》につぶやいた地名だ。

とりあえず、そこまで行って逗留《とうりゅう》してみて、今後の方針を考えることにした。

半日ゆっくり休息を取ったファルシオンは疲れも見せずによく走った。三昼夜ほど過ぎると、街道沿《かいどうぞ》いに『南東　水清き町アモール』と看板《かんばん》が出ているところに到達した。道はこれで間違ってないらしい。三人は交替で御者台に座り、馬車を進めた。

「……にしても、なーんか、スカッとしないよなー」片手で手綱を使いながら、ハッサンは、残る片手で首の後ろをボリボリ掻《か》いた。「まぁ、牢屋にいれられなかっただけ、マシだと思わなきゃならないんだろうけど」

「兵士長さんが心配だよ」イザは荷台の真ん中へんにあぐらをかき、剣の刃をあぶらで丹念《たんねん》に研《と》いでいる。「あんなやつら、みんなたたっ切ってやろうと思ったのに……なんで止めたんだよ?」

「ゲバンは人間よ。どんなにずるい、悪いやつでも」幌にもたれ、馬車の揺れに身をまかせながら、ミレーユは答えた。「愚劣《ぐれつ》で残酷《ざんこく》だけど、魔物じゃない。怪物じゃない。人間同士が、ちょっと気に入らないとか意見があわないとかいって、お互い、いがみあい殺し合えば、怨《うら》みや憎しみは増幅《ぞうふく》し、世界はますます邪悪になる……魔王ムドーは、ますます力を得て、さぞかし大喜びするでしょうね」

「ちぇっ。なんだよ。それじゃまるで、戦うのが悪いことみたいじゃないか」

「そうよ」ミレーユは暗がりの猫《ねこ》のように光る瞳を床に落とした。「そうでなければ……強いものは弱いものを、いつでも好きにできるってことになってしまう。戦うことそのものがそもそも好きな者たちは、争いごとを嫌う者たちを、いつでも力ずくで従わせていいってことになってしまう」

この深刻なセリフを聞くと、ハッサンは思わず顔をしかめ、不平そうに鼻を鳴らした。

「何か言いたいことがありそうね」銀青色のまなざしの矢が、ハッサンの岩のような顔を鋭く貫く。

「言ってみてちょうだい」

「んーな、おっかない顔でにらまないでくださいよ」ハッサンはボソボソつぶやくと、取り繕《つくろ》うような笑顔になった。「だってねぇ……俺は、姐《あね》さんのように頭は良くはないけれど、このデッカイからだと力には、ちょっとばかりは自信があるでしょ。だから、世界の危機とか聞いちゃうと『ヨッシャ、俺がなんとかしてやろう！』って思っちまったりするんだけど。……それをさぁ……『戦うのが好き』なのは、つまりとっても悪いやつ、みたく言われちゃうとなー。なんか、グッサリ傷ついちゃうなぁ……俺、きっぱり、イイモン側のつもりなんだけど」

「そんなことを言ってるんじゃないのよ。ただ、わたしは、血を見るのは嫌《きら》いなの。避《さ》けられる戦いはできるだけ避けたい、って言ってるの。意見の合わない相手を説得するのに、拳骨《げんこつ》や剣を持ちだせば、そりゃ、手間はかからないけれど……いつもいつもそうじゃ、あんまりでしょ。別々の考えを持ってる同士、時には、じっくり話をすることだって必要だわ」

「おい」イザは手入れしたばかりの剣を下げ身にしたまま、幌の最後部の、垂《た》れ蓋《ぶた》を巻き上げてある風抜き窓から振り向いた。「敵だぜ」

ぶんぶん唸《うな》る真っ黒い竜巻となって迫ってくるのは、ヘルホーネットたちだ。

緑色をした大きな目玉が幾十も、こちらには何の覚えもない憎しみに狂《くる》ったように燃え盛っている。見るからに危険そうな横縞模様《よこじまもよう》の腹の先で、たっぷり毒を含んだ恐ろしい針が、ギラリと陽光を照り返す。

「で？」イザは肩をすくめた。「どうする？　あれと、話し合ってみる？」

「………」ミレーユは赤面し、上目遣《づか》いになり、唇を噛んだ。「……いじわる」

ファルシオンが悲鳴をあげ、馬車が揺すぶられた。耳に、鼻に、次々に針で襲いかかるヘルホーネットたちを、後肢立《あとあしだ》ちになって追い払おうともがいている。馬車は大きく弧《こ》を描き、四輪のうち二輪を浮き上がらせて斜めになった。三人は足場を崩され、どうと重なる。

「きゃ！」

「あっ、ごめん、姐《あね》さん。でも、わざとじゃないんスよお！」

「俺は行くぜ」イザは針避《よ》けに、はずしたマントを大きく頭の上で振り回しながら飛びだした。

「魔物どもめ、ファルシオンから離れろ。俺が相手だ！」

「あっ、待てよ……うひゃー、どこだどこだ……あった！」ハッサンはごちゃごちゃになった荷物の中から、やっとくさり鎌の柄を見つけだすと、ニカッと笑い「んじゃ、いってきまーす」飛びだしていった。

　ブーメランが閃《ひらめ》き、銀色のくさりが宙を薙払《なぎはら》った。目に見えないほどの速さではばたかれる蜂《はち》の羽根の唸る音は、魔物の理不尽《りふじん》な怒りを象徴《しょうちょう》するように、高まってはまたひそかに押し殺される。ヘルホーネットは、不気味な生きた黒雲になって、ふたりの周囲にわだかまってはまた薄れる。放心したような顔で馬車の中に座りこんでいたミレーユは、イザの、あちッ！　という叫び声にハッとした。魔物の針に刺されると、信じられないほど痛いうえ、痺《しび》れて動けなくなってしまうのだ。

「イザ！　受け取って！」

　あぶら汗を流しながら地面にへたりこんで苦しんでいたイザは、投げ渡された包《つつ》みをひらき、中の草を急いで口に押しこんだ。すぐに、痛みと痺れが引いてゆく。

　ミレーユはもう敵のほうに向き直っていた。そのしなやかに伸ばした指先から、不可思議な薔薇《ばら》色の炎《ほのお》のようなものが生じ、あたりのヘルホーネットたちを包みこむ。たちまち、魔物たちの飛び方がおかしくなった。眩惑《げんわく》呪文マヌーサにかかったのだ！

「……よおし」イザは飛び出し、剣を振るった。

　ここぞとばかりに切り結ぶうちに、戦闘は終わった。

　妙に空中がチラチラしているなと思ってみれば、バラバラになった蜂の羽根が、風に吹かれて流れ飛んでゆくのだ。……羽根は、やがて、溶けるように消えてしまう。

　ミレーユは、それを、青ざめて哀《かな》しそうな顔でじっと見守っていた。

「……ありがとう」

イザがおずおずと話しかけると、あわてて表情をひきしめる。

「なんのこと？」

「満月草、助かったよ……さっきは、ごめん。イヤミなんか言うつもりじゃなかったんだけど」

ミレーユは銀青色の瞳を細めて微笑み、イザの頬に片手を触れた。

「ええ、わかってるわ」


それから二日後、星が瞬《またた》きはじめる刻限《こくげん》、ようやくアモールの町に到着した。

だが、この日はどうも運がなかった。

『アモールの清き水を味わって長生きする会』とかいうどこぞの団体さんが到着したばかりだとかで、町に一軒きりの宿屋にはただのひとつも空室がなく、彼らが夕食を取った後の食堂には黴《か》びたパンと固くなったチーズぐらいしか食べ物が残っていなかった。しかたなく分けてもらったそれを、酸《す》っぱいワインでボソボソ呑《の》みこみながら、床の掃除《そうじ》をしている老人にかまをかけてみると、なんとこの町には『北の洞窟《どうくつ》に鏡の鍵《かぎ》が眠っている』という言い伝えがあることがわかった。三人は色めきたったが、直後……その同じ洞窟がおよそ二十年前の落盤《らくばん》のせいで、ほとんどふさがってしまっているという、ありがたくないオチがついてしまった。

「アモール自慢《じまん》の水は、その洞窟から湧《わ》いて出て、滝になって、川になって、わしらの町を通り抜けてゆくんじゃが」と、老人。「ここの住民は誰ひとり、わざわざ出かけて行こうとはせん。なぜなら、あそこには、『別れ洞』という悲しい隠し名があるからじゃ。地震よりもずっと前、わしのこのツルッパゲ頭がまだ黒々フサフサだったころに、ちょっとした悲劇《ひげき》があってのう……うぉっほん！　……うーん、なんだかちょっと、喉《のど》が渇《かわ》いたな」

「悲劇って、なんです？」

酸っぱいワインをすすめながらハッサンが愛想よく訊ねると、老人は、嬉しそうに受け取り、遠慮なくたっぷりすすってから、ようやく、それがな、と言った。

「昔、よそものの若い男女の泥棒《どろぼう》がどこからともなくやってきて、わしらが止めるのもきかず、洞窟に潜りこんだのじゃ。なんでも素晴らしいお宝を捜しに行くんだということじゃったが……戻ってきたのは、片方だけ、ひとりだけじゃった。何があったのか、誰もきかん。ジーナも話さん……おう、そうじゃ。戻ってきたのは、女のほうで、ジーナというんじゃ。いまでもここに住んでおる。教会の下働きをしてのう」

ごちそうさま、と老人が去ると、ミレーユが言った。

「その教会に行ってみましょう。鏡の鍵のことを、訊ねなければ」

「そうだな」ハッサンはうなずき、大急ぎで残りのパンとチーズを口につめこんだ。

教会は町の中心、アモール川の流れを裂いてたたずむ砂州《さす》の上に建っていた。

礼拝堂《れいはいどう》で出会った神職は、遠くから旅をしてきた風体《ふうてい》の三人を見ると、宿がないのはさぞお困りでしょうと気を回し、裏手の牧師館《ぼくしかん》に泊まるがいいと言ってくれた。

牧師館の戸口に立ち、ノックをしてみたところ、やっとこさっとこ出てきたのは、腰が曲がって背の縮《ちぢ》んだ小さなひとりの老婆《ろうば》。若かったころは美しかっただろう彫《ほ》りの深い顔だちだが、皺《しわ》クチャに痩《や》せさらばえ、カサカサに乾《かわ》いて、化粧《けしょう》はおろか髪を満足にとかしもしないでいるいまは、ひどく気難しそう意地悪そうに見えた。

「なんだってんだい、あんたがた」ばあさんは腹立たしげに毒づいた。「牧師さんなら、御聖堂だよ」

「ジーナさんですね？」とミレーユ。「あなたにちょっと伺《うかが》いたいことがあって、来たんです」

「わしに？　なにを！」ばあさんは怒鳴《どな》った。「冗談《じょうだん》じゃないよ。よそものに話すことなんてないね。イヤな夢ばっかり見てイライラしてるんだ。あー、もう、さっそく頭痛がしてきたよ！　とっととさっさと出ていっとくれ！」

鼻先にぶつかりそうな勢いでしめられたドアが、途中で突然、ガクン、と止まる。ジーナばあさんが驚いて見下ろすと、イザがとっさにブーツの足先をつっこんでいるのだった。

「その足をどかしな！」ばあさんは痩せた拳骨《げんこつ》をふりあげた。「邪魔じゃないか！　どかさないと、思いきり踏んづけるよ！」

「牧師さんが泊まっていいって言ってくれたんですよ」イザは言った。

「……あれま、牧師さまが。そうかい、あのかたには世話になっているからねえ……」ジーナばあさんは、フッ、と柔らかく表情を崩した。「しょうがないねぇ、いいよ。わかったよ。泊まりな！

……さぁ、三人とも、ぐずぐずしないで、入った入った。ただし……遅いから、話とかいうのは明日の朝にしとくれよ！」

にわとりが鳴いた。

窓蓋の板の隙間《すきま》から、朝の光が手に取れそうな黄金色の帯になって斜《なな》めに降り注いでいる。屋根の下で、寝台の上で、ぬくぬく眠って起きるなんていったい何日ぶりだろうとイザは考え、ウーンと思いきり腕を伸ばしながら寝返りを打った。そこへ。

「……ひぃいいいいいっ！」

「な、なんだ!?」

イザは跳《は》ね起き、剣をつかむと、戸口に体当たりするようにして飛び出した。裸の胸に風がしみ、クシャミが洩《も》れた。

教会の目の前の河原《かわら》の土手の突端《とったん》に、薬草摘《つ》みの籠《かご》を抱えた若い主婦たちが腰を抜かしている。がたがた震えるその肩ごしに、とうとうと流れる赤い川が見えた。赤くも赤い、血のように赤い、忌まわしくも紅蓮《ぐれん》に赤い、アモール川が。

「ど、どうしたんだ、いったい……？」イザがつぶやくと、ちょうどそれに答えるように、「祟《たた》りじゃ！」杖《つえ》をついた老人が、砂州《さす》にかかった橋の上で叫んだ。「これは、御滝《おんたき》さまのお怒りのしるしじゃ！」

「きっと、おとといからウチに泊まってた、あのヨソモノのふたりのせいだよ！」川の向こう岸に駆けつけてきた立派な肩掛けをした女が、太い腕をふりまわしながらわめき散らした。「イリアとジーナとかって若いカップルだったけど……いま見たら、荷物がないんだ。宿賃《やどちん》踏み倒して逃げやがったんだ！」

ジーナ？　それってあの怒りんぼなお婆《ばぁ》さんの名前だったんじゃ？

イザが目を細めて考えをめぐらそうとした、そのときだ。

「もうし」誰かに、肩をさわられた。振り向くと、使いこんだ鋤《すき》を抱えた純朴《じゅんぼく》そうな男だ。ジャガイモのような顔に、丸っちい肩をしている。「おめはん、誰だ？　さっチ、そっから出てチたみたいだけど、誰ヌことわってそこサ寝ただかね？」

ははぁ、このひとも教会の使用人なんだな、とイザは思った。昼間はお婆さんを手伝っているのかもしれない。

「旅のものです。おじゃましています。ゆうべは、ジーナさんに泊めてもらったんです」

「ゆンべ？」男はボサボサ眉毛《まゆげ》を段違いにした。「ハテ、ゆンべはとんと、見かけたおぼえがねんだがね？　だいてー、ズーナって誰のことだか……はー。まぁ、うズの牧師さんは、スとがえっから。いろんなコトあっぺなー。スッかたねかべなー」

男が頭をひねりひねり去ってゆくのと入れ替わりに、ミレーユがきびきび大股《おおまた》にやって来た。あわてて飛びだしたおかげで、こちらは下帯《かたい》ひとつの裸《はだか》である。イザは真っ赤になり、こわばり気味の照れ隠しの笑いを浮かべたが、それに気がついたのかどうか。

冷たく強く燃えるような目をして、ミレーユは言った。「わたしたち、時をさかのぼってしまったわ……！」

「時を？」イザはあんぐり口を開けた。「さか……のぼったあ？」

「そう。そしてこれは、お婆さんのジーナの夢。何十年もの歳月を経《へ》てもひと晩たりとも忘れることのできない、悲しく辛《つら》い思い出でもあるの」

「……ジーナ婆さんの夢？　これが？　これも？」イザは自分の手足や周囲の景色を見回し、しみじみため息をついた。「はー……。そんなこと言われたって、ぜんぜん実感わかないよ！　またまたなんで、そんなややこしいことになったんだ？」

「答えは」ミレーユは腕をあげて、北方の山並みのほうをさし示した。「問題の洞窟にあると思うわ。でかけましょう！　けど……。ねぇ、イザ？　その前に。わたし、ひとつ、たってのお願いがあるの……あなたにしかできないことなの」

「なんだよ」

素肌《すはだ》むきだしの胸元に指をあてられ、風変わりな瞳にじっとひたむきに見上げられて、イザはちょっとドキドキした。ミレーユはずいぶん年上だが、こうして間近に見ると、ひどく美しいのだ。

「お願い」思い入れたっぷり、長いまつげを瞬《まばた》くと、ミレーユは低いハスキーな声で囁いた。

「……ハッサンを起こして」

幸い、過去の、あるいは夢の世界にも、ファルシオンと馬車がちゃんとついてきてくれていた。まぶたの重いハッサンをふたりがかりで両側から引き摺《ず》るようにして荷台に放り込み、川づたいに北の山脈に向かう。

浅瀬《あさせ》を洗う音がうるさいほどだったアモール川は、草薮《くさやぶ》を蛇行《だこう》するうちに徐々《じょじょ》に細まり、谷底に遠ざかった。四輪馬車の通れるような道は、山肌《やまはだ》の緩《ゆる》やかなところを巻いて伸びる。見下ろす樹々《きぎ》の間からやっと見え隠れする赤いリボンのようなせせらぎを、見失わないよう気をつけながら、半日ほど、登っただろうか。

不意に水音がまた近く大きくなってきたかと思うと、道の左手に、切り立った断崖《だんがい》を伝い落ちる滝が見えた。水量はさほど多くはないが落差が大きく、また崖が単純な垂直ではなく細かな段々になっているので、あちこちの岩にぶつかって豪快《ごうかい》に飛沫《しぶき》があがっている。こんな不気味な赤い水でなければ、きっと、もっと美しかっただろう。

滝のそば、道のこちら側に、伏流水《ふくりゅうすい》が地面に出てくる場所があった。水源が違うのか、こちらの水は赤くない。これなら、ファルシオンに飲ませてもかまわないと思われた。

そろそろさすがに道が狭く通りにくくなってきてもいた。三人はここで馬車を降り、あとは歩いてたどることにした。心配そうなファルシオンを順繰《じゅんぐ》りに撫《な》でてやってから、獣道《けものみち》を踏み分けて山に入った。

　ほどなく、洞窟の入り口らしきものが見つかった。赤褐色《せきかっしょく》のゴツゴツした岩にかこまれた穴から、滝のさらに上流にあたる水が、ちょろちょろ流れだしている。

「ここって、たしか、ふさがってたはずじゃーなかったかー？」まだ寝惚《ねぼ》けのむくみ顔のハッサンが、ぼーっと言った。

「こっち側では、まだ地震が起こっていないのよ。……あ、ちょっと待って」

　ミレーユは道に落ちている枯《か》れ枝《えだ》を選んで三本拾うと、腰の巾着袋《きんちゃくぶくろ》から丸い金属容器を取りだし、岩の上に置いた。容器の内側の仕切りの左右に入れてあった粉と練り薬を、少量取りだし丹念《たんねん》に混ぜると、やがて、ぼうっと紫がかった光があふれだしはじめた。枝の先にこの混ぜ物を塗《ぬ》りつければ、たいまつ代わりになる。

「ほら。持って」

「わー。きれいだなあ。妖精《ようせい》の杖《つえ》って感じ」ハッサンは体格に似合わずロマンティックなことを言った。

「祭りの夜、妹がかぶった『精霊の冠《かんむり》』もこんな感じに光ってた」イザはおそるおそる、紫色の光に指を伸ばしてみた。「熱くない。……燃えてるわけじゃないんだな」

「ええ。だから、ふつうの火よりは暗いけれど、長持ちするし、煙も出ない。光が弱まったら粉をたせばいいから便利なの……ただし、そんなにたくさんはないわ。洞窟があまり深くないことを祈りましょう」

　ミレーユがさっそく先に立って岩を登ろうとすると。

「待ってくれ。俺を先にしてくれ」イザはミレーユの肩を押さえて、サッとからだを入れ替えた。

「別に、どうしても先頭じゃなきゃやだってわけじゃないだろ?」

「ええ」ミレーユは銀青色の瞳を細くして微笑んだ。「どうしても先頭じゃなきゃやだってわけじゃないわ」

輝く枝を掲げ持って、三人は入り口を潜《くぐ》った。


息をひそめ、足音を殺し、ひんやり湿った闇の底をひそやかに流れ過ぎてゆく水をたどって少しばかり進んだ。と。先頭のイザが腕をまっすぐ振り、ピタリと立ち止まった。残りふたりも静止する。

奥のほうに何かいる。岸辺に座りこんでいる。三人のすました耳に、しゃばしゃばと物を洗うような水音と、何かぶつぶつつぶやく声が聞こえた。

「落ちない……落ちない……」声はどうやら、呻《うめ》くように呪《のろ》うように、そう言い続けているようだ。

「やっぱり落ちない……けっして落ちない……」

「落ちない妖怪《ようかい》か」と、ハッサン。「『試練の塔』の近所に祠《ほこら》でも作って祭ったら、御利益ありそう。お賽銭《さいせん》ガバガバ儲かるぜ」

「バカ言ってるよ」

三人は思いきって近づいてみた。

腰まで水に浸かっているのは、藁色《わらいろ》のザンバラ髪をしたまだずいぶん若い娘だ。こまっしゃくれてはすっぱな顔つきをし、すばしっこそうな細身の体格をしているが、寒さのあまりか、全身がぶるぶる細かく震えており、顔にも唇にも全く血の気がない。ただでさえ紫色がかった枝の灯《あかり》の中で見ると、まるで幽霊そのものだ。

「落ちない……落ちないよ……」こわばった頬の涙の筋を光らせながら、娘は呻いた。「この短剣を染《そ》めた血は、いくら洗っても落とせない……」

「ジーナ」、ミレーユがしごく当然のように呼んだので、イザもハッサンもギョッとした。「教えて。いったい、何があったの？」

「聞いてなんになるっていうの？　すべては終わってしまったわ」うつろな目を真っ赤な水面に落としたまま、娘は捨《す》て鉢《ばち》な口調《くちょう》でつぶやいた。「この先には、宝なんかない。あるのはあたいが愛してたイリアの冷たい死体だけ……口のうまいひとだったけど、美味《おい》しい嘘はもうつけない。皮肉なジョークも、へらず口も、くどき文句《もんく》も、もう聞けない……」

娘の両目から、また大粒の涙が転げ落ちた。それを振り払うようにザッと頭を振ると、娘は、のろのろ顔をあげて、イザたち三人を見つめた。青々と隈《ふち》どられ痩《や》せ乾いた、すさまじく苦しそうな悲しそうな顔。ひびわれた唇を無理に広げて、にぃっ、と笑うと、子供っぽい、悪戯《いたずら》っぽい、大きな八重歯《やえば》がチラリと見えた。

「そうよ。あたいが彼を殺したの。……この剣で。ひと思いに。だから……」またのろのろと元の姿勢に戻って、娘は剣を洗い続けた。「落ちない……落ちやしない……わかってる、一生かかっても落ちないんだ……いくら洗ってもぜったいに、この血は消えやしないんだ……」

イザとハッサンがあっけに取られて立ち尽くしていると。

「行きましょう」ミレーユがぽんぽんとふたりの背中を叩き、率先して、サッとその場を離れた。

しかたなく男たちも従った。岩の裂け目に生じた階段状の坂を下ると、落ちない、の呪文のような繰り返しがやっと耳に届かなくなった。ひどくジケジケして、ほとんどが水びたしである。どこまで深さがあるのか見当もつかない水の上に、緑色の苔《こけ》の生えた岩や石が、ほんの少しばかり、頭を出している。

足を滑らせないように、おっかなびっくり進んでゆくうちに、イザは辛抱《しんぼう》できなくなった。いきなり振り向き、なあ、説明してくれよ、と、ミレーユの袖をつかんだ。

「どんな刺し方をしたのか知らないけど、ともあれ人間ひとり分だろ？　あんな……川が真っ赤になるほどの血が出てくるなんて変じゃないか」

「それに、あのナイフ。なんで、とっときれいにならないんです？」と、ハッサンも言う。「ずいぶん長いことああして洗っているんだろうに……呪われてるんですか？」

「まさか……あなたたち……まだ」ミレーユは蛾《が》の触角《しょっかく》のようなまつげを瞬いてちょっと考えこむと、ふうっとひとつため息をつき、あたりを見回した。足場が少しはマシそうで、岩がテーブルのように生えた部分を見つけると、近づいていって、懐《ふところ》から地図を出し、広げた。

手招きで呼ばれて、イザもハッサンも、素直に近づく。

「さあ見て。い―い？ わかるわね。ここが船つき場。この城塞《じょうさい》が、大臣ゲバンがいたほうのレイドック。あたしたちはいったんこう来て……ここで川を渡り、この平地を横切って、アモールに着いた」

「んで、こっちの川のドンづまりに、ここの洞窟があるわけだよな」ハッサンが太い指をあてがって、得意そうに言うと。

「いいえ」ミレーユは首を振った。「イザ、あなたの地図を出してみて」

「俺の？ ああ……」

イザは背負い袋をあさって、廃虚《はいきょ》の神殿《しんでん》から持ってきた地図を取りだした。房紐《ふさひも》を解いたとたん、羊皮紙《ようひし》がひとりでにぱらりと開き、例の妖精の羽根ペンの幻を浮かべる。そしてそのペンの周囲、前には色づいていなかった部分が、細密に色分けされているではないか！

「あれ？ なんだ？ こっちの川と、そっちの川と、位置はずいぶん違ってるけど、形がそっくりなんじゃないか……！」

「そっちのアモールのあるあたりに、こっちにもちょうど町がある？.？」

「イザには今朝《けさ》、説明したわね。わたしたち、時を越えたって。ジーナお婆さんの夢の中に入ったんだとも。でも、一番正確な言い方をするとしたら……」ミレーユは、不思議の地図に両手を乗せた。「わたしたちはいま、こっち側にいるの。そして」ミレーユは右手をゆっくりすべらせて、元の地図に乗せた。つきだしたひとさし指が、アモールを指さしてぴたりと止まる。「ゆうべ眠った、ガミガミお婆さんのいる教会はこっち……あなたがたが『幻の大地』って呼んでいるほうに、ある」

「じゃあ、眠って起きたら……いつの間にか、こっちからこっちへ？？」ハッサンは目を丸くする。

「そうか」イザはうなずいた。「このふたつはいつもこんな風に重なってるんだ。いまいるこっちが上で……『幻の大地』のほうが下なんだね」

「そう」ミレーユは言った。「でも、時には、上が下に、下が上にもなる……ごく緩やかに結ばれたこのふたつの世界を繋ぐ特別の場所が……あるいは穴が……いくつかある。アモールもそのひとつよ」

「えっと、えっと。ってことはだよ」ハッサンは顔をしかめ、二枚の地図を見比べ、両手でたどりながら、必死に頭をめぐらした。「俺たち、最初のレイドックから、ずーっとこんな感じに旅してきて……んで、ここいらあたりで、地面の穴から落ちてこっちに移ったんだろ？　サンマリーノに行って、海渡って……エッ？　じゃ、ひょっとして、もしかして。俺たち、そもそもの出発点にものすごく近いとこに戻ってきてるわけ？」

「そうね」ミレーユはうなずいた。「だから……馬車で越えるには、ここの山脈が険《けわ》しすぎるから……移動魔法ルーラを使うか、キメラの翼を一本消費すれば、アッという間にこっちのレイドックに戻ることだってできるわね」

「そこには一年寝たきりの王と王妃じゃなくて、ぜんぜん眠らないでがんばってるレイドック王がいる？　……うへー……あかん、頭、煮立ってきた」

「同じ町なのに暮らしてるひとが違う……どういうことなんだ？　ひょっとして……そっちとこっちじゃ、時間の流れかたが違うのか？」

「時間も違う。地理も多少違うわ」とミレーユ。「夢見のしずくをかける前の透明なあなたがたを、実体じゃないって言ったわよね？　精神体なんだって。実は、こっち側の……いまわたしたちがいる側の世界は、ありとあらゆるものごとが全部精神体でできているの。全部が全部そうだから、ここにいれば、まるで実体であるかのように、何にでもかたちも重さもあるかのように感じるけどね。……つまり、ほんとうは、あなたがたが『幻の大地』って呼んでいるほうこそが実体で……こっちは、いわば、夢の世界なの」

「夢？」

「なーんだ、ただの夢だったのかあ！　じゃあ、こうすりゃ消え……痛ててて！　なんだよ、姐さん、ツネッても目が醒めないよ!?」

「夢といっても、眠っている時に偶然見るあれじゃあないの。こころにひそかに抱《いだ》くほう。何度も繰り返しなぞるほう。夢想。あるいは空想。妄想《もうそう》。執念《しゅうねん》。……いいえ、実は『残留《ざんりゅう》思念』ってことばを理解してもらえれば、一番正解に近いんだけど」

「ざんりゅう……」

「思念？？？　なんだそりゃ」

ミレーユは途方に暮れた表情の男たちを見回し、やっぱりむずかしかったかしら、と、微笑みながら首を振った。

「いつまでも残ってゆく、思いや考え。あるいは、頭に描いたことの痕跡《こんせき》。現実世界に生きている誰かが、何かをとても強く思ったり何度も懐かしく思いだしたりすると、こっちの世界には、その物事が発現するの。くっきり形を成して生ずるのね。おおぜいのそんな思いの断片《だんぺん》が綴《つづ》れ織《お》りになって、町が、山が、大陸が、できる。でも、頭に浮かぶイメージと実物って、けっこうズレてるものでしょ？　思考するひとは思考するたびに、みんなちょっとずつ、いい加減に、自分好みに、物事を作ってしまうものだから。だから、こっちの世界は、実在の世界とは少し違うの。あるいはうんと違う場合もある」

「そうか。わかったぞ。あの『落ちない』ジーナは、実はジーナお婆さん自身なんだな!?」イザは叫んだ。「ここはジーナの夢だって言ったね？　昔、イリアとかいう男を殺してしまったことが、いつまでも忘れられないから……その思いがあんまり強いから……だから、お婆さんにとって、自分はずっとそのときの姿のままだし、短剣の血はいくら洗っても落ちないんだ。このあたりに影響するほかの誰の思いより、ジーナの思いが一番激しくって強いから、アモール川は毒々しく真っ赤になってしまうんだ……！」

「たいへんよくできました」ミレーユは地図を丸めだした。「現実が変化すれば、みる夢も変わる。夢がかわれば、現実のほうもゆっくりとだけれど確実に影響を受ける。だから、このふたつは、それぞれ独立《どくりつ》しているようでいて、つまりは同じひとつのものだとも言えるんだけど……どお。とりあえず、納得《なっとく》、いった?」

「いったいった! いやもう、スッキリわかるようになった!」と、ハッサン。「この岩もこの水も、全部ただの夢なんスよね? 実体なんかじゃないいんだ! ……って言われてもなー……ねぇ、だって、じっさい固いし冷たいいんだからなー……」

「夢だと知ったからって、甘く見ちゃだめよ。切られれば血が流れるし、致命傷《ちめいしょう》を受ければ死ぬわ。わたしたちのこころっていうのは、そのくらい単純で頑固《がんこ》なものなの……たとえ精神体であっても、実際の肉体と同じようにダメージを受けずにはいられないの。……そして、わたしたちの敵、魔王ムドーは、現実と夢のこのあやふやな重なりを実に巧《たく》みに利用している。……やつ本人には、実体と精神体を切り放す力があるみたい。切り放された実体や精神体はとても弱くて不安定なものよ。自分がほんとうは何者だったかを忘れて、ムドーのあやつり人形にされてしまうこともある」

「待てよ……じゃあ、やっつけるたびに消えてしまうムドーってのは……そうか! だから、『ラーの鏡』がいるんだ!」

「なぁるほど、こんどこそバッチリはっきりわかったぜ!」ハッサンは完璧な歯並びを見せてニカッと笑った。「俺もイザも、『幻の大地』であんな透明人間になっちまってたってことは、精神体だったってことなんだろ? つまり、実は弱くて不安定だった。姐《あね》さんに助けてもらわなかったら、ひょっとして今ごろムドーのデク人形だったかもしれねぇわけだ! いやあ、ほんとにありがてえ。恩に着ますよ」

「どうして過去形?」ミレーユは目を細めた。「あなたたちはいまでも立派に精神体のままよ。夢見のしずくのおかげで、じょうずに『実体のふり』ができるようになってはいるけれど」

「えっ、そうなの? ……そうは見えねぇけど」ハッサンはガッカリ顔をしたが、すぐに、また立ち直った。「んじゃ、俺がもし、俺ってやつは、こんなもんじゃなく、もっとでかくてシマッててカッコいいんだぞって本気で信じこめたなら、ほんとにそうなっちまうってこと?」

「そうよ。前にも言ったとおり」ミレーユは笑った。「でも難しいわよ。理想の自分と、これが自分だって実感してる自分って、誰だって差があるものなんだし」

ハッサンは後のほうは、まるで聞いていなかった。ウホウホ吠《ほ》えながら胸板を叩き、いきなりガバッと床に伸び、片手ずつ交互に腕立て伏せをはじめた。

そんな物音を聞きつけでもしたのだろうか。暗い通路のどこからともなくワラワラと、魔物たちが湧《わ》いて出た。青ざめたピンク色の花魔導、ねじくれた杖を抱えたハエ魔導。ベビーゴイルにスライムナイトも駆けつける。メタルスライムたちときたら、のたくり寄りながらも口々に呪文を唱えて、メラの炎をびしばしぶつけてくるほどだ。

「ぬおおお、出たな、化けものども!」ハッサンの上機嫌はゆるがない。サッと飛び起きると、くさり鎌《がま》を取り出して逆手に構え、既《すで》にそうとう立派に発達した大胸筋を、ぷるるん、とひとつ振動させる。「さぁこい、俺さまが相手だぜ!」

得意のブーメラン投げで魔物の群れを蹴ちらしながら、イザはぼんやり考えた。

このいまの俺が精神体であるのなら、実体はどこに行ったんだろう?

ムドーの名と、引き裂かれた実体への興味に、閉ざされた記憶《きおく》の蓋《ふた》がかすかに持ちあがったような気がした。それは、どうやら、くらい森の底に燃える焚き火と、黄金色の何か偉大な生き物に関係がありそうだ……。

が。ふと異様な殺気がして振り向いたとたん「うわぁっ!」視野いっぱいのモコモコ獣《じゅう》が……ころんころんころん! ころんころんころん! 次々に回転しながら体当たりしようと迫って来る!

のんびり考えごとなどしていられない。イザはあわてて剣を抜いた。

次々に性懲《しょうこ》りもなく現れるたくさんの魔物たちを退けたりやり過ごしたりしながら、三人は洞窟のより奥まった部分へと歩を進めた。丸木に乗って流れを渡り、苔床《こけゆか》に半ば隠された階段に潜った。

地下第四層ほどの深さにあたる迷路状の空間で、ギラを叫ぶ花魔導たちに挟みうちになった時、それまでずっと防戦一方だったミレーユが凍粒《とうりゅう》攻撃呪文、ヒャドを唱えてみせた。そのすさまじい効果と威力に、イザもハッサンもカッコいい! と大喜び。彼女を敵にしておかなくて良かったと、お世辞《せじ》めいたことまで口にするほどだったが。

「だめよ。あんまり頼らないで。そんなにしょっちゅうは使えないんだから」ミレーユはしかめつらしく、首を振った。「ちょっとでも天候気象を動かせば、魔力の波紋《はもん》はそこからどこまでもどこまでも広がっていくし、何日も消えない跡《あと》を残してしまうものなの。思いがけない場所に、降るはずのない雨を降らせたり、ありえない風を吹かせたりしたら、いろんなひとに迷惑をかけちゃうでしょ！　……第一、魔王がもしその気になったら、わたしたちの居場所が簡単に特定できてしまう。魔王の力なら、この洞窟をまるごとペッシャンコにすることだってできる。遠くからそうやって狙われたら、生命《いのち》がいくつあったってたりないわ」

「めんどくせーの！」ハッサンはふくれた。「けど、姐《あね》さん、魔物たちのほうは、ギラだのメラだの、なんの遠慮もなく、じゃんじゃんしかけて来るじゃないスか？」

「彼らはギルド員じゃありませんからね」

「ひょっとして」とイザ。「強い魔物が、強い魔法をバンバン使ってきた時には、こっちも思いきり強力なのをガシガシお返ししてもいいんじゃないのか？　だって、その波紋《はもん》だか影響だかっての、魔物の使った分だけでもすごくって、どーせ誰がなにやったか、追及《ついきゅう》できなくなるんじゃないのか？」

「それは言わない約束よ」ミレーユは小声になった。「いくらマジメなギルド員だって、いのちに関わるような時には、礼儀《れいぎ》とかお作法《さほう》とか言ってられないわよ」しぶしぶ認めた、そのときだ。

「おーい！　ひょっとして、そこに、誰かいるのか？」床をなす岩にあいた隙間から、おそるおそるのような声がしたのは。

「いるぞー！　そっちこそ誰だ？」ハッサンが叫び返すと、おお、ほんとだ、誰かいる、人間だ、どうやら人間らしいぞと、ホッとしたようなどよめきが洩《も》れた。

枝の灯《あかり》を近づけてみると、洞窟の一部がどうやら落盤《らくばん》で塞《ふさ》がってしまったらしい。長いこと暗がりにとじこめられていたのだろう、五、六人の黒ずくめで肌にぴったりした衣装の男たちが、わずかな光にもひどくまぶしそうに目をパチパチさせた。

「おお、光！　なんと美しい、文明の輝き」

「ありがたい、ひとだ。ひとがきてくれた！　いやー、信心はするもんだ」

「たのむ、助けてくれ！　礼はするぞ」

「あなたたち」ミレーユは眉をひそめた。「ひょっとして、泥棒《どろぼう》でしょう？」

「そうだ」と野太い声が笑った。「俺たちゃ名高い、非暴力的窃盗《せっとう》技術研究団理事会だ。おもてむきは『アモールの清い水を味わう会』だけどな」

「なんでもこの洞窟に、すんばらしいお宝があるっつーんで、年次大会のついでにみんなでやってきてみたんだけんど」

「いやー、ぶったまげた。『はやてのイリア』と『疾風《しっぷう》のジーナ』が、切り合いの喧嘩《けんか》をしてるんだぜ」

「お宝奪い合っていたのかな。有名なおしどりコンビ泥棒だったのにねぇ」

「無理ないぜ。イリア、あのとき、魔物に憑《つ》かれてたみたいだもん」

「んで、みんなで泡《あわ》くって逃げ出したら、道に迷って、落盤事故だ。ほーんと、俺たちってついてねーよなー」

「どんな魔物だった？」ミレーユは訊ねた。「見たひと、いない？」

「ああ、見たぜ」と非暴力的窃盗技術研究団理事のひとり。「全身、血を浴びたみたいに真っ赤っかで、コウモリみたいなでっけぇ羽根があって、顔は三角で、腹が洗濯板《せんたくいた》みたいなやつだ。脳みそがガタガタするようなひでぇ声で鳴きやがるんだ」

「ホラービースト……！」ミレーユは吐きすてるように言った。「確かに……やつにメダパニダンスを踊られたら、どんな恋人同士だって、徹底的《てっていてき》に憎み合い殺し合うわね。……イザ、ハッサン、行きましょう！　そいつをやっつけなくっちゃ、ジーナの悪夢は終わらないわ」

「よし！　急ごう！」

「がってん！」

三人は道を捜すため、即座《そくざ》に散らばった。

「お？」非暴力的窃盗技術研究団理事会は不安そうにざわめいた。「行っちまった？」

「なんてこった。行っちまったー！」

「お、おーい、待ってくれよー！」

「俺たちをここから出してくれよー！」

強い魔物の出現する気配は、目に見えない波に飲まれる不気味な感触。魔力のほとばしりが熱い空気のうねりとなって飛びかかってくるその刹那《せつな》、イザは自分でもはっきりした予感のないまま、サッと横に飛びのき、くるりと回転して振り返った。

しゃ――――っ！　と、そいつは鳴いた。つきだした前肢《まえあし》、硬そうな赤い皮膚《ひふ》、威嚇《いかく》するように吊り上がってショボショボ瞬《またた》くふたつの眼。短い一本角と左右につきだした耳の生えた三角頭が、細すぎて気味の悪い蛇腹首《じゃばらくび》に乗っかって、左右にぶらぶらと揺れている。ぱっくり避けた牙口《きばぐち》から、だらだらしたたるよだれの糸が、そのたびに、切れたりまた伸びたりした。

イザは敵のいやらしい顔をひたと睨《にら》んだまま、そっと唾《つば》を飲みこみ、気息《きそく》を整えた。片膝をたて、いつでも飛び起きられるように用意をしながら、そろそろと右手を背中に伸ばす。ななめに背負った剣の柄をしっかりと握る。立ち上がり、剣が鞘走《さやばし》り、しゅん、と刃鳴りの音をさせた、その瞬間、ホラービーストが鋭い爪でつかみかかってきた！　剣は前肢《まえあし》を右から左に薙《な》ぎ払い、真っ赤な鱗《うろこ》を何枚か飛ばした。イザの踏んばった太腿《ふともも》に、三筋の鋭い直線が走った。

「いいやぁっ！」

弧《こ》を描いて回した剣を、誰かが洗濯板と形容した虫の腹そっくりの腹部に思いきり叩きこもうとしたその瞬間、敵の小さくひねこびた目がギラッと笑ったような気がした。ハッとした瞬間、目の前が白熱した！　敵がからだじゅうからまばゆい光を発したのだ。「ううっ……！」イザはあわててギュッとまぶたを閉じたが、ひどく痛い。やけつくようだ。涙があとからあとから湧《わ》いてくる。

「く、くそ……何も見えない！」

がむしゃらにつきだし振り回す剣は何にもあたらず、遠心力によろけた足を払われ、どうっと倒れた。あわてて転がって逃げようとした瞬間、踵《かかと》が岩に激突《げきとつ》し全身にツーンと痺れが走った。イザは呻いた。魔物の体臭《たいしゅう》が濃くなった。べたべたして熱いものが、首や顔にふりかかる。敵のよだれに違いなかった！　痛くてまともに開けられない目のなんとかこじあけた隙間から、イザは真っ赤な悪魔のようなやつが、自分に覆いかぶさって、クワッと牙《きば》を剥きだしにするのを見た。どこまでもどこまでも洞穴《どうけつ》のように続く、濡《ぬ》れて赤い魔物の口。

「どうぇぇぇぇぇぇぃっ！」

いきなり敵がべしゃりと前のめりに倒れてきた。あわてて突き出した爪足を間一髪《かんいっぱつ》に掠《かす》めてかわしながら、イザは膝で敵の胸を押しのけた。

ハッサンだ。ハッサンが駆けつけてくれたのだった。もう一撃、両手を組んだのを棍棒《こんぼう》がわりに、ホラービーストの横っ面を張りとばす！　ぎゃあ、とホラービーストは非難《ひなん》がましく鳴いた。よだれと体液をだらだらそこらじゅうに撒《ま》き散らしながら、よろよろ這《は》って逃げようとする。イザは手探りでブーメランを取りだし、投げた。なにしろ目がよく見えなかったし、あわてていたので、少し手元が狂った。いつものように、宙で構えて待っていた手に、ブーメランは戻ってこなかった。それは怪物の額に、目と目の間に、深々と刺さって揺れていた。魔を消す力を持つブーメランの周囲から、赤い悪魔の笑ったような顔がしゅうしゅう崩れ、溶けてゆく。

「やったな」ハッサンがにこにこと寄って来て、イザの肩を叩いた。「ぶじか？」

「ああ……でも、あぶなかった。ありがとう」

「なーに。いいってことよ」

そのころ、ミレーユは壁の窪《くぼ》んだ部分に半ば埋まるようにして難《なん》を逃《のが》れていた目つきの鋭い若者を見つけ、助けだし、治療《ちりょう》してやっていた。

「ありがてぇ……どこのどちらさんか存じませんが、おかげで助かりやしたぜ」若者ははだけた胸に一文字に走った短刀傷《たんとうきず》を指でたどり、ゾッと震えた。「へへっ、ジーナのやつ、あいかわらずいい腕だ。きれいにスパッとやってくれたぜ」

「じゃあ、彼女を怨《うら》んではいないのね？　はやてのイリア」

ミレーユが呼ぶと、若者はいぶかしそうに目をすがめた。

「なんで俺の名をご存じなんだか知らないが……ああ、もちろん、怨んでなんかいませんよ。俺はあの真っ赤な魔物に憑《と》りつかれた。頭はいけねぇいけねぇって思うのに、手のほうが、勝手に刃物ふりまわして……気がついたら、てめえの女に切りかかろうとしていたんだ。だから、あいつがこうしたのは、正当防衛ってやつですよ」

「そう言いきってくれるなら安心だわ。さぁ、ジーナのところに行きましょう」

「ジーナだって？　ジーナが近くにいるのか？」

「ええ、いるわ。一刻も早く、彼女を安心させてあげなくっちゃ」

「一刻も早く？　よおし！」

三人とイリアは、大急ぎで出口に向かった。文句なしの大急ぎだった。なにしろはやての名を持つイリアはすこぶる早い。ついてゆくのがやっとである。

どこかの階段を駆け上がっている時「バカヤロー！」「おーい！」「見捨てるなー！」地底深くか

ら悲しそうな不満そうなコーラスが聞こえてきた。

「なんとか泥棒組合の……あいつら、ほっとくのか?」

イザが聞くとミレーユは笑った。

「彼らはもうじき自力で出口を掘《ほ》りあてるわ。でも、それがきっかけになって、もっとひどい落盤が起こって、次々に連鎖《れんさ》して、ここをすっかり塞いでしまうの」

「……そうだったのか」

地上階まで戻って来ると、イリアはすぐさま、まだ水辺でぶつぶつ言い続けているジーナの背後にぬきあしさしあし忍び寄った。

両手をあげて、目隠しをする。「だーれだ?」

ジーナの手から短剣が落ちた。短剣は揺れながら、赤い川に沈《しず》んでゆく。

「……イリア!」

抱き合い、泣き合い、喜び合う恋人たち。ハッサンなど、目にあてた帯がグショヌレになるほどもらい泣きをしてしまったが、ふたりが熱烈《ねつれつ》な接吻をはじめると真っ赤になってモジモジした。

「バカヤロー、泣くやつがあるか」さんざんチュウしたその後で、イリアは威張《いば》って恋人の顔を拭ってみせた。「んで、おまえ、例のものはちゃんと盗《ぬす》んできたんだろうな」

「え?　ああ、鏡の鍵かい?　ああ、もちろんさ、ほらここに」

「よーしよくやった!　さすがジーナだ。俺が死んだかと思っても盗《と》るものはちゃんと盗ってきやがったんだな、わははははは」

「だってさ、もしもの時は、あんたの形見にしようと思って」

「よしてくれよ縁起《えんぎ》でもねぇ。さーて、そろそろおいとましようかね……っと。いけねぇ。その前に」照れたような顔で恋人からからだを離すと、はやてのイリアは三人に向き直った。「あんたらには、世話になったな。せめてものお礼のしるしに……」

にっこり手を差し出したミレーユは、イリアが、はめていた古びた指輪を抜いて載せてくれるのを見て、困惑した。

「そんなもんしかなくて悪ぃ。見ためはぜんぜん冴《さ》えねぇけどよ、そいつ、それでも魔法の品なんだぜ。はやてのリングってんだ。そいつのおかげで、俺たち、何度危ない橋を渡ってこれたかわかんねぇぐらいだ」

「でも、あの、イリア……」ミレーユは口を挟《はさ》みかけたが。

「よーし、んじゃジーナ、お次はいよいよ『月鏡の塔』だ！　塔の扉をその鍵で開けりゃ」

「いよいよあんたの積年《せきねん》の夢、伝説のお宝『ラーの鏡』が手に入るってぇ寸法《すんぽう》だね」

「いくぜジーナ」

「あれ、待ってよ、おまえさん！」

止める間も、口を挟む暇もあらばこそ、はやてと疾風《しっぷう》の名を持つ盗賊二人組は互いに互いの腕に腕をからませるようにして、アッという間に走り去ってしまった。

「……ひとの苦労もしらねぇで」ハッサンはふくれた。「どうしましょ、姐《あね》さん？　このままじゃあ、『ラーの鏡』、あいつらに盗られちゃいますよ！」

「そうね。夢が変わったことで現実も動いたかもしれない。……追いかけなきゃ」ミレーユは手の中で指輪を転がし、ちょっとため息をつき、順繰りにいろんな指にはめてみた。「だめだわ。わたしには、大きすぎるみたい。……これ、ハッサンにあげていい？」

「ああ」イザはうなずいた。「さっきだって、ハッサンがもうちょっと早かったら、よだれだらけにされずにすんだんだもんな」

「ちぇっちぇっ、どーせ俺はグズです！」言いながらも素直に指輪をはめると、ハッサンは嬉しそうに頬を染《そ》め、手をかざしてしげしげ眺《なが》めた。「へへへっ。指輪なんて生まれてはじめてだぜー。ちょっと照れるなー。へへへへへ」

洞窟を出てはじめて気がついた。川の水がもう赤くない。

清らかに澄みきった透明なせせらぎは、水面に顔を出した岩の回りで複雑な渦を巻き、あちこちで小さな滝をなしてはさかんに飛沫《しぶき》をあげながら、けっきょくはひとつに溶けてみるみる流れてゆく。

なにかキラキラ輝くものが水底を転がってきたかと思ったら、どうやらジーナの短剣らしい。女持ちの細身のナイフは、早瀬《はやせ》を泳ぐ魚のように金に銀に身をひるがえしながら、流れ去り、滝を落ち、やがて、深い淵《ふち》に沈んで見えなくなった。

悪い魔物が仲を裂いても、時がふたりを隔《へだ》てても、運命はイリアとジーナをほんとうに引き離しはしなかった。川は、再び互いを互いの腕に抱くことができた恋人たちを励まし祝福するようにキラキラと無邪気にきらめき歌いながら、はるか下流のアモールの町をめざしてぐんぐん流れていくのだった。

4　真実の鏡

季節《きせつ》はいつの間にか初夏に入り、夜明けにも霜《しも》の冷たさに脅《おびや》かされることがなくなった。レイドック北西の丘陵《きゅうりょう》地帯は、さまざまな雑草や潅木《かんぼく》の葉が成長を競っているまっ盛《さか》りで、一面鮮《あざ》やかな若草色だ。

日差しは優しく天気はうららかで、草はキラキラ光っている。たいした魔物《まもの》も現れない。馬車はごとごと進んでゆき、日除《ひよ》けにかぶった粗布《あらぬの》はかすかな向かい風を受け止めて、パタリパタリと単調な機織《はたお》りのような音をたて続ける。御者台《ぎょしゃだい》のイザはともすると眠気《ねむけ》にひきこまれそうになった。

だが、一見なんの障害物もないこの野原にも、ところどころに、風雨に侵食《しんしょく》し残された大小さまざまな岩くれが隠《かく》れている。油断《ゆだん》してうたた寝《ね》をしてしまうわけにはいかない。

ファルシオンは大きな障害物は避《さ》けるが、もともとまっすぐ進むほうが好きな性分《しょうぶん》なのだ。並《なら》んで生えた二本の樹《き》の間を抜けると、なぜ荷車がひっかかってしまうのか、いまひとつ合点《がてん》がいかないらしい。彼にはヒョイとまたげる程度の小岩でも、へんな格好で乗り上げたら、車軸《しゃじく》が折れるか底が抜けるかしてしまうのだとは、納得《なっとく》がいかないらしい。

低めの太陽が雲を突《つ》き抜けて、ちょうど目を射《い》る位置に回りこんだ。イザはほうほうー、と声をかけ、やや手綱《たづな》をつめ、ファルシオンに微妙《びみょう》に方向を変えさせた。

ハッサンとミレーユは、幌《ほろ》の中で休んでいる。ずいぶんと静かだ。きっと寝てるに違《ちが》いない、と思うと、ちょっと悔《くや》しい。

それにしても……と、イザは思い返した。

ふたつの世界をいったりきたりしていると、まったくこんがらがっちゃうぜ。

水がきれいになったアモールで教会に泊《と》まって眠《ねむ》りこむと、はたまたこっちのアモールに運ばれていたのだった。目覚《めざ》めは突然《とつぜん》訪れた。ほんとうのところ、つい今やっと幸せな気分でマブタを閉《と》じたと思ったとたんだった。

「そーれ、起きな起きな！」頭ごなしの怒鳴《どな》り声にまどろみを破られて、イザは面食らった。せっかくのぬくぬくシーツを無理やりひっぱがされ、乱暴《らんぼう》に床《ゆか》に転げ落とされれば、誰《だれ》だって情けない気分になる。

「お天道《てんとう》さんは、とっくのトンマにお出ましだ。いつまでもグズグズ世話を焼かせんじゃないよ！」

なるほど、あたりはピカピカにまぶしい。ニカワでへばりつくような目の皮をどうにかこすってこじあければ、痩《や》せてちいちゃなジーナ婆《ばあ》さんがおせっかいにも窓の覆《おお》いを全開にして、新鮮《しんせん》な風を招きいれてくれているところだ。挨拶《あいさつ》をしようとあけた口を歪《ゆが》めて、イザは盛大《せいだい》にクシャミをした。

「おんや？」婆さんは鶏《にわとり》めいたヨチヨチ歩きでイザに近づいてくると、頭をひねった。「いま気がついたけど、あんた、ゆうべの夢《ゆめ》に出てきたひとにそっくりなんじゃないか。そういや、そっちのデッカイのと、美人さんも一緒《いっしょ》だったね。……ふうん……ちょいとほら、あんたも起きた起きた！」

さしもの寝ぼうのハッサンも、年季の入ったジーナ流目覚まし術《じゅつ》にはかなわない。いつのまにか床に降ろされ、座りこみ、魂《たましい》の抜けたような顔をぐらぐらさせている。ジーナはてきぱきとベッドを整え直すと、ハッサンの丸太ん棒《ぼう》のような腕《うで》の中に大事に抱《だ》きしめられたままの枕《まくら》に気がついた。問答無用にひったくり、ぱんぱん叩《たた》いて埃《ほこり》を払《はら》い、あるべき位置に置き直し、ヨシッ、とひとりうなずくと。

「けど……不思議《ふしぎ》だねぇ」やっと気がすんだらしい。ジーナお婆さんは、ため息まじり、ベッドに腰をおろした。「降る日も照る日も五十年、毎晩わしを苦しめ後悔《こうかい》させ続けてた夢が、ガラッと変わってしまったんだからねぇ」

扉《とびら》が開き、ミレーユが入ってきて、おはようございますと挨拶をした。ジーナも、ああ、おはよう、と笑顔を作りながら、懐《ふところ》をさぐった。取りだしたのはチビた葉巻《はまき》。だがほくちと火打ち石が見つからない。ミレーユが手の中で炎《ほのお》を生じさせて近づけてやると、おや、ありがとよ、と火をもらった。頭の中の考えごとに気を取られていて、今、目の前で、魔法が使われたことにも気がついていない様子である。

「……けど、しょせん、夢は夢。どんなに悔《く》やんで地団駄《じだんだ》を踏んだって、過ぎたことは変わりはしない」うまそうに煙《けむり》を吐《は》きながら、ひとりごとのようにつぶやく。「あのひとは死に、あたしはこの町に住みついた。もう五十年も前のことだよ」

ようやく頭とからだが動くようになってきたイザとハッサンが、身の回りを整え、なんとなくそばに近づくと、ジーナはオヤと目を留《と》めて、ハッサンの手を取りあげ、しげしげと眺《なが》めた。

「この指輪、わしが昔なくしちまったのによく似てる。さて、いったい誰にやっちまったんだったか……いやだよ。耄碌《もうろく》はしたくないものだねぇ……ふふふふふ」

イザもハッサンもミレーユを見た。

言わないのか？　あれは、ひとに教えてあげちゃいけないことなのか？　目顔《めがお》で問いかけ、ミレーユが口を開きかけた、そのときだ。

「ごめんくださいよ」おもての明るい光に向かって、そっと扉が開かれたのは。

立っているのは、背中の曲がりかけた老人だ。杖《つえ》をつき、旅人らしい、皮の荷袋《にぶくろ》を背負っている。

「こちらに、ジーナさんという女のひとがいると」

老人はいきなり声をつまらせた。イザが、ミレーユが、そっとからだを動かしたので、ベッドに座ったままのお婆さんの姿が見えるようになったのだ。

「……ジーナ……」老人は杖を取り落とし、よろめくように一歩踏みだした。「ジーナ……ジーナだろ！」

「誰だい、あんた？」お婆さんは眉《まゆ》をひそめ、鼻からプーッとふた筋の煙を吐いた。

「おお、その見るからに蓮っ葉《はすっぱ》な吸いかた！　頼《たの》むからそれだけはやめてくれと何度頼んでも絶対直らなかった……皺《しわ》くちゃでもよくわかる、やっぱりおまえはジーナだな。わし……いや、オレだ、イリアだよ、ジーナ！」

「い……イリア!?」ジーナはあわてて葉巻きを放り出し、立ち上がった。「あ、あんた、生きてたのかい！　ほんとに、ほんとのイリアなのかい!?」

「おうともよ、このオレさまが、そう簡単にくたばってなるものか！」

「イリア！」

「ジーナ！」

駆《か》け寄《よ》り、手を取り、支え合うふたり。ことばにならない想いをこめた瞳《ひとみ》と瞳が、そこに今現実に長年待ちわびた相手がいることをなんとか確かめようとでもするかのように、激《はげ》しく揺《ゆ》れ、からまりあう。

あうう、と押し殺した声を洩《も》らしてもらい泣きするハッサンの肩《かた》を、イザはそっと抱いた。ミレーユがハンカチを差し出す。

「ほんとうは、この町に寄るつもりはなかったんだが」ジーナの頰《ほお》に転がり落ちた涙《なみだ》を指でそっと拭《ぬぐ》いながら、イリアは、年老いてもなお野生味あふれる笑顔を作ってみせた。「ゆうべおかしな夢を見てな」

「あんたも、夢を……」恋人の指を、頰に、唇《くちびる》に、愛《いと》しそうに押しあてているうちに、ジーナはハッとした。ちょっとごめんよ、とイリアのからだをそっと離し、三人のほうを振《ふ》りかえる。紐《ひも》をつけて首からさげていたものを取り出す。「あんたたち、これが必要なんだろ？」

それは鍵《かぎ》だ。古びた鍵だ。

「このひとが戻ってきてくれたんだもの、もう、形見はいらないからね」

ジーナは錆《さ》びて鈍《にぶ》く光る鍵をイザの掌《てのひら》に落としこみ、ついでに、皺くちゃの両手で、その手をギュッと握《にぎ》りしめた。

「ありがとう。ほんとに……いや、何も言わなくていい。わかってる。わたしたちを、あの苦しい夢から救ってくれたのは、きっとあんたたちなんだよね。……これは鏡の鍵。これがあれば、月鏡の塔《とう》に入ることができる。もし伝説が本当なら、そこには、ラーの鏡というすごい宝物があるハズさ」

「もし、もう少し若かったら」ジーナの肩を抱き寄せながら、イリアが言う。「オレたちが自分で行きたいとこだがね」

「まぁ」ジーナは笑い、イリアの腹をそっと肘《ひじ》でこづいた。「懲《こ》りないひとだよ」

「オレたちの時代は終わった。こんどは、おまえさんたちの番だ。がんばれ。気をつけて行きなよ」

……。

貰《もら》った鍵を、いまはイザが首にかけていた。

イザはそれを襟元《えりもと》からひっぱりだし、しげしげと眺《なが》めてみた。

キザミはない。真鍮《しんちゅう》のような黄色っぽい色に黒っぽい錆《さび》を浮《う》かべた金属が、少しまがって、またまっすぐに戻《もど》って、伸《の》びているだけだ。それは、いよいよ西の山陰《やまかげ》に沈《しず》み込みかけた太陽の赤みを強めた光を浴びて、きらきら遠慮《えんりょ》がちに輝《かがや》いた。

がくん！

「うわ！」

見つけ損《そこ》なった石に車輪を乗り上げて荷車が大きく跳《は》ね、そのまま斜《なな》めに傾《かたむ》いて、ひっくりかえりそうになった。「うわわわわわ！」イザはあわてて浮き上がったほうに飛びつき、全体重をかけ、なんとか元の位置に戻した。「……ふう」

「おいっ、いまのはなんだ？　魔物か？」

「だいじょうぶ？」

幌《ほろ》の垂れ《たれ》蓋《ぶた》をめくって、ハッサンとミレーユが顔を出す。

「ごめんよ。ちょっと考えごとしてたもんで」イザは片手を額《ひたい》にあてて、すまない、のしぐさをした。「すまなかった。これからは、気をつけるよ」

「いいえ。ちょうど良かったわ」ミレーユは白い顎《あご》をしゃくって、行く手を示した。「あれが、あたしたちの目的地よ」


馬車が尾根の頂上にさしかかると、前方が拓《ひら》けてよく見えた。伝説の宝『ラーの鏡』を納めているはずの月鏡の塔は、三方をぐるりと山に囲まれた袋《ふくろ》小路《こうじ》のような谷間に、見るからに怪《あや》しくそびえ立っている。

それは、どっしりと平らかな基底部の上に先細りの四角柱が左右二本そびえたった格好の異国的な建造物だ。まるで何か途方《とほう》もなく巨大《きょだい》な生命体を招くためのゲートのようなその双子塔《ふたごとう》の間、てっぺん近くの空中に、小さな正方形型の、箱のような部屋のようなものが、ぽっかりとひとつ浮かんでいる。塔と小部屋の間に、いったいどんな仕掛けがあるのやら——紫色の電光のようなものがひらめいているようだが——遠くから窺《うかが》うかぎり、全くなんの支えもなしに宙に静止しているように見えてならない。

「半端《はんぱ》じゃね～ぜ、ありゃ～」ハッサンが嬉《うれ》しそうに頭を振りながらつぶやいた。「どこの大工がやったんだ、あんなもん？　ひょっとして、空が飛べるやつなのかな。いったいどうやって入るってんだ？」

「翼《つばさ》を生やしてもだめだわね。あの小部屋には二重三重に封印《ふういん》魔法がかかっているわ。正規の手段で開かない限り、侵入《しんにゅう》したとたん、大事な鏡ごとこっぱみじんになってしまうわ」

「正規の手段って？」イザが訊《たず》ねると、

「呪文《じゅもん》か、魔法の品か……あるいは、たぶん、特別の血を引く誰かさんね」ミレーユは肩をすくめた。「そばまで行けば見当がつくと思う。とにかく、まず、あの二つのオベリスクの頂上まで昇ってみましょう……昇れるものならね」

谷間の入り口の小川のほとりに例によってファルシオンを残し、三人は塔に近づいた。すぐ近くで見上げてみれば塔は呆《あき》れるほど高く、威圧的《いあってき》だった。灰青色《ブルーグレー》の薄《うす》いスレートを積みあげて造ってあるようだが、いったい、何万人が何年間、その仕事に携《たずさ》わればこんなすごいものができるというのだろう?

石造りの前階段を昇ると、扉があるべき場所に、巨大な壁がたちはだかっていた。石の一枚板の中央付近に彫刻《ちょうこく》と象嵌《ぞうがん》で複雑な紋様《もんよう》が描《えが》かれているようだ。風雨にすり減り、埃《ほこり》をかぶったその表面を、イザは息と指先で掃除《そうじ》してみた。ひょっとして、取っ手か隙間《すきま》が現れないかと思ったのだ。

やがて、小さな円を抱《いだ》いた二本の柱が判明《はんめい》した。ふたつの柱の上空には、鋭《するど》いひとつ目を持ったより大きな円がさんさんと君臨《くんりん》している。円からは放射状に何本もの線が伸び、地上のありとあらゆるものを貫《つらぬ》き通しているようだ。周囲には、精巧《せいこう》な絵文字が整然と並べられている。イザにはひとつとして読めはしない。

「太陽神ラー」ミレーユがうなずいた。「この目の模様《もよう》は、イリス人の遺跡《いせき》で前に見たことがあるわ。何百万年も昔に滅《ほろ》び去ってしまった素晴らしく技術の高い種族の最高主神、ラーの象徴《しょうちょう》なの。小さな丸は、ラーを宿すもの、映すもの、すなわち月。あるいは鏡ね。……良かった。『ラーの鏡』はまちがいなく、ここに、この忘れられた神殿《しんでん》にあるんだわ!」

「けどさ」イザは首に下げていた鎖《くさり》をはずし、ミレーユに渡《わた》した。「こいつはどう使うんだ? 鍵穴みたいなもん、みあたらないけど?」

「そうね……たぶん、ここだと思う」

ミレーユが、真鍮の鍵をラーの目の瞳《ひとみ》の部分に突き立てたとたん……ごごごご、とあたりを揺さぶる地響《じひび》きが轟《とどろ》いた。石壁の真ん中あたりに、カミソリで切りつけでもしたかのようなごく細いひと筋の隙間ができたかと思うと、何世紀分もの埃が、もくもくとわきたち、雨のように降りそそぐ。三人はあわてて少し下がった。

扉は激《はげ》しく振動《しんどう》しながら、向こう側に開きはじめた。厚みだけで掌《てのひら》三枚分ほどもある。そんなぶあつい、巨大な、見るからに重たげな石の扉がいかなる仕組みで動くやら、時おり軋《きし》んでギィギィ耳障《みみざわ》りな悲鳴《ひめい》をあげながらも、なんとかかんとか開ききり、やがて、ひときわ大きな音を響かせて静止した。

「さあ。入りましょう」

さっそく歩きだそうとしたミレーユの鼻先に、イザのからだがサッとたちはだかった。

「なによ?」

「俺《おれ》が先に行く」イザは言った。「何がでるかわかんないだろ? 危《あぶ》ないからさ」

ミレーユは色の薄い目を細くして、肩をすくめた。「……ありがと」


入ってすぐ左手は壁でぴっちりと塞《ふさ》がれている。右に向かうほかはない。

イザは音をたてぬように剣《けん》を抜いた。両手で柄《つか》をにぎり、きっさきをだらりと床に垂《た》らしたまま壁にぴたりと背をあてて息を整え……剣を目の高さで構えながら、思いきってザッと飛びだし、角に姿をさらす。……そのとたん、動くものが目にふれた。ギョッとして剣を守りの位置に構え直すと、暗がりの向こう側におぼろげに映る影《かげ》もまったく同じようにする。腰を落とし、膝《ひざ》をゆるめ、踵《かかと》を浮かしている。なんだかどこかで見たことのあるようなやつだ。すぐ後ろでニンマリしている金髪《きんぱつ》のほっそりとした女といい、いま、のそりと顔を出した大男といい……まったく、どこかで見たことのあるような三人組じゃないか。

「なんだ……鏡か。もしかしてこれが『ラーの鏡』なのか？」

「違うわ」とミレーユ。「こんなに大きくはないはずよ」

イザはやれやれと構えを解《と》いた。暗がりの向こうの影もだらりと剣をおろす。

どうやら、太い柱を支えにして、大きな壁を一面まるごと全部鏡にしてあるらしい。そこは五十組のカップルがダンスを競うことができそうな立派な大広間だ。ただし、妙《みょう》に横に偏平《へんぺい》に細長い。その極端な間取りをおぎなうように、せめて見た目を広く錯覚《さっかく》できるように、鏡を使ってあるかのようだ。

かつてはぴかぴかに磨《みが》かれていたのだろう床の埃を蹴《け》たてながら、鏡にそって進んでみたが、ガランとうつろに空っぽなばかり。地下にも階上にも、出る手段がない。

「おっかしいなぁ……双子塔への昇り口がどっかにあるはずなのに」イザは壁を調べ、床を調べた。ハッサンに肩ぐるましてもらって、天井も隅《すみ》から隅まで調べてみた。「ん？　こんなとこに小さな穴があるぜ。どれどれ……わぁ、痛ででで！　指、齧《かじ》られたっ！　ネズミ穴だ」

そのときだ。

……くすっ……。

どこかで笑う声がしたのは。

イザとハッサンはハッとして、互《たが》いにさかさまに顔を見合わせ、それからミレーユを見た。ミレーユは、わたしじゃないわよ、と頭を振る。イザはハッサンの肩からひょいと飛び降り、声の聞こえたほうに向かった。暗く沈《しず》んだ鏡の壁に。

鏡像《きょうぞう》のイザも、そろそろと近づいてくる。

イザは右手をあげてみた。鏡像は左手をあげた。

左目をウインクして見る。鏡像は右目をつぶった。

イザは両手で唇の端《はし》をイーッと限界までひっぱり、眉《まゆ》をしかめて寄り目になり、とがらせたベロを伸ばして鼻の頭をなめてみせた。

鏡像は、なんとかついてこようとしたが……。

「……ぶ……ぶわーっははははは！」途中《とちゅう》で笑いだしてしまった。「ぴいっひっひっ、無理、無理だ、ああ、もうたまんないよ！　あの顔！」

「……NG《エヌジー》！」鏡像のミレーユが、鏡像のイザの頭をパカッと殴《なぐ》ったかと思うと、みるみる不気味な怪物《かいぶつ》の姿になった。「バカもの。何年鏡番《かがみばん》やっとるんだ、シロウトじゃあるまいしっ！　みんなマジメにがんばっとるんだぞ。我慢《がまん》せんかい」不健康な青みどり色の醜《みにく》くただれた顔、どろりとにごって飛び出した目、ガタガタの歯並び。あちこちまばらな頭髪《とうはつ》も寂《さび》しい、ポイズンゾンビだ。

「す、すいましぇん、ごめん、センパイ」笑ってしまった鏡像のイザも、ぺこぺこ謝《あやま》りながら、同

じ魔物の、より冴《さ》えないタイプに変身する。「けどー、あんなことすんだもん……ぶ、ぶふふっ‼

……いや、ほんと、すんげー顔だった」

「おい」と、ハッサンの姿をみるみる放棄《ほうき》する残り一匹。「敵だぞ。侵入者だぞ。ともかく、ここで、決まり文句《もんく》を言わなけりゃ」

「ああ、そうだ」

「ちょっと待ってね。おいらいまのうちに、思いっきり笑っちゃっとくから……あはははは！

よーし、いいよ。オッケイ、並ぶぜ」

笑いじょうごのゾンビと、先輩《せんぱい》と呼ばれたゾンビと、ハッサンだった生まじめなゾンビの三匹は、きっちりと横一線の列につくと恐《おそ》ろしそうなポーズを決め、声をそろえて言うのだった。

「おのれ、侵入者。あのままおとなしく諦《あきら》めてひきさがれば、怪我《けが》もせずにすんだものを。バレてしまってはしかたがない。ここから先には通さんぞ！」

イザ、ミレーユ、ハッサンはドッと疲《つか》れたウンザリ顔を、互いにのろのろと見合わせたが、次の瞬間《しゅんかん》、サッと散開し、戦闘《せんとう》を開始した。

すっとんきょうな応対に似合《にあ》わず、なかなかしぶといやつらだった。ラリホーは利《き》かないし、猛《もう》毒《どく》の霧《きり》を吐《は》いたり、鋭い爪《つめ》をした指でわしづかみにしてきたりするのだ。ともあれ撃退《げきたい》すると、鏡の壁は消え失せ、隠されていた階段が見つかった。昇ってみる。吹きっさらしの空間に出た。基底部の頂上、双子塔のつけ根である。

「どっちから昇《のぼ》ろう?」イザは訊ねた。「いっそ、二手に分かれようか」

「そうね。ミレーユはうなずいた。「じゃあ、わたしはあっちに行ってみる」

「よし。俺はこっちだ。半刻後にここであおう」

「え? え? ねえ、じゃあ、俺は?」ハッサンはまごまごした。「どっち行きゃいいんだよ」

「そりゃあっちだ。ミレーユを守ってくれ。頼むぞ」ハッサンの巨大な背中を向こうむきに押しやると、イザはひとり、双子塔の片方に駆け寄り、何世紀もの間閉ざされていただろう扉を容赦《ようしゃ》なく蹴《け》りあけた。


シャドーの冷たい息をかわし、バギを唱《とな》えようとした言魂使《ことだまつか》いの喉元《のどもと》をブーメランで引き裂《さ》き、沈黙《ちんもく》の羊《ひつじ》の辛抱強《しんぼうづよ》い顔に驚愕《きょうがく》と畏怖《いふ》を浮かべさせながら、イザはひとり、どんどん塔を昇って行った。鋼鉄《はがね》の剣《つるぎ》の切れ味は、突いても切っても鈍《にぶ》ってこない。たぶん、魔物たちは骨と肉からできているわけではないからだな、とイザは思った。

走り込んで行った先、突然、目の前に自分が突きつけられた。合わせ鏡の無限回廊《かいろう》の中、ふたり三人四人もの、さまざまな角度から見たイザ。

暑苦しいざんばら髪、褐色《かっしょく》に陽《ひ》やけた太い腕《うで》、全身に光る汗《あせ》。ほとんどのイザは照れたような困ったような顔をして当惑《とうわく》しているだけだが、中のひとりが、ニヤッと笑った。美味《おい》しい獲物《えもの》を見つけたぞと言わんばかりにピンクの舌をのぞかせて、ゆっくりと唇をなめまわす。そうっとふりかぶった剣が、イザの首筋を狙《ねら》ってギラリと輝く……。

「あぶない！」

誰かの鋭い声がして、イザは横ざまに飛んだ。ぎりぎりで掠《かす》めた剣が、石の床をがあんと叩《たた》く。サッと振り向くと、自分そっくりの何者かが、両手の痺《しび》れに剣を取り落とすのが見えた。イザは気合いをこらし、からだを回転させながら、にせものの股間《こかん》を思いきり蹴りあげた。悲鳴をあげてすっ飛んだにせものの全身にひびが入り、いくつかの破片《はへん》が、パラパラはがれて降り注ぐ。破片は落ちながら空中で立体感を失い、砕《くだ》けた鏡のかけらになる。イザは驚いて、ぱちぱち瞬《まばた》きをした。どうやら相手は、悪魔の鏡だったらしい。まばゆい光で意識を奪《うば》い、ぼうっとさせておいて、攻撃をしかけてきたのだ。

隙に乗じて、駆《か》けつけたデスファレーナ群がかまいたちを放った。ふわり、と頬《ほお》を撫《な》でた空気に殺気を感じたイザは、あやういところで後転して避《さ》ける。脇腹《わきばら》をかすめるようにしてグイと後ろに突き刺した剣が、まさにいま背後から覆《おお》い被さり、イザを抱きすくめようとしていた泥人形《どろにんぎょう》の胸に、どこまでもふかぶかと突き刺さる。たちまちどろどろ無定形になりながら、ぽっかりうつろに開いた口が、霧笛《むてき》のような悲鳴をあげた。

この悲痛な断末魔《だんまつま》の声を聞くと、じわじわ壁ぞいに後退していたデスファレーナたちが、アッという間に向きを変えて飛び去った。あたりは急に静かになった。

「……ふう」イザは剣を鞘《さや》に戻し、腕で額《ひたい》を拭《ぬぐ》った。

そっくり同じしぐさをし、腕で顔を拭うイザが、何人も何人もいる。行き止まりの通路の先に、鏡がめぐらされていたのだ。鏡の中の自分と目があってしまったイザは、思わず額の赤い擦り傷を指でこすった。ついでに、落ちかけた前髪をかきあげ、キリッと顔を作ってみた。

……と。

「けっこうカッコいいなー」ひとりごとを言うような声がしたのだ。「もーちょっとスリムだったら、ぴったり好みのタイプだったんだけどなー」

「誰だ!?」イザは慌てて剣柄に手をやった。「またポイズンゾンビか?」

「えー! ひどい。言うに事欠いてあんなきたないのと間違《まちが》えないでよ!」声が右から左へするりと移動したかと思うと、イザの目の前に、ぼうっと白く輝く影のようなものが浮かんだ。「けど……ねぇ! うそ! おにいさん、ひょっとして、あたしの声が、聞こえるの?」

「聞こえる。聞こえるし、見えるぞ!」イザは答えた。「ここだろ?」

チラチラ光って霞《かす》む影を凝視《ぎょうし》するうちに、おぼろげに、少女の輪郭《りんかく》が見えてきたのだった。

頭の上で束《たば》ねられた真っ赤な髪。くりくりよく動く杏色《あんずいろ》の瞳。ふっくらした頬に、ツンと上向きの鼻、きかん気そうに尖《とが》らせた唇。濃い青色の丈夫《じょうぶ》そうな上着をひどく短くたくしあげ、ブロンズ色に日焼けした太腿《ふともも》を惜《お》しみなく剥《む》きだしにした格好が下品にならずによく似合う、おきゃんな感じの美少女だが、頭も、肩も腰も、すべてが、なんだかやけに小作りだ。顔など、イザが片手を広げれば、すっぽり隠せてしまうに違いない。

イザは実際さわってみようとしたのだが、指は幻《まぼろし》を擦《す》り抜けた。

「半透明《はんとうめい》……精神体か。おまえ、ひょっとして、別の世界から落ちてきたのか？」

「別の世界!?」少女はまんまるな目を見張った。「なにそれ？　どーゆーこと？　あたし何にも覚えてないのよ。気がついたら、こんなカッコで、ひとり野原をぷらぷらしてたの。……すっごーく心細かった……ね、何か知ってるんなら、教えて教えて！」

少女はイザの胸元にすがって揺さぶろうとしたが、腕や肘がなんの抵抗《ていこう》もなくイザのからだを通り抜けているのに気づくと、キャッ、と叫んで飛びのいた。

「やだっ！　なにすんの、気持ち悪いっ！」

「俺のせいじゃないよ」

「……あそっか！　ごっめーん。でも……じゃ、なんなの？　つまりあたし、オバケになっちゃったの？」女の子の強気な顔がみるみるしょげる。「あーあ、やっと話の通じるひと見つけたっていうのに……スカスカだし、鏡にも映んないし……これからなにを楽しみにして生きていけばいいんだろう……クスン……もーっ、ひどーい！　ひどすぎー！」

「泣くな！」イザは言った。「わめくな。たぶん、実体化させてやれる」

「実体化？　って」女の子はみるみる泣きやんだ。「ほんと！　あたし、戻れるの！」

「仲間が薬を持っている。夢見のしずくっていう魔法の薬なんだ。俺も、おまえみたいになってたことあるんだけどさ、その薬で、ちゃんとこうなったんだ。だから心配するな。けど……ちょっと待て。この塔のてっぺんまで行って、あの箱みたいな部屋が、なんで空中に浮かんでいるのかを調べてからだ。……だから……おい、にじりよるな。そんな潤《うる》んだ目で俺を見るな。いちいち『!』をくっつけて喋《しゃべ》るなよ!」

「ははぁ〜ん」と少女は片手で額を押さえた。「わかっちゃった。おにいさんも『ラーの鏡』を取りにきたのね? 真実の姿を映すとかっていうアレを? あたしもね、噂《うわさ》聞いて、ひょっとしてその鏡だったら、こーんな自分が、つまりどうなっちゃったのか、見せてくれるかもしれないって思って、来てみたの」

「そうだったのか。で? あったのか?」

「ない」少女は拗《す》ねたように肩をすくめた。「けどね、この塔のずーっと上のほうに、見るからに怪しげな紫色《むらさきいろ》の玉があるの。それをどうにかすれば、あの浮かんでる箱が、いかにもどうにかなりそうなの。けど、なにせ、あたし、こんなスカスカでしょ。触《さわ》れなくって」

「おまえ、そこへの道わかるか?」

「モチ。暇《ひま》だから、何度も何度も行ってみたもん」

「よし、案内しろ!」

「案内してあげてもいーけどさ」少女は焦《じ》らすような横目でイザを見た。「命令口調って好きじゃないなぁ。おまえ、なんて呼ばれるのも。そんな風に威張《いば》ってもいいのは、ホントの恋人だけって決めてるんだ」

「……じゃ、なんて呼びゃいいんだよ」

「あ、ごめん。申し遅《おく》れました。あたし、バーバラ。名前だけは、いっしょうけんめい考えて、やっと思いだしたんだよー、えらい？　ほめてほめて♡」

「バーバラね」イザはだんだん苛立《いらだ》ってきた。「頼むよ。バーバラさん、案内してください」

「うん、いいよ。んで、強くてカッコいいおにいさんのお名前は？」

「イザだ。あと、仲間は、ミレーユとハッサン」

「イザと、ミレーユとハッサン」頭に刻《きざ》みつけるように唱《とな》えながら、少女はふと、怪訝《けげん》そうに眉《まゆ》を寄せ、まじまじとイザの顔を見つめて、なおさら首をひねった。

「なんだ？」

「……ねぇ、あたしたち、前にあったことない？」

「バーバラ」イザは重々しくため息をついた。「ナンパはもっと余裕《よゆう》のある時にしてくれないか。早くあの箱をなんとかしたいんだよ」

「わかった。ごめん……こっちよ！」


口先ばかりの女だったら、いくらかわいくったって絶対許さない。ぶってやる、と拳骨《げんこつ》を固めながらついてゆくと、あっさり階段を抜け、上の階に達した。なるほど、とある通路の行き止まり付近の床の上に、巨大な紫色の結晶体が置いてある。

結晶体は、人間の耳に聞こえるぎりぎりほどの低く小さな音で、ウ……ンと唸《うな》っている。あたりの空気が、なんだか妙だった。くすぶったような、燃えかけているような、鼻がくすぐったくなるような匂《にお》いがし、触《ふ》れた感触《かんしょく》もやけに弾力《だんりょく》があって重たいのだ。

周囲の壁には鏡があり、紫色の玉もイザたちも、みんなまるごと映しだされている。

「迷路《めいろ》越えた反対側の端っこにも、これとそっくりオンナジのがあるんだ」と、バーバラ。「あっち側の塔の、同じ部分にもね。ちなみに、この塔のフロアはもう終わり。この上は屋上。屋上に出れば、ちょうどこの壁の裏っかわから、雷《かみなり》の小型版みたいなバチバチが出てるのが見えるよ」

「雷の小型版みたいなバチバチ?」

「青くってきれいなバチバチ。ふたつの塔にふたつずつ、合計四本出てるそのバチバチが、あの部屋を支えてるんじゃないかと思う……だからつまり、こう……あん、書けないんだった!」

バーバラは床の埃に指で図を書こうとして、また拗《す》ねた。

「こうか」代わりにイザが書いた。ふたつの塔、浮かぶ箱、紐《ひも》のようにそれを吊《つ》りさげている『バチバチ』の平面図を。「で、いま俺たちがいるのはここなんだな?」

「そー。そういうこと。……けど、イザって絵が下手《へた》だね」

「ほっといてくれ」埃絵を踏み消して立ちあがると、イザは、紫色の巨大な球体に近づいた。美しい宝石のような玉だ。曇《くも》りひとつなく磨《みが》き抜かれているその内部に、時おり、ちりちりと電撃《でんげき》のようなものが走りぬけているのが見える。

「とりあえず、こいつを動かしてみよう。こいつの力が壁ごしに働いているんだとしたら、そっち側の壁からうんと離せば、力が弱まるかもしれない」

「うん」

手をかざし､近づけてゆく｡玉の表面に実際に指が触れる前に､ぼうっとかすかな抵抗《ていこう》を感じた｡手を動かすと、ぱちぱち空気が爆《は》ぜる。まだ痛いほどではない。ごく小さな衝撃《しょうげき》だ。それでも、掌から腕を伝わって肩の筋肉まで、目に見えぬものが駆け抜けたような感触がした。

「……気味悪いな」イザはバーバラを振り向いた。「俺になんかあったら、あとのふたりをここまで連れてきてくれるか？」

「いいよ」バーバラはうなずいた。「あっちの塔にいるんでしょ。そのひとたちにもあたしが見える？」

「見えると思う」イザは両手を前にあげ、指を屈伸《くっしん》した。玉にかがみこみ、もうあと少しで触れそうになり。「……そういえば」と緊張《きんちょう》をほぐし、顔をあげた。「おまえは、物に触《さわ》れないんだよな。なんで床を突き抜けて、落っこっちまわないんだ？　なんで服を着てられる？」

バーバラはまじまじとイザを見つめ、ゆっくりと腰に両手をあて、怒《いか》り顔になった。

「知らない！　わかんない！　ひとを化けもの扱《あつか》いしないでちょうだい。それと……おまえって言うのはやめてって言ったはずだよ！」

「いや。もしかしてさ。壁が抜けられたり、空中に浮かべたりするとしたら、いますぐあっちの塔のふたりのとこにいってもらってもいいかなと思ったんだ」

「空中なんて歩けっこないでしょ」

「そうか。そういや……俺もハッサンも、透明な時も、床には潜《もぐ》らなかったよな。精神体でも切られれば痛い、っていうのと同じじか。もとの肉体にできないことは、精神だけになってもやっぱりできないと……」

「ねぇ、イザ？　しのごの言ってないで、さっさと押してみたら？」

「……わかったよ」イザは深呼吸し、思いきって玉に向き直った。「やれやれ」

震える両手を、押しつける。

「……あうぅううっ！」

たちまち、目が見開き、髪が逆立《さかだ》ち、血の気がひいた。両の掌から突き抜けた痛みに、心臓がひとつドンと打ち、みるみる涙《なみだ》が湧《わ》いて出た。だが衝撃はすぐに終わり、かわりに、歯の浮くような奇妙な感覚がした。目に見えない波のようなものが、玉にぴたりと吸いついてしまった汗ばんだ掌《てのひら》から、イザのからだじゅうを通りぬけ、足の裏から床へ、全身の表面から空気中へ、どんどん逃《に》げてゆくような感触だった。

「押して押して！　もっともっと、がんばれ！」バーバラが励《はげ》ました。「その鏡に映らなくなるくらいのとこまで、一気に押しちゃえー！」

ひとごとだと思って気楽に言ってくれるよ、まったく！　イザはムッとしたが、口をきく元気も余っていなかった。

　玉は重く、小岩のようにそびえ立って、なかなか動きだそうとしない。だが、渾身《こんしん》の力をこめて格闘《かくとう》しているうちに、ふとわずかにブレたような気がした。ここぞとばかりに押し続けると、やっと動きはじめた。あとは休まず力を加えているだけで、みるみるどんどん転がっていく。

「……いいよー、いいよー、あ、やったみたい！　いま、ごとんって、音がしたよ！」壁に耳を押しあてていたバーバラが、拳をつきあげ、嬉《うれ》しそうに叫んだ。「ずっとじーじー唸《うな》ってたのが止まった。……あたし上に行ってみてくるね！」

「待て。はぐれる。俺も一緒に行く」痺《しび》れの残る腕をこすりながら、イザはあわてて追いかけた。

　見えた。がらんと開けた屋上の腰高の手すりの上からのぞきこむと、バーバラの言うところの『バチバチ』が三本、部屋と塔とを繋《つな》いでいる様子がはっきりとわかった。なるほど、ひとつが消えている。さっき玉を移動させた部分の一本が。

「よおし」

　イザが笑ったちょうどそのとき、向かい側の双子塔の屋上の出口のあたりから、逃げまどう魔物たちの姿がみえた。追いかけてきた何者かの背後からの攻撃に、何匹かが苦悶《くもん》の叫びをあげ、黒いひと筋の煙になって蒸発《じょうはつ》してしまった。

　よれよれの軌跡《きせき》を描いて飛んでゆこうとするヘルホーネット。流星めいてきらめく剣。首と胴《どう》と泣き別れのまっぷたつになった魔物たちが、悲しげな呻《うめ》き声だけを残して雲散霧消《うんさんむしょう》すると、全身からカッカと湯気をたてているたくましい体格の男の姿がみえるようになった。まぶしい空、涼《すず》しい外気に、ホッとしたように汗《あせ》を拭《ぬぐ》っているのは。

「ハッサーン！」

「お？　おーう！　イザじゃん。元気かぁ」ハッサンは大きく両手を振った。「おっ、素早いなぁ。もう一コ消えてるじゃんか！　いったいどうやったんだ？」

ちょうどミレーユも追いついてきた。「そこにいる、もうひとりは誰？」

　イザは説明した。

「なーるほど！　んじゃ、俺たちも、さっそく紫の玉ぁ捜《さが》して押してみるぜ」

「頼む。でも、気をつけろ。それほど痛いわけじゃあないけど、なんともいやーな、へーんな感触がするんだ」イザは腕をさすった。「玉のまわりの空気も変でさ、ずっと嗅《か》いでると、なんだか頭がぼーっとなっちまうんだ」

「それはたぶん、古代魔法用語で、オゾンっていわれているもののせいだと思うわ」と、ミレーユ。「凄《すさ》まじい量の電流を流すと、磁場《じば》が発生し、電磁波《でんじは》が生ずる。電磁波フィールドつまり電磁場の中では、酸素がO_2ではなくO_3になるから、呼吸器に違和《いわ》感を与《あた》えるのよ。純度の高い結晶体を使って、目に見えない電磁波の力を高めたり制御《せいぎょ》したりすることもできる。この……今では失われてしまった知識と技術によって、イリス人は、とてつもなく巨大な建造物を造りだしたり、自由に移動させたりしたと言われているわ」

「でも、赤ちゃんにはよくないんだよ」バーバラがつぶやいた。長いまつげを伏《ふ》せ、表情をなくして。「お腹に赤ちゃんがいるひとは、電磁波のせいで、流産したり、早産になったりするの。あまりしょっちゅう、たくさん浴びていると、そもそも赤ちゃんができなくなるし。だから、彼らはどんどん衰退《すいたい》し、数を減らし、やがて、滅びの日を迎《むか》えた。ごく僅《わず》かなひと握《にぎ》りの人々だけが脱出《だっしゅつ》し、必死の覚悟《かくご》で、カルベローナにたどりついたけれど……イリスの血は薄れ、やがて忘れられた……」

「バーバラ?」イザは傍《かたわ》らの半透明な少女の顔をのぞきこんだ。「……そりゃ、いったい何の話だ?」

「え? ……あれっ?」バーバラは目をぱちくりさせた。「あ、ごめん。……あたし、何か言った?」

イザは腕組みをし、しげしげバーバラの顔をのぞきこんだ。なんの屈託《くったく》もなく見つめかえす、まん丸い瞳。自然に閉じているだけで愛らしい微笑《ほほえ》みの形になってしまう、小さな唇。およそ裏おもてのありそうな顔ではない。嘘《うそ》をついているようではない。

名前以外、何も覚えていないという、このすっとんきょうな少女には、何か途方もない秘密《ひみつ》が隠されていそうな感じがした。……もしもそうだとしても、とりあえず、いまはしみじみ考えこんでいられるような場合ではない。

「よし。案内してくれ」イザは言った。「俺たちも、サッサともうひとつを消さなくちゃ」

双方の塔で紫色の玉を移動させ、四束の紫の『バチバチ』をすべて停止させてしまうと、小部屋はゆっくり降下しはじめた。

四人はそれぞれ双子塔を駆け降り、あらかじめの約束《やくそく》どおり、基底部屋上に集合した。先に到達したのはイザたちだ。イザは立ち止まり、ミレーユとハッサンを待ったが、遠慮《えんりょ》知らずのバーバラは、きゃっほー、とはしゃいだ声をあげながら、さっそく小部屋に走り込んでしまう。

「……あっ、あるよあるよ！　きれいな鏡がある……きゃー！」

そこへふたりが駆け降りてきた。

「バーバラちゃんって」両肩の垂れ布をなびかせ、息を整えながら、ミレーユが言った。「それほど内気なコじゃあないみたいね」

「さっそく俺らも入ってみましょうよ、さあさあ！」ハッサンが急《せ》かした。

「イザ？　どうぞ。先にいって」

小部屋への入り口は狭く、一度にひとりしか通れなかった。

小部屋の中の暗がりに足を踏みいれたイザは、すぐにぴくりと立ち止まってしまった。我が目を疑《うたが》わずにはいられなかった。なぜなら……。

目の前いっぱいを、金色の小山がふさいでいたからだ。

小山表面はなだらかに裾《すそ》広がりで、たくさんの歪《ゆが》んだ輪模様《わもよう》を持っている。いや……輪ではない、これは、ウロコだ。寂《さび》しげにぱたりぱたりと床を叩いているあの長いものがもし尾であるとするなら、くしゃくしゃにたたまれた天鵞絨《ビロード》のカーテンのようなものはおそらく翼で、装甲《そうこう》された象の背のようなあの丘が肩なのかもしれない。がっくり前側にのめっているのでおよそのシルエットしかわからない巨大な頭部の向こう側からうっすらあがってくるのは、ため息まじりに吐きだされた煙か。……すると、これは……？？？　……。

　剣はいつの間にか、自分から飛び込んできたかのようにイザの手の中にあった。が、切るべき敵はもういなかった。たったいままでここにいた巨大な不思議な黄金色の生き物は、瞬《まばた》きひとつする間に、どこかにかき消えてしまったのだった。

「どうかした？」背中でミレーユが訊ねた。「剣なんか構えて。敵なの？」

「いや……なんでもない。ごめん」イザが脇にどくと、ふたりが入ってきた。イザは剣をしまった。

　小部屋の奥の壁に近いところに、鏡がひとつ立っていた。手のこんだ縁飾《ふちかざ》りが台を兼《か》ねており、高さは子供の背丈《せたけ》ほど。鏡面そのものは、ふっくらとした長楕円形《ちょうだえんけい》である。はるか昔から伝わっているはずのそんな大きな細工物でありながら、歪《ゆが》みも曇りも破損《はそん》もないのが、いかにも魔法力を秘めた宝物らしかった。

　鏡の前で、チラチラ半透明に透《す》けているのはバーバラである。鏡の中には透けていないバーバラがこっち向きに映っていた！　両手を鏡に押しあてて、なんともせつない表情をしているので、一見、鏡の中に囚《とら》われになっていて、出てきたい一心でもがいているかのようだ。バーバラは三人が無言で待っているのに気づくと、あわててそっと会釈《えしゃく》をし、脇《わき》にどいた。

『ラーの鏡』そのものは、イザを驚かせはしなかった。何かとんでもないものが見えてしまったらどうしようとおそるおそる目をやってみたが、普通の鏡を見る時となんら変わりはなく思えた。どうやらイザの場合、自分が自分だと思っている自分はほとんどぴったり真実の自分であるらしい。ハッサンもミレーユもごく当たり前である。やれやれ。イザはホッとして――ちょっとはガッカリもして――目をそらした。

けれど……さっきのあれはいったいなんだったのだろう？　明るいところから暗いところに入ったせいで、ありもしない幻《まぼろし》を見たのだろうか。さっきの玉の影響で、まだ少し頭がおかしいのか。それとも……。

あのとき、鏡に向かっていたのは、バーバラだ。

バーバラが、実は、あのバカでかい金色のウロコと尻尾と翼のある生き物だとでもいうのか？

……まさか！

思いつきの突拍子《とっぴょうし》もなさにイザがひとり頭を振り、クスクス笑っているころ、ミレーユはバーバラに近づき、改めて出会いの挨拶をした。

ハッサンが背負ってきた荷物を探って、夢見のしずくの壜《びん》を見つける。ミレーユは唇の内側でなにやら呪文を唱えながら、壜を捧《ささ》げ持ち、蓋《ふた》をあけた。ミレーユの額環《サークレット》の中心にとめられたふだんは無色透明な宝石に、ギルド公認魔法の正統《せいとう》な発露《はつろ》をしめす美しい七色の星が順繰《じゅんぐ》りに飛びかう。

ミレーユは壜を取り上げると、バーバラに向けてゆっくりと三度振った。どこからともなく現れた甘《あま》い香《かお》りの雲が、ゆったりとたなびきながらバーバラの全身を包み込んだかと思うと……パッと消

えた。

と。そこには、燃えるような髪をした小柄《こがら》な少女が実体化していた。二つ折りになって、ケホケホ噎《む》せながら。魔法の煙を吸い込んでしまったらしい。

「だいじょうぶ？　気分は？」とミレーユが訊ねる。

「ごほごほ、ごほっ……ええっ、もちろん最高よ！」バーバラは顔をクシャクシャにして笑い、せわしなく両手でからだじゅうを確かめ、もう一度にっこりした。「わあい!!　やっとオバケじゃなくなったわ、嬉しいっ！　ありがとお！」

「さーて。お宝『ラーの鏡』も手に入ったし」ハッサンが笑み崩《くず》れる。「いっちょ、凱旋《がいせん》と行こうじゃないか！」

「ああ」イザもうなずく。これでようやく、村に帰れる！

うきうきした心をぺしゃんこに潰《つぶ》してくれたのは、レイドック城下町の門の番兵《ばんぺい》だ。

「きさまら……」握《にぎ》りしめた槍《やり》の穂《ほ》にも負けぬほどギラギラ光る瞳をして、兵士は四人を睨《にら》みつけた。「よくもノコノコ顔が出せたものだな！　きさまらのせいでトム兵士長は……」兵士のギョロ目に涙が盛《も》り上がった。髭《ひげ》モジャの顔が苦しみに歪んだ。「あの立派なかたが、これまでいただいた勲《くん》章《しょう》をすべて剥奪《はくだつ》され、一介《いっかい》の兵卒に格下げになってしまったんだぞ！　……配備されたのは、北東の国境だ。あそこらへんには恐ろしい魔物がワンサカ出るんだ」

「でも、俺たちは」ハッサンは害意のないことを示すべく、からっぽの手を広げ、誠実《せいじつ》そのものの顔つきをした。「鏡を持ってきたんですよ。王妃《おうひ》さまがずっと待ってらっしゃる『ラーの鏡』を！」

「何をわけのわからないことを言ってるんだ？」兵士は憎《にく》らしそうに片目をすがめると、からだを横にして、槍を構えた。「さっさと立ち去れ。今より早くいなくなれ！　さもないと……」

背後に控《ひか》えた十人ばかりの部下も、いっせいに、剣を抜き、弓に矢をつがえた。

「わかった、わかりました！」ハッサンは、両手をあげたまま後ずさりした。

「二度と来るな！」あたりの石くれを取って投げながら、兵士は叫んだ。「二度とだぞ！　今度見かけたら、警告《けいこく》なしで、ぶっ殺してやるからな！」

四人はあわてて馬車に飛び乗り、レイドック川沿いの曠野《こうや》を疾走《しっそう》した。だんだん遠ざかるレイドック城が夕陽《ゆうひ》に染《そ》まってゆく。

それは、悪漢《あっかん》ゲバンが流させているレイドックの町の人々の血の色に見えた。イザは怒《いか》りと悔しさに唇を噛《か》んだ。

「ねぇ、どうしたっていうの？」バーバラが誰にともなく訊ねた。「あの兵隊のオジサン、なんであんなにカッカしてたの？」

「ここだけの話」内緒《ないしょ》話でもするように囁くハッサン。「実は、イザが嫌《きら》いなんだよ」

「まあ」と目をくるくるさせるバーバラ。「どして？　彼、ひょっとして、あのひとの奥さんでも取ったの？」

「ま、そんなもんだな……デッ！」

「いー加減なことゆーんじゃない！」イザはハッサンを背後から押さえこみ、ギリギリ締《し》め上げた。

「バーバラが本気にするだろうが」

「いで、いでで！　ごめん、ごめんったら。だからさ、なんか暗いムードが漂《ただよ》ってるから、なんとかしようと思ったんじゃん、ほんのちょっとした冗談《じょうだん》で」

「だめだわ」突然、御者台のミレーユが手綱を詰めて、馬車を止めた。「ここは通れない」

「なんで」

「どうしたんだ……むっ」

垂《た》れ蓋《ぶた》から顔をだした三人は、ひと目見て息を呑んだ。

夕陽が赤く染める大地、馬車が停《と》まった小高い尾根から見下ろす丘陵《きゅうりょう》一帯に散らばって、薄汚《うすよご》れ疲れ切った男たちがよたよたのろのろと移動していく。何千、いや、何万人いるのだろうか。子供から年寄りまで体格も頭髪の色合いもさまざまだが、みな、ひょろひょろで、うすっぺらで、まるで、それぞれが伴っている影も同然だった。

ところどころにぴかぴかの鎧《よろい》をまとった騎馬兵《きばへい》が散らばって、怒鳴《どな》ったり、鞭《むち》をふるったりしている。乗っているのはいずれもずいぶんとでかい葦毛《あしげ》や栗毛《くりげ》だ。レイドック産の馬ではなさそうだ。では、彼らは、どこかの国から連れてこられた傭兵《ようへい》なのに違いない。

土嚢《どのう》や木材が、巨大な砲台《ほうだい》が、金貨らしい袋包みが、いくつもいくつも動いてゆく。人間が家畜《かちく》のように、荷車を引かされているのだった。よごれた繃帯《ほうたい》をからだじゅうに巻いているものがいた。杖をつき、辛《つら》そうに脚《あし》をひきずっているものがいた。ぴくりとも動けない友を左右から抱いて泣きながら歩き続けているものがいた。水を求めて欠けた碗《わん》を差し出し、騎兵《きへい》に足蹴《あしげ》にされているものが……飢《う》えのためにギラギラした顔つきをして、泥《どろ》だらけの草の根にむしゃぶりついているものが……そして、ぼろぼろに傷ついた王家の旗を必死で高々とかかげているものがいた。

「レイドックのひとたちだ……！」イザは喉《のど》がカラカラに干上がるのを感じた。「これはいったいなんだ？　なんのための行進なんだ？」

「砦を補強しに行くんじゃないかしら」ミレーユは言った。「魔王ムドーの進攻にそなえて。あるいは、大臣ゲバンの威光《いこう》をおおいにとどろかせるために。……大がかりな工事っていうのは、権力を握った愚《おろ》か者《もの》がいかにもやりたがることだわ」

「助けよう！」イザは言った。「あのひとたちを、解放しなきゃ」

飛び降りようとしたイザの手首をミレーユがサッと捕まえた。「だめよ」

「なんでだよ」

「こらえてよ、イザ！　わたしたちには別の仕事があるでしょ」ミレーユの銀青の瞳が冷たくきらめいた。「王妃に逢《あ》えない以上、一刻も早くあっちの世界に戻って、あっちのレイドック王に鏡を渡さなければ。それが、あれこれの巻き物や写本で、何度も何度も予言されていること。こんなところで騒動《そうどう》に巻き込まれて、あなたにムザムザ死なれでもしたら困るのよ」

「……予言だかなんだか知らないけどさ」イザは低く言い、ミレーユの手を振り払った。手早くファルシオンの繋具《けいぐ》を解《と》きはじめる。「俺はイヤだ。ほっとけない。こんなひどいこと、黙《だま》って見過ごしになんかできるかよ！　……俺はほんものの王子なんかじゃあないけれど、王子だってふりをすればあのひとたちが助かるんなら、いくらだってそのふりをしてやるぜ」

「……あっ、待って。待ちなさい！」

白馬ファルシオンの鞍《くら》もおかぬ背に軽々飛び乗ると、イザは鋼鉄《はがね》の剣《つるぎ》を空に突きあげ、喉《のど》が割れそうな叫び声をあげながら、一気に断崖を駆け降りていった。

騎馬傭兵たちが気づき、驚き騒ぐ。疲労困憊《こんぱい》とみじめさに頭をうなだれていた人々が、ハッとしたように目をあげ、当惑《とうわく》げに顔を見合わせる。

折しも山の端《は》に落ちかけて、鋭く強い矢のようになった真っ赤な夕陽の光の中、ファルシオンが高らかにいななき、後肢《あとあし》立《だ》ちになって宙を掻《か》いた。

「俺だ、王子だーっ！」イザはわめいた。「見ろ。俺はここだぞ。戻ってきたぞ。行方《ゆくえ》不明の王子がこうして国に帰ってきたんだ。だからゲバンなど、もう、いらない！　ゲバンの命令など、誰も二度と、きく必要はないんだーっ！」

「やるじゃん」バーバラが口笛《くちぶえ》を吹く。

「すっかりその気だね」と、ニヤつくハッサン。

「……しょうがない子……」ミレーユは腕組みをしてため息をついたが、唇の端が、まんざらでもなさそうに持ち上がっているのだった。

群衆は歓声《かんせい》をあげ、荷を放り出してイザのもとに駆け寄った。バンザイ、と声があがる。ありがたや、ありがたや、地面に頭をくっつけて祈りだしてしまうものもある。

驚きのあまり、いったんはひるんだ傭兵たちが、そろそろ気を取り直しはじめた。目配せをして陣形《じんけい》を取り、それぞれの武器を取って攻撃にかかる。

いきなり四方八方から射かけられ、あるいは槍《やり》を投げつけられ、ひとびとは悲鳴をあげて逃げ惑《まど》った。中には、そこらの石を拾って反撃してくれるものもあったが、相手は完全武装の職業軍人集団である。さしものイザもてんてこまいだ。

「ありゃりゃあ？　さーすがにちっと苦しそうだな。ちょっくら応援《おうえん》でもしてこよっかなー……と」ハッサンは両拳をバシンバシン打ち合わせながら、横目を使ってミレーユを見た。

ミレーユは知らん顔をしている。どうやら無理に引き止められはしないようだ。ハッサンは、ひょっほー、と笑顔になり、すさまじい土埃《つちぼこり》を蹴たてながら戦場になだれ落ちていった。

うおおお、と叫びながら突進してくるモヒカン頭に、ギョッとなった騎馬傭兵は、馬に鞭をくれて逃げ出そうとした。進まない。地面に水平にかまえたままの長槍《ちょうそう》の石突のほうを、ハッサンの手がしっかりと握りしめていたのだ。ニカッと立派な歯ならびを見せるやいなや、ハッサンは何気なくグイと引いた。うばった槍をまっぷたつに叩き折った。とがった兜《かぶと》の下で騎馬傭兵が青ざめる。

「わー、おもしろそう!!　あたしも行っちゃおっと」

バーバラは、そこらの樹の枝《えだ》をエイエイと力任せに折り曲げた。戻る力のバネを利用して、ぴょーんと宙に飛び出してゆく。とても小柄で痩せているので、広げたマントに風を受けると、ムササビ並みに滑空《かっくう》できてしまうのである。

あっけに取られる騎馬傭兵たちの頭上を超《こ》えて、ひらりと回転、みごと着地も決める。短い衣装の裾《すそ》があぶなく際《きわ》どくひるがえった。思わずでれでれ見蕩《みと》れ、鼻の下を伸ばした次の瞬間、傭兵たちは苦悶《くもん》の悲鳴をあげた。ひゅひゅひゅひゅんひゅん！　鋭く唸ったイバラの鞭《むち》が、にやけ顔の目のあたりを縦横無尽《じゅうおうむじん》に引っ掻《か》いたのだ。

「べーだ。エッチな顔、するからだよー！」

これを見て、まだ元気の残っていたレイドックの男たちも俄然《がぜん》やる気を出した。おおぜいでじわじわ囲み、寄ってたかって騎馬傭兵を引き摺《ず》りおろす。担《にな》ってきた砲台に弾《たま》をこめてぶっ放す。食糧《りょう》の荷がほどけると、ワッとあちこちから手が伸びた。

誰か火矢を放ったらしい。突然、野のあちこちがくすぶり、もくもくと黒い煙をあげだした。たちまち、火の手があがる。曠野《こうや》のあちこちで、赤い旗が振られているかのようだ。群衆は悲鳴をあげ、恐れおののいて逃げ惑った。

乗り手をなくした巨大な青毛が興奮のあまり頭をふりたて、泡を吹いて暴《あば》れまわっている。邪魔《じゃま》をするものはなんでも蹄にかけてやるといわんばかりだ。

「……まずい……！」

イザはファルシオンを駆って、黒馬に並んだ。短く並走し、エイとばかりに飛びうつる。弾《はず》んで飛ばされそうになるところを、たてがみにしがみついて持ちこたえる。馬はいやがって暴れた。ぴょんぴょん飛びながらぐるぐる回り、尻を蹴あげた。だが、高々と飛び散る火の粉を見ると、思わずビクッと飛び退《すさ》る。脚《あし》をもつれさせそうになりながら横歩きをして逃げる。目の玉は赤くなって飛びだしているし、鼻の穴は開きっぱなしだ。

「怖《こわ》がるな！　だいじょうぶだ、だいじょうぶだ。落ち着け、……どうどう」イザは馬の耳に囁《ささや》き、首を叩いた。「そら、あっちだ。あっちなら風上だから、火もこない。煙に巻かれない。もう苦しくないぞ」

小高い丘にみちびいてやった。きれいな空気を嗅《か》ぐと、馬は身の安全を知ったのか、ぐっとおとなしくなった。よしよし、と撫《な》でてやっておいて、イザが降り立つと、心細そうにヒヒンと鳴いた。ファルシオンが近づいてきて、よその馬に浮気《うわき》しないでよ、と言わんばかりの目でイザを見た。

「おいおい、妬《や》くなよ！」笑いながらヒラリと跨《また》がる。「……まずいな。あっちこっち燃えだしたぞ」

イザは舌打ちをした。馬上の高みからはあたりの様子がよく見えた。煙に巻かれてさまよう人々。ざわざわ揺れる草の原。火勢はどんどん強まっている。あたりには川も池もない。このままでは、いずれ一面火の海だ！「……どうしよう……どうしたら？」

焦《あせ》って何かいいものはないかと捜し求めるイザの視線と、崖《がけ》の上、馬車の幌の前で腕組みをしてじっと成り行きを見守っていたミレーユの視線が交わった。

「……ミレーユ……!」イザは拳を握りしめた。「たのむよ!!」

ミレーユは銀青色の目をすうっと細めて微笑《ほほえ》むと、両手を解いて、体側におろした。美しく優雅な舞《ま》いの形を描くほっそりとしなやかなミレーユの両腕が、イザには一瞬、片側五本も六本もに増えたかのように見えた。それほど素早い動きだったのだ。魔法の気の高まりに額環《サークレット》が七色に輝く。魔神をも拉《ひし》ぎそうな声で、ミレーユは叫んだ。ヒャド、と。

たちまち黒雲が湧き、風が巻き、鋭い冷気が吹きつけた。唸りをあげて横殴《よこなぐ》りに叩きつける雪や氷《ひょう》や霰《あられ》は、火の粉を払い落とし、炎を踏みしだき、煙をなだめ鎮静《ちんせい》させた。ついでに、傭兵たちをひとりひとり孤立《こりつ》させ、凍《こお》りつかせ、打ちのめした。

レイドックから連れてこられたひとびとは、物陰《ものかげ》に隠れ、互いに抱き合い、かばいあった。風がやむと、野火はもう収まる寸前だった。足で踏み、布で叩き、力をあわせて消してゆく。自分では動けないものは、何人もで手を貸して助け起こして避難《ひなん》させる。声をかけあい、無事を確認する。

日はすっかり暮《く》れてしまったが、ぼろ同然の身なりをした人々の瞳には、勝利と希望の明るい光がいまやはっきりとともりはじめた。

「あきらめろ。剣を納めろ」茫然《ぼうぜん》自失する敗残兵《はいざんへい》たちを見下ろして、イザは言った。「おまえたちは、金で雇《やと》われただけなんだろう? ゲバンに恩もなければ、レイドックに未練もないだろう。逆《さか》らわずに、いますぐサッサとどこかへ行ってしまえ。さもなきゃ……」イザは眉根《まゆね》を寄せ、目を細めた。「殺す」

傭兵たちはビクッと首をすくめ、顔を見合わせた。誰かが剣を地面に放り出し、大急ぎで馬首を巡らし、走り去った。たちまち、ガチャガチャと何本もの剣や弓や槍が投げだされ、軍馬の装甲《そうこう》や飾《かざ》りがはずされた。

去ってゆくものたちの蹴たてるもうもうたる埃が風に流れて消えると、放棄《ほうき》された武器や馬具の山の隣《となり》に、純白のファルシオンに跨がったイザの姿が見えた。イザはただ静かに立っていた。冷たく清い月の光に、ボサボサと癖《くせ》の強い黒髪を不思議な青い色に染めながら。

「……おお」群衆は誰からともなくひざまずいた。まるで、嵐《あらし》の海が不意に凪《な》ぐ時のように……見渡す限りの丘陵に散らばった数多《あまた》の人々が地面に膝をつき、みな、まっすぐ、馬上のイザを見上げて涙ぐむのだった。

「おお、イズュラーヒン！　暁《あかつき》の星！」

「……殿下《でんか》」

聞き覚えのある声で呼ばれたような気がした。イザは頭を回した。

誰かに腕を支えられて、ようやくのことに近づいてきたものを見分けると、イザはあわてて馬を降りた。「トム兵士長」

「殿下」

ゲバンに乱暴されたのだろうか。傷だらけ、痣《あざ》だらけの兵士長は、あばらでも痛むのか、苦労しながらからだをかがめ、片ひざついて剣をささげようとした。

「やめてくれ！　そんな」イザはトムのからだを抱きとめ、耳元で囁《ささや》いた。「知ってるだろ、俺はほんものじゃないんだ」

「いいえ」もつれてところどころ血で固まった赤毛を振ると、兵士長は奇妙に静かな目をしてイザを見つめた。「殿下は殿下です。ほんものの王子です。わたしにはわかります」

「しかし……」

「お行きなされ」トムはイザの手を取って、ギュッと握りしめた。ぎこちなく微笑んだ唇の横を、ひと筋涙が流れた。「この者たちはわたくしが面倒《めんどう》を見ます。もう何も、ゲバンめの思うとおりになどさせはいたしません。ですから、どうぞご心配なく……あなたさまは、あなたさまのさだめを果たしにいらしてください……！」

「うん」イザはうなずき、トムの手を強く握り返した。「ありがとう。……元気で。きっと、また逢《あ》おうな……！」


ダーマの神殿跡《しんでんあと》ではないかと思われる場所に戻り、あの瓦礫《がれき》だらけのまさか通じてはいまいと思われた井戸に飛び込んで、ふたつの世界の境目を越えた。魔法を使いたがらないミレーユ自身がもはや猶予《ゆうよ》はないと主張して、イザの身につけた移動呪文ルーラを惜しみなく使わせたから、すべてがアッという間のことである。

そうして戻ってみた『出発点』のレイドックは、ついいましがた後にした『幻の大地』のほうのそれと寸分《すんぶん》たがわぬ瓜《うり》ふたつ。跳《は》ね揚《あ》げ橋を渡ってすぐの改《あらた》め処《どころ》で応対してくれるのは、またまた赤毛赤髭《あかひげ》の兵士長だ。

「おお、そなたらはたしか、イザとハッサン」口髭をしごきながら、尊大《そんだい》な仏頂面《ぶっちょうづら》でうなずいてみせる。「どうした？　なにかわかったか？　おや、いつのまにか、仲間が増えたようだな。それもなぜかなかなか麗《うるわ》しい女人《にょにん》ばかりではないか」ふん、と鼻を鳴らすと、指で押さえていないほうの口髭だけが、鼻息になびいた。「見かけによらず案外チャッカリしておるのだな」

「えーっと、あなたは、ソルディさんのほうなんだっけ？　……ちぇっ、頭こんがらがっちゃうよなぁ……」頭を掻《か》いて、イザは姿勢を正した。「とにかく。コホン。俺たち、『ラーの鏡』を、見つけてきたんだ」

「……ほお、ラーの鏡を。……な、なに！　痛ッ」驚きのあまり、ブチリとひと房《ふさ》ウッカリむしり取ってしまった口髭を一瞬しみじみ悲しそうに眺《なが》めてから、ソルディ兵士長は、ササッと指を揉《も》んでごまかした。「それはさっそく、陛下にお知らせしなくては。ついてまいれ！」


王宮の謁見室《えっけんしつ》は、あいかわらず地図や巻き物や書類でいっぱいで、埃と黴《かび》と学問の匂いがしたが、博士たちの姿は見えなかった。衛兵たちもいない。

人払いをしたのだろう。そこに立ち会うことを許されたのは、イザたち四人と、王と、ソルディ兵士長だけだった。

「よくぞ帰った、予言の戦士たち」

玉座にかけたレイドック不眠王は、白っぽい詰《つ》め襟《えり》の軍服の上に、真っ赤な絹《きぬ》の帯をななめに掛け渡した正装だ。あいかわらず元気いっぱい若々しく、双眸《そうぼう》の澄《す》んだ空色をひときわくっきり目立たせる黄金色の前髪がひと房《ふさ》無造作に額に落ちかかっているあたりが、憎いほど決まっている。バーバラなど、ひと目みたとたんに、うそー、かっこいー、とつぶやき、両手をグーにして口元を隠し、瞳を潤《うる》ませてしまったほどだ。

「長旅ご苦労だった。無事に戻ってくれて嬉く思う。……して……ソルディ兵士長より、いましがた報告を受けたのだが……ついにかの品を、真実を映しだす『ラーの鏡』を、見つけたというのは、ほんとうかね?」

「ええ」

ハッサンとバーバラが進みでて、その大きな塊《かたまり》をイザの横の床にそっとおろした。割れたり汚《よご》れたりしないようにボロ布でぐるぐる巻きに包み、紐《ひも》をかけて縛《しば》ってある。「これがそうです」

「……おお……」レイドック王は立ち上がった。「ちゃんと見せてくれ」

イザは紐を解こうとしたが、結び目が固くてどうにもならない。しょうがないので、ナイフを出して切った。巻かれた布がはがれるにつれ、鏡の面が現れる……玉座の前にすっくと立ったレイドック不眠王の白い姿が映りこむ……。

ぎらり!

「うわぁっ！」

「え……」

「なんだ!?」

鏡が一瞬、とてつもなくまばゆい光を放った。みな、目を射《い》られ、何も見えなくなってしまった。まぶたをこすり、涙を拭い、さかんに何度も瞬きを、チカチカする視界を我慢してようやくなんとか目を凝《こ》らしたとたん、イザはゾッとした。王が倒れている！　前のめりに、床に伏している。

「陛下！」

「王さまぁっ！」

真っ先に声を発したのはソルディ。駆けつけるのが早かったのはイザ。無言のままそばの床に膝をつき、そっと仰向《あおむ》けに抱き上げたのはハッサンだったが。

「え……えっ？　……そ、そんな！」

ウウン、と小さく呻《うめ》き、苦しげに身じろぎしたのは、さっきまでのレイドック王ではない。睫《まつげ》が長く、顎《あご》が小さい。美しく高貴な顔だちの少年……いや、それにしては肌《はだ》の感じが少々年齢《ねんれい》を感じさせる。ブカブカの軍服の中で泳ぐ喉首の華奢《きゃしゃ》さから見ると、どうも女であるらしい。

宝石のついた飾りピンが転げ落ち、豊かに長い金髪巻き毛がドサリとあふれて肩を覆った。

「おいっ、だいじょうぶか、しっかりしろ！」ハッサンは腕の中の人物の頬をそっと叩いた。「……あんた、いったい、なにもんだ!?」

女がパチリと目をあけた。青い青い瞳が途方《とほう》にくれたようにみなを見た。

「王妃」

ミレーユのつぶやきを耳にして、イザも思いだした。

「……そーだ！　あんた、あっちの世界で眠りっぱなしの！」

「ねー。んじゃ、んじゃ、なに？」バーバラが誰にともなく訊ねた。「つまり、王さまって、ほんとは女のひとだったってこと？」

女はバーバラを見つめ、イザを見つめ、ほかのみなを順番に見つめていった。

そのうち、何かを感じるか思いだすかしたのだろう。どこでもないどこか一点をキッと見すえたかと思うと、ひとりそっとうなずき、ハッサンに優雅《ゆうが》に礼のしぐさをして立ち上がった。

「私の名はシェーラ」女は言った。「レイドック王ではありません。レイドックがいなくなってしまったので、レイドックの代わりを務《つと》めていたのです」

「代わりを？」ソルディは床に膝をついたまま、不安そうに胸を押さえた。「しかし、では……では、陛下は……ほんとうのレイドック王はどちらにおられるので？」

「ムドーという者のところにいます」シェーラと名乗った女は、青い目をすっと細めた。「いえ……ムドー自身がレイドックそのひとなのだと、わたしは思います」

「な、なんですって」ソルディは真っ赤になった。「魔王が王？　で、では我々は王の命令で王を倒しに？？？　……そ、そ、そんなバカな！　だいたい、いったいぜんたい、なんだってあなたがそんなことを知っているんです。あなたのほうこそ、魔物のスパイなんじゃないのか！」

「どうしてかは知りません。でも私にはわかる」女はおののくソルディの頬に、そっと親しげに手を触れた。「私を信じてくれますね、トム兵士長？」

「トム？　トムと呼びましたね、しかし私には、ソルディといううれっきとした名が……トム？」ソルディは頭を抱えた。「なぜだ？　妙に気になる……トム……ど、どうしてだろう？？　……」

「そこに王子がいますね」シェーラは、イザを見た。「……無事で良かった。ずいぶんとたくましくなって……」

「いや。悪いけど、人違いだ」イザは小声で言った。「あなたは、あっちの世界の王妃さまなんでしょう？　寝てるとこを見ましたよ。俺、あそこの、なんとかってややこしい名前の王子にけっこう似てるらしいんだけど、実際は真っ赤な他人なんだ。俺は生まれた時からついこのあいだまで、山奥のライフコッドって村で、カボチャとかニンジンとか作ってたんですよ」

シェーラは何か言いたそうな顔をして口を開いたが、頭を振ってやめた。

「とにかく……夫を……レイドックを急ぎ、救いださなければ。みなさん、私と一緒に来ていただけますね？　そうすれば、すべてがはっきりするはずです」

「どこに行こうってんですか？」とハッサン。

「もちろん」シェーラは姿勢をただし、微笑んだ。「魔王ムドーのところへ。装備を整えましょう……あ、どうか、その鏡を忘れないで！」

イザもミレーユも無言のうちに向きを変えた。ハッサンが『ラーの鏡』を小脇《こわき》にかかえた。

「えーっ、もう出発なのォ?」と、バーバラ。「わざわざお届けものしに来たんだもん、ごちそうくらい食べさせて欲しかったのになー」

「し、しばし、お待ちを!」ソルディがあわてて進路を塞《ふさ》いだ。「では……シェーラどの、あなたは、このものたちと一緒に、ムドー討伐《とうばつ》に向かわれるわけで?」

「そうですよ」シェーラはマントを翻《ひるがえ》しながら振り向くと、声を男っぽくさせて、きっぱりと言い放った。「案ずるな、トム。すぐ戻る」

「……はッ! ……」思わず敬礼するソルディ。

「よし」

シェーラは優しく微笑みながら敬礼を返し、カツカツ音高く踵《かかと》を鳴らして部屋を出ていった。イザたちが続く。

「……トムじゃないんですけど……」ひとりになったソルディ兵士長は柱にもたれ、ため息をついた。「ああ、どうしてあの女性には、あんなに威厳《いげん》があるのだろう? とてもじゃないが逆《さか》らうことなど思いもよらない……ずっと陛下のふりをしていたからかな。まるで陛下そのものだ……むっ」

ソルディの真っ赤な口髭が不安な予感にピクリと揺れた。「陛下のふりをしていた? ……ニセの王だった……おおなんてこった! わたしもみなも、すっかり騙《だま》されていたのだ! ぬぬぬ、大変だ。こんなことがバレたら大騒ぎになってしまう。なんとかうまく隠し通さなければ……うーむ」

旅慣れているようには見えなかったが、シェーラは少なくとも弱音《よわね》は吐かなかった。馬車がどんなに揺れようと、幌《ほろ》の破れ目から埃が舞いこもうと、血なまぐさい戦闘がすぐ目の前で起ころうと。……はたまた、野外で食べる食事がいささか貧《まず》しく不衛生でも、露天《ろてん》に寝そべり毛布ひとつで眠ることになっても、黙《だま》って与えられたものを受け、求められた行動を取った。

夜明けと日暮れには西を向いて祈りを捧げた。野営の二日目からは、ミレーユを手伝って食事の支度と後片付けをした。ファルシオンには優しかった。どこからか柔らかな花草を摘《つ》んできては、話しかけながら食べさせてやった。そして夜更《よふ》け、みなが静まりかえるころ、手持ち眼鏡《めがね》の柄《え》を片手でかざして、焚《た》き火《び》の燃えのこりの赤い灯《あかり》の中で熱心に古文書《こもんじょ》を読みふけった。

不寝番《ふしんばん》にあたった時、イザはこれに気がついた。不倶戴天《ふぐたいてん》の敵と戦おうというその旅の道すがらにまで、寸暇《すんか》を惜《お》しんで賢くなろうとする女の努力には正直あきれたが、その横顔はひどく凛々《りり》しく美しかった。シェーラはからだにぴったりとしたブラウスに刃避けの革のベストを羽織り、遠乗り用の質素なキュロットを身につけ、金髪を頭頂でひとつにまとめていた。王妃というより、どこかの田舎《いなか》町で長年家庭教師を生業《なりわい》としていた婦人かなにかのようだ、とイザは思った。

俺がもしも、行方《ゆくえ》不明の王子だったら、このひとが母親だったんだ……。

ぱちぱちと爆《は》ぜる焚き火ごしに、見るともなく見つめていると、やがて、シェーラが気づいて目をあげた。なにか？　と言いたげに首をかしげた。

目をそらしそこねてしまったイザは、しかたなく、作り笑いを浮かべ、なるべく愛想よく聞こえるように気をつけながら声をかけた。「勉強熱心なんですね」

「病気なの」シェーラは眼鏡《めがね》を畳《たた》み、本をぱたりと閉じ、膝を抱えて微笑んだ。「じっとしていられない病。ほどほどのところでやめるっていうのが苦手でね。なんでもトコトン、つきつめたくなるの。……ねぇ？　それより、イザ？　昼間、あなたが魔物と戦うのを見たわ。すごく強いのね」

「まだまだですよ、俺なんて」イザは頭を振った。「ハッサンのほうがずっと力があるし、知識や魔法はミレーユにかないっこない。バーバラだって俺よりも度胸があるし、機敏《きびん》で身軽だ」

「そう？」シェーラは肩をすくめた。「でも、あなたが一番輝いていたわ」

「……は？　……なんですかそれ？　……」手にした枯れ枝《かえだ》で焚き火をつっつきながら、イザは、ははは、と力なく笑った。

「ハッサンもミレーユも、確かに強いし素敵なひとたちね。けれど、私の目には、イザ、あなただけ、全く特別な存在のように見えたわ。あなたの動きに目が釘付《くぎづ》けになった。だって……あなたは、戦っているというのに、まるで、ほかの誰にも聞こえない音楽に合わせて楽しく踊っているみたいだったんだもの」

「そんな……」イザは頬の一点を赤くした。「そんなの、きっと親の欲目ってやつですよ、シェーラ。俺が、息子《むすこ》さんに似てるから、つい、身びいきしちゃうんでしょ」

「……そうかしら……」どこか寂しげに微笑むと、シェーラは本と眼鏡を持ってたちあがった。「もう字が見えなくなってきたみたい。私も寝《やす》ませていただくわね。おやすみなさい」

「ああ……おやすみなさい」

誰もいない夜の底で、イザは焚き火をつっつき散らした。

「……そんな、おおげさな……」頬が赤いのは、照り返しのせいばかりではなかった。「俺なんて、でっかいカボチャを成らせるのが得意なだけの不器用なやつなのに……」

見上げる空を星は流れる。神に愛されて空に呼ばれ、星座になった神話時代の英雄《えいゆう》たちが、ちかちかキラキラ瞬《またた》きながら、微笑ましそうに見守ってくれているようだった。


城を出発して四日めの真昼頃、南東の国境を通過した。シェーラが王だった時に派遣《はけん》しておいた軍隊が一部隊、付近に駐留《ちゅうりゅう》しているはずだったが、あたりには生きているものの気配はない。馬車をとめて探ってみると見張り小屋の床に、レイドック国軍の兵士の服が落ちていた。這《は》いつくばって逃げようとしたかたちのまま、こときれた様子で放り出されているのだ。

「中身だけ消されたんだな」とハッサンが言った。襟首《えりくび》をもちあげてのぞいてみようとしたのだが、ちょっとさわったとたんに、服はこなごなに崩《くず》れた。まるで何千年もかかって風化してしまったもののようだった。「どんな魔物にやられたのか、考えてみたくもないぜ」

そこから先は、魔王の領土である。

すぐに、悪臭《あくしゅう》ふんぷんたる湿地帯がはじまった。乾《かわ》いた地面は消えうせ、不気味な樹《き》や草が、互いに相手を覆《おお》いつくそうとでもするかのようにうっそうと茂って、昼なお暗い密林が、どこまでも見渡す限り続くのである。一行はまずなるべくまっすぐな木をいくらか切り倒して、大きな筏《いかだ》を作った。さもなければ、馬車をあきらめ、胸まで泥《どろ》の中に浸《つ》かりこんで歩いていかなければならなかったからだ。

べたべたする蔓草《つるくさ》が垂れ下がり、血を吸う虫たちが飛びかう中を、急ごしらえの櫂《かい》を漕《こ》いで進んだ。じけじけと蒸し暑い昼に体力を奪《うば》われ、骨身に応えるほど冷えこむ夜に眠りを妨げられた。空はぶあついみどりの天蓋《てんがい》に遮《さえぎ》られてほとんど見えず、濁《にご》って重たげな水の中を、人の顔と女の白い腕を持った不気味な魚が泳ぎまわり、浮いて漂う植物の葉に乗った小豚《こぶた》ほどもある蛙《かえる》が、ボオボオからかうように吠《ほ》えながら通りすぎていった。

水路はくねくねと折れまがり、狭《せば》まっては広がりながら、どこまでもどこまでも続くかのように思われたが、そのうちに、行く手が遮られてしまった。苔《こけ》むした太い倒木《とうぼく》が前を横切っているのだ。

「これも、誰かの夢なんですかね?」腕を伸ばして倒木の枝をひっぱりながら、ハッサンがミレーユに訊ねた。「でっかい障害物のおかげで進めなくなるってーのも?」

「そうね。この沼ぜんたいが、ひとびとの悪夢《あくむ》の集積なのよ」と、ミレーユ。櫂《かい》をつっぱって筏が揺れないように支えている。「いやなもの、恐ろしいもの、できれば避けて通りたいと思うのに、あんまり意識するからついつい夢にまで見てうなされてしまうようなものごとが、たくさんここに流れつき、より醜《みにく》くより厄介《やっかい》によりうっとうしく変形しながら、溜《た》まっていくんだわ」

「どうりで」倒木を足で押しやりながら、イザがうなずいた。「……いま、すさまじい牙《きば》を生やして悪鬼《あっき》みたいな顔をした石板が、アホーアホーいいながら飛んでいったぜ。きっと、勉強が嫌いな子供の夢だな」

「あっちじゃ、鎌の代わりに鞭持った死神みたいなのが立ちはだかって、シメキリシメキリ、って謎《なぞ》の呪いのコトバを吐いてたわよ」とバーバラ。

「おりゃあさっき、あのゲバンそっくりのサンショウウオを見たよ」

押したり引いたり、みんなで力を合わせてやっとずれた倒木がバシャンと盛大《せいだい》な水しぶきをあげて泥《どろ》に沈み、道が拓《ひら》けた。筏はそろそろと先に進んだ。

丈《たけ》の高い草の間をさんざん擦《こす》られながら抜けていくうちに、突然イザがハッと顔をあげた。

「やばい……」イザは言った。「来るぞ！」

「え？　敵？　魔物？」

「違う。……急流だ！」

言ったとたん、みんなにも、どうどうと力強く流れ落ちる水音が聞こえてきた。

突然筏が何かに引っ張られたように勢いよく走りだし、ファルシオンが均衡《きんこう》を崩してたたらを踏んだ。あわてたミレーユが思いきり泥に突き刺したとたん、ぽっきりと櫂が折れた。そのまま水に落ちそうになるミレーユを、イザがあわてて抱き捕らえる。バーバラは岸辺の枝に向けて、素早く鞭を投げつけ、巻きつけた。うまく繋留《けいりゅう》した、と思ったとたん「きゃあっ！」枝がもげて、降ってくる。

支えをなくした筏は、くるくる回りながら濁流《だくりゅう》の渦に乗って流された。砕《くだ》ける波が盛《さか》んに飛び散って前もよく見えず、岩頭が底にぶちあたって、筏をズン、とつきあげる。ろくな材料もないままの仮ごしらえだ、いまにも壊《こわ》れてしまいそうだ。流れ過ぎてゆく密林のあちこちから、ケタケタケラケラゲラゲラと不気味なののしり声が響いた。

「やだよ、鳥が笑ってやがるぜ」ハッサンが顔をしかめた。「ウッ、そういえば、俺って船に弱いんだった……」

急流と荒瀬をすぎると、やがて水がまた静かになった。ガタガタになった筏は、頼りなく黒い湖面を漂った。空はいまにも降りだしそうな鈍色《にびいろ》の雲におおわれ、時おり裂け目のようにオレンジ色の稲妻を走らせている。ヴェールのようにたちこめた薄闇の向こうに、ぼうっと島のようなものが見えた。

「どうやら到着したようね」シェーラ王妃が荷車の幌から降りてきて、腕をあげ、指さした。「あれが地底魔城への入り口です」

漕ぐ者もないのに、筏は島に流れつき、波打ち際《ぎわ》で力つきたようにバラバラに解《ほど》けて壊れた。

小さな殺風景な島だった。中央に家ほどの大きさの岩がひとつあり、周囲を輪に囲んで柱状の石がいくつも立っている。岩に穿《うが》たれた入り口は金属の扉と鎖《くさり》で封印《ふういん》されていた。その扉にも、周囲の石や地面にも、さまざまな絵や文字の刻みや痕跡《こんせき》がある。

「みんな、魔封じの呪文だわ」シェーラは柄つき眼鏡を取りだしていくつかを観察し、ぶあつい古《こ》文書《もんじょ》と見比べた。「さまざまな時代のさまざまな民族の戦士や魔法使いが、ここまではたどりついた、ということね」

「何百年も何千年もかけて、魔王ムドーを封じ込める方法は見つけだした。けれど、滅《ほろ》ぼすことはできなかった」ミレーユがうなずいた。「それは、わたしたちの役目なんだわ。……さぁ、行きましょう」

一行は幌の中からそれぞれの武器と防具、薬草などを取りだして身につけた。ハッサンは、『ラーの鏡』を背負った。

ファルシオンが心配そうに鼻を鳴らす。

「だいじょうぶ。ちょっと時間はかかるかもしれないけれど、必ず戻ってくるからさ」イザは特別大きなにんじんを食べさせてやり、巨大な白馬の頬や耳を掻《か》いた。「のんびり待っててておくれ」

ハッサンは中央の岩に近づくと、錆《さ》びて古びた鎖を無理やり引き千切った。ミレーユがなにがしかの魔法的な仕種をすると、金属の扉がぶるぶる震えだし、やがて、ばあん、と音をたてて砕《くだ》け散った。中は暗い。だがまったく見えないというほどではない。

イザは剣を抜き、みなにひとつうなずいて、闇を潜《くぐ》った。バーバラが、ミレーユが、シェーラがつづき、しんがりをハッサンが務めた。こうして、一行はついに、魔王の城に踏み込んだのだった。

祠《ほこら》の内部、島の地下は、天然の洞窟そのままの迷宮《めいきゅう》だ。イザは左手をぴたりと壁につけ、たとえ遠回りをすることになっても、迷ったり何かを見逃《みのが》したりしないように、慎重《しんちょう》に進んだ。

巨大鳥キラーグースが、黄色い炎の化け物のフレイムマンが、何度も何度も現れた。アモール北の洞窟で苦心させられたホラービーストの親戚《しんせき》か雑種のようなストーンビーストと呼ばれる青いやつらも、いつの間にか音もなく忍び寄ってきては、集団で奇襲《きしゅう》をしかけてくるのだ。アストロン、ベギラマを唱えるこいつらも侮《あなど》れない強敵だったが、見かけを裏切って恐ろしいのは、実はフェアリードラゴンと呼ばれるものたちだ。パッと見には、少々大きめの真っ赤な蝶《ちょう》のようなこいつらは、実は虫ではなく、緑色のトカゲのような生き物だ。眩惑《げんわく》呪文マヌーサを得意とするばかりか、ヒャドがほとんど効《き》かない。舐《な》めて油断してかかると、大怪我《けが》をさせられそうになった。妖精竜の名もダテではないと、唸《うな》らされた。

ともあれイザたちもダテに実戦を積んできたわけではない。おのが身を守るのがせいいっぱいのシェーラ王妃と、こんなところで割られてしまっては元も子もない『ラーの鏡』というふたつの足手まといを抱えてはいたが、仲間が四人も揃《そろ》っていれば攻撃にも防御《ぼうぎょ》にも余裕があった。そのうえ新参バーバラはちょこまかすばしっこいのにかてて加えて、閃光《せんこう》呪文ギラを修得してもいた。おかげで、剣で切っても貫いてもさしてこたえないあのにくらしいシャドーのやつらを、一撃で退《しりぞ》けてしまうことさえできるのがありがたい。

すり減って滑りやすい通路をのぼったり降りたりしながら、奥へ奥へと進んでゆくと、やがていきなり視野が広がった。地底空洞《くうどう》だ。

とてつもない広さと奥ゆきをもった穴の縁《ふち》で、イザたちは思わず立ちすくんだ。おそるおそる見上げてみれば、少し上にドーム型の天井があった。下はだんだん狭《せま》くすぼまりながら、地獄《じごく》までもそのまま続いているのではないかと思われるほど、深くまですっぽり抉《えぐ》れた奈落《ならく》である。貧弱《ひんじゃく》な通路や階段が空洞の内壁《ないへき》にへばりつくようにして、遥《はる》か下まで続いている。うんと先のほうに、飾りたてた赤金色の扉のようなものが見える。あれが魔王の居室への入り口なのだろうか？　それにしても、ひどく遠い。ところどころにかかげてある赤い火の燭台《しょくだい》が、暗闇《くらやみ》の深さをかえって増している。

なんだかさかさまに立てた卵の殻《から》の内側にへばりついているみたいだ、とイザは思った。あるいは、ちっぽけな一匹の蟻《あり》になって、巨大な女王蟻《あり》の巣《す》を見つめているかのような。この厖大《ぼうだい》でうつろな空洞がもしもグシャッと潰《つぶ》れたら、たったいま大地震《じしん》かなにかが起こって、上に乗っている大地や岩や湖やなにやかやが、ぜんぶドサドサ降ってきたら……しなくてもいい想像をすると、膝がカクカク揺れだした。

闇も、魔物も、戦闘も、これまでそんなに怖《こわ》いと思ったことはなかったが、この場所にはゾッとせずにいられなかった。『出口のない』『閉じこめられた』感じがして、喉が詰まり、息が苦しくなるのだ。

ハッサンがそっとつまさきで押しやってみた小石が、通路の縁を越えて落ち始めた。みな耳をすましたが、しばらくは何の音もしなかった。ひょっとすると、もうとっくに聞き逃《のが》してしまったのではないかと顔を見合わせるころになってようやく、遥か遥か下のほうから、コツーンと小さな音が聞こえてきた。……コツーン、コツーン、コツーン……何度も何度もこだました。

と。ぶうん、と怒ったような羽唸《はうな》りの音が聞こえだした。デスファレーナが、フェアリードラゴンが、気配を聞きつけて飛んでくる！

「逃げるのよ！」シェーラ王妃を背中に庇《かば》いながら、ミレーユが叫んだ。「いちいち相手をしていたんじゃあきりがないわ。ついていくから、とにかくどんどん降りて！」

「さ、行こう！」バーバラにどやしつけられて、イザもようやく我に返った。そうだ。こんなところで尻込《しりご》みしている場合じゃない。

わらわら集まってきたフレイムマンたちを剣《つるぎ》一閃《いっせん》鋭く切り裂き、わしづかみにしてくるキラーグースを逆につかんで投げ飛ばし、イザは通路をどんどん降りた。逃がすまいと通せんぼをしたスカルグルーの抱えていた頭蓋骨《ずがいこつ》をポーンと遠くに蹴りだしてやると、敵は、受け止めようと追いかけて、なにもない空中にはみだしてしまった。ハッシとつかんでどうだとばかり得意気に笑ったその顔がすぐにたちまち青ざめる。大きな耳を羽根がわりに必死にバタバタはばたかせるので、なんだ飛べるのかと驚いて見れば、しょせん悪あがきだったらしい。悲しげな声をあげながら、あっけなくどんどん落ちていく。

「ごめんな」イザはつぶやいた。

戦ったり、やり過ごしたり。壁の窪《くぼ》みに隠れたり、ちょっとした段差を飛び越えたり。疲労と緊《きん》張《ちょう》に脚《あし》が満足にあがらなくなるころ、とうとう通路を降りきって、赤金色に塗《ぬ》られた扉に達した。

見上げるように大きく、たいそう凝《こ》った彫刻《ちょうこく》でびっしり埋まった扉である。元はさぞかし立派なものだったのだろうが、いかんせんあまりにも古く、真鍮《しんちゅう》の蝶番《ちょうつがい》のあたりに地下水の染みが広がり、塗料《とりょう》もところどころはがれかけている。

バーバラとふたり、調子を合わせて一気に蹴破る。

「……これが魔王の宮殿か……」

くすんだ金と赤の炎、どこまでも深い闇の黒。地底魔城には人影もなく、あたりはひっそりと静まりかえっている。天然自然の複雑な曲線の世界を抜けてきたイザの目には、いかにも作りものらしいまっすぐな角や直線が、ひどく奇妙なものに見えた。

ぴったり左右対称の扉や階段。壁にはたくさんの燭台《しょくだい》がともり、地下深いところの冷たく湿っぽい風にゆらゆら小さく揺れている。

「……なーんだ」ふう、とバーバラが息をつく。「魔王とその子分の魔物たちが、いきなりジャカジャカ出てきてくれちゃうのかと思って、手に汗握っていたのにさ」

「確かにここは静かすぎる。いやな感じだ」

宙にさしかけられた廊下を進み、石の扉をためしてみた。開かない。

「こんどのは堅そうね。一発じゃあ蹴破れそうにないけど……どうする？」

バーバラが訊ねるころ、後続隊の三人が追いついてきた。ハッサンの腰の袋がいつの間にかふくれあがっているところを見ると、どこかでなにかいいものでも見つけたらしい。

「もうひとつ、赤い扉を捜して」シェーラ王妃が古文書を開いて示した。「『あかがねの扉を二重に閉ざし、魔王を封印せり』ここにそう書いてあるもの……あれかしら？」

廊下から左右の階段は、それぞれ、すぐ先の小部屋で行き止まりになっているが……一方にはさらに下への階段が、もう一方にはどこに通じるやら、あのボロくなっていたものによく似た、赤金色の扉が設置されている。ほかがみな厳密《げんみつ》に左右対称になっているのに、ここだけ違っているのだ。

一同は赤金色の扉のそばに進み、思いきって開けてみた。ぎぎい、といやな音がして……闇が流れだした。

そこは黄泉《よみ》の国そのもののようにまっ暗だった。光がないというよりは、光という光を貪《むさぼ》りつくしてしまったかのような、禍々《まがまが》しい暗さである。鼻をつく、ねっとりと重たい感じの悪臭《あくしゅう》を伴って、冷たい空気が流れた。

「ふうん、なんだろね、ここは？　……風の感じだと、けっこう広そうなんだが……うわぁっ！」

なにげなく一歩を踏みだしたハッサンがそのまますとんと落ちてゆく。サッと伸ばしたイザの手が、あやういところでハッサンの片手首を捕まえた。

「ひー」みなに助けてもらってやっと昇ってきたハッサンは、自分で自分を抱きしめるようにして、歯をガチガチ鳴らした。「……なんてこった、床がねぇ！」

しゃがみこみ、耳をすましてみると……床の穴の底の深い深い闇の向こうで、なにかがピチャンと水面に顔をだし、また潜るような音がした。

「『黒い水の神あり、番なり、盗人に備える』」シェーラが古文書を読んだ。「『魔王を脅かすもの、これに食われるべし』」

「その黒い水の神ってやつがつまりいったい何なのか、頼むから俺に教えないでくださいよね」ハッサンはまだ震えている。「ありゃー、ただのヘビとかワニとかってもんじゃあなかった……俺の足に、はあはあ熱い息を吹きかけやがった」

「明るくしたいな」とイザ。「例の灯《あかり》の粉は使えないの？」

「やめたほうがいいと思う」と、ミレーユ。「この匂いですもの。つけたとたん、爆発《ばくはつ》したらたまらないわ」

「その本には、ほかに何かいいこと、書いてないんですかぁ？」とバーバラ。

「ありますよ。ただし、ここは解釈《かいしゃく》が難しいところなの」と王妃。「私は『七つの仕掛けを押せば道が拓ける』って書いてあるんじゃないかと思うんだけれど……実は、私にこの写本をくださった先生は『七つの仕掛けを動かしたら、それでこの世はおしまいだ』と読むのが正しい、っておっしゃるのよ」

一行は順繰《じゅんぐ》りに顔を見合わせた。

「……押しますか？　押すの、よしますか？」ミレーユが聞いた。

「押すのよ」王妃はきっぱりと言った。


仕掛けは実に手がこんでいた。地下深いある場所で二つのでっぱりを押すと、ずっと上に離れたところで鍵のかかっていた扉が開く。開いた先にみつかる仕掛けを操作すると、『黒い水の神』の水たまりの上部の部屋にあかりが灯《とも》る。あかりをたよりに落とし穴だらけの床を慎重《しんちょう》にたどってゆくと、やがて最後の仕掛けが現れたのだ。

みなが譲《ゆず》り合い、互いに押しだしあった。かくて、七番目の仕掛けの前に立ったのは、シェーラ王妃になった。王妃は古文書を巻いて小脇《こわき》に抱えると、どこかの神に慈悲《じひ》を乞《こ》う祈《い》りをした。そして、白い手をあげると、黄金色のボタンにひとさし指をあてがい、思いきって、グイと押した。

グ……ン……と、細かな振動《しんどう》が走り、ぱらぱら埃が散った。どこか隠れた場所で、歯車や滑車《かっしゃ》が回ったり動いたりする気配がした。

一行はあたりを見回し、互いにサッと近づきあい、背と背を合わせるようにして立った。

「……きゃあ……見て！」

バーバラが指さしたのは壁の燭台《しょくだい》だ。じわじ上に動いてゆく……せりあがっているのか？　いや違う、彼らの立っていた床のほうが、まるごと、下へ下へ降りていくのだ！

ばねがはずれ、ねじが回る。やがて、壁の下方が途切《とぎ》れた。彼らはいわば、止まり木に縛りつけられた鳥のようなものだった。四方に守ってくれるなにものもなく、あやうい均衡《きんこう》で浮かべられ、じわじわ引きずりおろされていくのだ。

　下に広がるのは、たぷたぷと波打つ黒い水。

　壁が消えてみえるようになった周囲は、深緑色《しんりょくしょく》の石で飾られた巨大なホールのような空間だ。真紅《しんく》の絨毯《じゅうたん》をしきつめた遥《はる》かに高い玉座から、黒い水の一部を水路のようにして巡《めぐ》らした控《ひかえ》の間まで、細い階段が長々と続いている。

　高い場所にある石の玉座には、ぬらぬらとてらてらと光る緑色の体表を持ち、針の虹彩《こうさい》のある黄色い目をし、でっぷりと太った巨大な爬虫類《はちゅうるい》のようなものがふんぞりかえって座っている。

「ほほう……おろかものたちがまたまた懲《こ》りずにやってきたか」と、黄色い瞳を鈍《にぶ》く光らせて、そいつは言った。「わが名はムドー、やがては世界を支配するものなり。……旅人よ、主らはわしに服従を誓《ちか》うためにやってきたのか？　もしもそうであるならば、すぐにも腕を試してやろう。はたまたそうでないならば、わが栄光を見ずしていまここで死ぬことになろう……」

「魔王ムドー、逢《あ》いたかったぞ！」イザは一歩進みでて、叫んだ。「勝負だ！」

「なんだおまえは？」ムドーの瞳がギラリと燃える。

「鏡を……！」ミレーユが囁《ささや》き、ハッサンは大慌てで、背負ってきた『ラーの鏡』をおろした。ふたりで支えて包みを解き、ムドーのほうに向けようとする。

　だが、なにせ床はガタゴトと揺れながら降り続けていて、不安定窮《きわ》まりない。楕円形《だえんけい》の鏡は、なかなかうまい方向に安定しない。数多《あまた》の燭台の灯《あかり》を反射した鏡面のきらめきは、壁を伝い、階段を走った。

「そこよ！」バーバラも誘導《ゆうどう》を手伝う。「うーん、もっと右。もうちょっと……あっ、惜《お》しい！行き過ぎちゃった！」

「俺はイザ。ただの田舎《いなか》もんさ」イザは魔王を睨《にら》みつけた。「だけど、魔王なんてものに、世界を支配させるわけにはいかないんだ」

「ふふ。そうか……従わぬか……」ムドーは太い尾を苛立《いらだ》たしげにひとふりすると、ズイとばかりに立ち上がり……立ったかなと思った瞬間、もう、部屋の反対側の空中に浮かんでいた！

「ならば死ね！　……ぐわぁあああはあああっ！」魔王は燃え盛《さか》る火炎《かえん》を吐いた。

「うわあっ」

「きゃあ！」

「あぢぢ、あぢあぢ！」

あぶられたハッサンが思わず手を離してしまい、鏡がグラリと倒れかける。ミレーユが肩であわてて支えた。

「くそっ……食らえっ！」

イザはブーメランを投げつけた。しゅしゅしゅしゅと風を切り裂いて飛ぶブーメランに、魔王は目を細め、一瞬ギクリとしたように見えた。が、「むん！」素早くひるがえしたマントで、あっさり叩き落としてしまう！

「わはははははは。こんなもの痛くも痒くもないわ。次はなんだ？」

「えーい、これよっ」バーバラがイバラの鞭を唸らせた！　だが。

「やめて、やめて！」シェーラがすがりついて叫ぶ。「あれはほんとうのムドーじゃない。私の夫なの！　傷つけないで！」

「……なこと言われたってぇ」バーバラは眉をひそめる。「やっつけなくっちゃ、こっちが殺《や》られちゃうよぉ！」

「なんと、なんと、おもしろみのない奴らめ」魔王は宙に浮かんだまま、ばかでかい唇を歪《ゆが》めて笑った。「相手にするのもバカバカしい。みな、そのまま『黒い水』に落ちて闇の餌食《えじき》になるがいい……はぁっ！」

魔王が両手を投げだすようにして気合いを発すると、床が傾き、ますます激しく揺れだした。乗っている五人は、必死にしがみつきふんばるが、いまにもこぼれ落ちてしまいそうだ！　そもそも、このままでは、やがては黒い水に飲まれてしまう！

「くそっ……いったいどうしたら……！　そうだ！」イザは素早く目測し、思いきって床を蹴り、飛びだした。「えーい！」くるりと宙で一回転、階段の途中に降り立つと、振り向きざま抜き身の剣をぴたりと平らにして顔の前にかざし、叫んだ。「……鏡を……！」

ハッとしたミレーユが『ラーの鏡』の向きをサッとずらす。一瞬とまどったハッサンがすぐにがっしりと支え持った！

この瞬間……太陽神ラーの『真実をあばく』力を宿した太古の鏡は、磨きこまれた鋼鉄《はがね》の剣《つるぎ》の銀色の刃を反射鏡にして、魔王ムドーの姿を捉《とら》えた！

「……ぬ？　……な、なんだ？」光のほんのひとかけらが魔王の緑の肌《はだ》を撫《な》で、たちまちそこを焼き焦《こ》がし、ぶすぶすと煙をあげはじめる。……次の瞬間、いきなりカッと広がってその全身を覆った。「う……くがあぁあああ！」

ぱしぃいいいいいん！

光に包まれ光に貫かれ光に巻かれた魔王のからだが、みるみる膨《ふく》れ弾《はじ》け飛ぶ！　すさまじい爆発《ばくはつ》をしたまばゆく白い光の洪水《こうずい》と圧力に、五人も宙にふっ飛ばされた。

「うわあぁあああ！」

「きゃあ～～、いや～ん！」

壁が割れ、階段が落ち、天井がすっぽり突き抜ける。礎《いしずえ》を失った地底魔城は、全体が次々になだれおち、爆発し、崩れてゆく！　崩壊《ほうかい》する空洞《くうどう》のあちこちから、魔物たちがわらわらと湧いて出て、大慌《おおあわ》てで逃げ出した。

「リレミトぉ！」ミレーユはシェーラ王妃を捕まえながら、高らかに呪文を唱えた。ミレーユの魔法力がきらめく七色の網《あみ》をサァッと広げる瞬間、ハッサンは大事な鏡を、イザはバーバラを、そして、バーバラはたまたま手近にさわった何者かをギュッとしっかり捕まえた。

「……む……」イザはうっすらと目をあけた。

頬をつついていたのは、ファルシオンのあたたかな鼻面《はなづら》だ。あたりじゅうにキラキラと明るいひざしが溢《あふ》れている。足許《あしもと》に打ち寄せる波は白い砂の上に、細かなレース編み模様を織《お》りなして、ざざ、ざざ、と引いてゆく。大の字に伸びたハッサンの手の上を、真っ赤な蟹《かに》が、ちょこまかと歩いてゆく。

島は、あの不気味な泥湖《でいこ》のおもかげなど少しもない青い青い美しい水に取り囲まれている。何かがなくなったような気がして、立ち上がり、改めて見直してみると、環状列石《かんじょうれっせき》がすべて倒れ、こなごなに砕《くだ》けているのがわかった。中央の岩も瓦礫《がれき》の山となり果て、魔城への入り口は影も形もなくなったらしい。

「……なるほど、ここに戻ったのか」イザはほうっとため息をついた。「……魔王は、いったい、どうなったんだ？」

「うっ……う〜ん」そばにうつぶせになっていたバーバラが猫《ねこ》めいた仕種《しぐさ》で伸びをし、たちまちキャッと片手を顔の前にかざした。「わ〜、まぶしー。これじゃああっという間に日焼けしちゃう〜」

「無事か。……おや？　そのオッサンはなんだ？」

「あ。このひと？」

バーバラの片手がまだしっかりとつかんでいたのは、赤いガウンの背中だ。絹《きぬ》の冷たい輝きといい、金糸の縫《ぬ》い取りがあるところといい、見るからに高級そうな服で……襟口《えりくち》の上には、銀色のたっぷりとした髪とピンク色の耳と初老の男の皺《しわ》っぽい首と、瞑目《めいもく》した横顔がついている。ちなみに袖口からは手が、裾《すそ》からは脚《あし》が、ちゃんとはみだしているのであった。

「このひとね、ふと気がついたら、あそこにいたの」バーバラは言った。「どう見ても魔物じゃなさそうだし。急いで連れだしてあげないと、ぺっちゃんこになっちゃいそうだったでしょ？」

「そりゃあいいことをしてあげたな。……しかし……なーんかどっかで見た覚えがあるような顔だけど？？　……おい、ちょっと仰向《あおむ》けにひっくり返してみようぜ」

ふたりが男をそっと寝かしなおしていると。

「あなた！　……レイドック！」ミレーユに支えられて立ち上がったばかりのシェーラ王妃が、素早く飛んできて抱きついた。「……ああ、陛下、しっかりして！」

「……む……むぅ？」銀髪《ぎんぱつ》の男は、まぶたを開けた。「おやシェーラ。おはよう。……いや、どうしたかな。なんだかすごく、よ〜く眠った感じがするぞ」

そう。それはレイドック王。

シェーラ王妃の分身である若くて不眠のほうではなく、一年寝たきりの少々お年寄りのほう、つまり、現実世界側の国王陛下である。

「イズュラーヒンもおるか。今日は、なんじゃ？　誰かの誕生日《たんじょうび》か？　いい天気じゃのう」

王が目尻に皺《しわ》を刻んでにっこり微笑むと、シェーラ王妃は気丈にも元気に微笑み返そうとした。

が、途中で大きく顔をゆがめ、思わずぽろりと涙をこぼしてしまった。

「お？　ど、どうしたんだ？　どこか痛いのか、スイートハニー？」年若い妻を抱きしめようとして、レイドック王はハタと手をとめた。

頭の上に太陽がある。ここは宮殿の寝室ではなく、どこか戸外であるらしい。おまけに、周囲には、見たことのない人間が何人もいる。

「ハテ？」王は怪訝《けげん》そうに顔をしかめ、傍らの砂をちょっと摘《つま》み、舐《な》めてみた。目をしょぼしょぼさせた。それから。「うぉっほん」もったいぶった咳払《せきばら》いをひとつすると、無理に威厳《いげん》ある顔を作った。「あー、そなたらは、誰じゃ？　ここは、いったいどこじゃ。そもそも、儂《わし》らは、こんなところで、いったい何をしておるのかな？」

返事をしようと口を開きかけたシェーラが、びくりと動きを止めた。その手が、その肩が、みるみるうちに透《す》き通ってゆく。まだ眠たげな王そのひとも同様だ。

「目覚めるんだわ」ミレーユが囁《ささや》いた。「現実世界に戻ってゆくわ」

「では、城で」王妃は王を守るように片手に抱きながら、もはやチラチラ輝くまぼろしでしかない腕を一行に伸ばして、訴えた。「城で待っています！　必ずいらしてください……！」

5 失われた記憶の中へ

陽光にきらめく金管楽器が勇壮《ゆうそう》なファンファーレを吹《ふ》きならす。続いて、三十人の鼓手《こしゅ》がうきうき弾《きざ》むようなリズムを刻みながら五人ずつ六段の列をなして行進してきた。

先頭に立って指揮棒《しきぼう》を振《ふ》るっていたひとりが、ピッと笛を吹き、足踏《あしぶ》みにうつる。笛の合図にしたがって、パッといっせいにこちらを――王宮のテラスを――向き敬礼をした顔を見て、イザは胸をつかれた。みな、幼《おさな》い子供たちだったのだ。

「ずいぶん練習したようですわ」飲み物をさしだしながら、シェーラ王妃《おうひ》が言う。「親を亡くした子供たちは、みな城でひきとることにしました。何の仕事もさせないと退屈《たいくつ》がって逃《に》げ出してしまうもので、楽隊をはじめたのです」

「楽しそう」バーバラはにこにこと手を振った。

「ゲバンって野郎はどうなったんで?」ハッサンが誰《だれ》にともなく訊《たず》ねると、

「いなくなったそうじゃ」レイドック王みずからが、満足そうに椅子《いす》の上で身じろぎしながら返事をした。「大軍勢を率いて城《しろ》を囲んだトムに、一対一の決闘《けっとう》を申し込まれたのに卑怯《ひきょう》にもコソコソ身を隠《かく》してしまって以来、誰も見かけたものがない、とか」

「噂《うわさ》のかたがお見えになったようよ」ミレーユが言い、みな、振り向いた。

「王子殿下《でんか》！　それに、ご友人のみなさん」

うやうやしく宮廷式《きゅうていしき》の礼をしたトムは、空色の絹《きぬ》の豪華《ごうか》なチュニックを着込み、青鷺《さぎ》の羽根の飾《かざ》りのついた兜《かぶと》を抱《かか》え、豹《ひょう》の毛皮の裏地ののぞく立派《りっぱ》なブーツを履いている。腰にさげた剣《けん》の鞘《さや》にはびっしりと宝石がちりばめられている。

「先日はほんとうにありがとうございました。おかげさまで、レイドック王シェーラ王妃も目覚められ、我等国民一同感謝感激《かんげき》であります」

「やあ、トム兵士長」イザは立っていって、トムの手を取った。「無事で良かった。なんだかきらびやかだな。ひょっとして、出世したの？」

「は」トムはおもはゆそうに唇《くちびる》をもごもごさせた。「実は、そのう、このたび陛下《へいか》に、将軍に任ぜられまして……」

「すごいじゃないか！」

「しかし殿下」トムは赤毛の眉《まゆ》をひそめ、泣きべそ声で訴《うった》えた。「あいにくながら、こんな上等な服は私の肌《はだ》にあいません。ジンマシンができそうです」

「そのうち慣《な》れるよ」イザが慰《なぐさ》めるように肩《かた》を抱《だ》くと、トムは頭を振った。

「殿下が、自分は王子ではないとおっしゃりたがるお気持ちが、なんだか少し、わかったような気がいたします」

「まだ言ってんの？　俺《おれ》は、ほんとに……」

「風が出てきたようだ。儂《わし》はそろそろ部屋に入ろう」レイドック王が錫杖《しゃくじょう》を取って立ち上がったので、イザもトムもあわてて場所を開けた。

シェーラが素早くマントを着せかける。たっぷり長さのあるそのマントを床《ゆか》にひきずりながら王はテラスの尖端《せんたん》まで進み、眼下の広場いっぱいに集まった国民たちににこやかに片手を振ってみせた。歓声《かんせい》と、ばんざいの声があがる。

堂々と退出するその途上《とじょう》、そばを通りしな、王はイザの肩に手を置いて秘密《ひみつ》めかしてつぶやいた。「あとで部屋に来てくれ。話したいことがある」

「イザとやら……そなたいったい、何者なのじゃ？」葡萄酒《ぶどうしゅ》をゴブレットに注いでくれながら、王は威厳《いげん》ある顔を気さくに横にかしげて見せた。「そなたは息子《むすこ》にそっくりじゃ。じゃがシェーラが、我等がイズユラーヒンではないと言う。他人としてふるまえと強要する。……それに、そなたの仲間たち。彼らを儂は、夢《ゆめ》の中で見たように思う。魔王ムドーになってしまったという恐《おそ》ろしい悪夢《あくむ》の中での。ひょっとして……儂をかの悪夢から救ってくれたのは、そなたたちだったのか？」

「俺は、王子じゃありません」イザは神妙《しんみょう》に応えた。「祭りの夜の、山の精霊《せいれい》さまのおつげに、従っているだけなんです」

「ふむ」王はソファに腰かけると、顔の前で尖塔《せんとう》のように指を組んだ。「妻のシェーラは学問好きで、ことに霊《れい》だの神だの予言だのに目がないんじゃ。あれが、この世はふたつの世界から成り立っておるらしい、と話してくれた。我々は、一年もの間眠《ねむ》り続けながら、実は、この現実の世界ではない、あちらに、夢の世界に囚《とら》われていたのだと……のう、イザ？　もしや、そなたらは、そのふたつの世界を行き来できるのではあるまいか？」

　イザはちょっと考えてから、正直に答えた。「そうです」

「ならば！」王がいきなり近づいてきて手を取ったので、イザはびっくりして、もう少しでゴブレットを落としてしまうところだった。「頼む。……ムドーを倒《たお》してくれ！　そなたたちにならばできる。そなたたちにしかできぬ！」

「ムドーって……魔王の？　でも、そいつなら、もういないんじゃありませんか。この間『ラーの鏡』で、実はあなただったんだって、正体わかったんですから」

「それは夢の側の話じゃ。この現実の世界では魔王は滅《ほろ》びてなどいない！」王は辛《つら》そうに腕《うで》を振りまわした。「かすかに……ごくかすかにだが、儂は感じるのだ。やつの身じろぎ、やつの息吹《いぶき》、やつの邪悪《じゃあく》なほくそ笑みをな！　長らくムドーだったから、まだ、なんらかの繋《つな》がりがあるのかもしれぬ。儂という影《かげ》を失ってやつはいま多少なりとも弱まっておる。いまこそ、近隣諸国《しょこく》にも呼びかけ、可能な限りの大軍勢を送りこみ、討伐《とうばつ》するチャンスなのじゃ！　が……我が国民は、儂や妻の復活をあんなに喜んでくれておる。トムもそうじゃ。ゲバンめを追い出してホッとしたばかりだというのに、冷や水を浴びせるようなことをしたくない。だから……虫のいい願いであることは知っておる。だが……できれば、そなたらに……一刻《いっこく》も早く、一般大衆が何も気づかぬうちに、魔王をやっつけてもらいたいのだ」

「……どこにいるんです?」イザは訊《たず》ねた。「こちら側の世界の魔王ムドーは、いったい、どこに?」

「島じゃ」王は顔をしかめた。「この国からずっと東、大内海北部に浮かぶ魔の孤島《ことう》じゃ。……儂は一度軍船に乗って、そばまで行ってみたことがある。だが、入り江に上陸しようとしたそのとき、突然《とつぜん》不思議な空間が出現し……あとはあのとおりじゃ」

対応しているな、とイザは思った。あの夢の世界の毒沼《どくぬま》の中心の島は、つまりは実在するムドーの島の影のようなものだったのだ。

「海を渡《わた》るには船が必要です」イザは言った。「一隻《いっせき》、譲《ゆず》っていただけますか」

「……すまぬが、それもならぬ。軍船を使えば、トムに知れる。騒《さわ》ぎになる」王は唇を噛《か》み、椅子《いす》の肘掛《ひじか》けを指先で叩きながら考えこんでいたが、おう、そうじゃ、と顔をあげた。「ゲント族に頼めば、融通《ゆうづう》してくれるかもしれん」

「ゲント族?」

「北方山岳地帯に暮《く》らす、心・技・体を重んずる少々風変わりな連中なのだが……シェーラの家系はゲントと繋《つな》がりがある。いまの長老は、あれの従姉《いとこ》の夫にあたるのだ。よし、紹介状《しょうかいじょう》を書こう」

王は、重苦しく吐息《といき》をついた。「……そなたがほんとうの王子であったらなあ」

「……………」

「妻の従妹《いとこ》の息子がじきじきに頼みに行けば、彼らも断らないと思うんだが」

だめですよ、と、イザは首を振った。「嘘《うそ》はつかないでください」

「そうだな」王はがっかりしたように首を振った。「相手はゲントだしな……。ちなみに、わが息子、暁《あかつき》の星イズュラーヒンもまた、魔王の島をめざして船を出し、そのまま消息を断ったのだぞうだ。しょうのないやつだ……親子じゃのう。旅の道すがら、もしやつの身に何が起こったのかを知る機会があったら、きっと知らせて欲……いや。いい。忘れてくれ。辛い知らせなら、正直、聞きたくない。悲しみに立ち向かうには、儂は年を取りすぎた」

イザがどう返事をしていいか迷っているのを見ると、王は顔を背けて立ち上がり、扉を開けて、呼び鈴を鳴らし、書状を書き取らせる係を呼んだ。


澄んだ青空を背景にくっきりと聳《そび》えたつのは、雪冠《ゆきかんむり》を戴《いただ》いた美しい霊峰《れいほう》。

さやさやと風が吹くと、黄色い衣がはためいた。

分厚く層になった丸いガラスの眼鏡《めがね》ごし、山の方角に向けた瞳《ひとみ》は、ごく薄く線のように細められている。深々とあぐらに組んだ両足に、軽く開いた両手を載《の》せて、やや前のめりに落ち着いた姿勢だ。かぶっているのは、獣《けもの》の耳を模《も》した風変わりな巻きかたをしたターバンだ。生地はゆったりとまとっている僧服《そうふく》と揃《そろ》いである。

少年は高い梢《こずえ》の上にいた。ひとの手のほとんど触《ふ》れたことのない原生林の一直線の松の木《き》の、空と触れ合うてっぺんの部分に、そっと座っているのだった。ごく細い枝先《えださき》に微妙《びみょう》なバランスで乗っているので、まるで、森の中に浮《う》かんでいるかのように見えた。

また風が吹き、衣が揺れる。つややかな黄色い布が日差しを反射して、きらりと輝《かがや》く。千切《ちぎ》られてどこからともなく飛んできた木の葉が一枚、頬を撫《な》でて通る。

ふと、少年が怪訝《けげん》そうにまぶたを震わせた。目を開く。山の端《は》にかかったまぶしい太陽が、愕然《がくぜん》としたように見開いたふたつの瞳に黄色い光の点をともす。

その瞬間、いきなり強い風が吹く。ザワザワと森は揺れ、樹々《きぎ》がたわみ、波をなす。雲が流れ、陽が翳《かげ》り、山が真っ赤に燃え上がる。

風が通りすぎた時、梢《こずえ》にはもはや、なにものの姿もない……。


びゅっ！　いきなり押され、まとめ髪を吹き上げられ、服までめくられそうになって、バーバラは思わず空を睨《にら》みつけた。「なにすんのよっ」

風があわてて（？）尻尾《しっぽ》を巻き、こそこそ崖《がけ》を下っていくと、バーバラは、ふふん、と満足そうに笑い、また屈《かが》み込んで薬草を捜《さが》し始めた。

峠《とうげ》のわかれ道で馬車を止め、ファルシオンを休ませているところだ。ハッサンはそばの小川に水を汲《く》みに行ったし、ミレーユとイザは、小岩に昇って、地図と地形を見比べている。

片手に余るほどの草が摘《つ》めた。「ふう」バーバラは腰に手をあてて後屈《こうくつ》し、両手を伸ばして前屈し、くるりと前転して草原に寝転《ねころ》んだ。

「……魔王の島、か。……おっかなそ～」手をついて見上げる空を、鳥が飛び交う。日差しを過《よぎ》ったり遮《さえぎ》ったりするたびに、きらりと輝いたりシルエットになったりする。「鳥。……翼《つばさ》……飛んでる……」

バーバラの瞳《ひとみ》がすうっと小さくなった。

思いださなければならないことがある。喉《のど》にひっかかった小骨のように、チクチク気になる、重大な秘密。忙《いそが》しい時や何かに夢中《むちゅう》になっている時には忘れて無視していられたが、こうしてぼんやり考えごとをする暇《ひま》ができてしまうと、否応《いやおう》なしに思いださせられる。

なにか、とても大切なこと。けして忘れてはならないこと。

「翼……翼に近くはなかった？　……空？　もしかして雲？　雨？　……」

「なにをぶつぶつ言ってるの」影が落ちて、気がつくと、ミレーユが隣《となり》に座りこむところだ。「心配ごと？」

「ちょっとね」バーバラはあいまいにつぶやき、そっと首をすくめた。

バーバラはミレーユが苦手だった。いつも冷たく落ち着き払ってとりつくしまがない。まるで感情などないみたいだ。嫌《きら》いというのじゃないけれど、親しみが持てない。

「よければ、相談に乗るわよ」

そんな言い方をされればされるほど、煙《けむ》たく思える。

「ありがと。でも……ひとに助けてもらえるようなことじゃないから」

「そう?」頭をあげ、風に金髪《きんぱつ》を梳《す》かせながら、ミレーユは遥《はる》か遠くを見つめた。「もうじきよ」

「……え?」バーバラは瞬《まばた》きをした。「何が?」

ミレーユは欠点のない横顔を見せたまま、ひとりごとのように言った。「もうじき、みんな思いだすわ。あなたも、それにハッサンも……イザには、まだまだ時間が必要なようだけれど」

「……それ、どういうこと」バーバラは顔をしかめた。「ミレーユ、いったい何を知っているの?」

振り向くミレーユの色の薄い瞳に、バーバラの緊張顔《きんちょうがお》が映って揺れた……。と。

「ひぇええええい、ごめん、ごめんったらあ!」

ハッサンが全速力で駆《か》けてくる。ぴょんぴょん跳《は》ねながら追いかけてくるのは、切り株の冠《かんむり》をかぶった子供のようなやつだ。先が紫《むらさき》色に光る杖を鞭《むち》のように振るっては、ハッサンの背中をぴしりとぶつ。とがった耳まで真っ赤にしてむくれているのは、どうもカンカンに怒《おこ》っているらしい。

魔法のランプみたいなものがヘラヘラ笑いながら、物見高く、いくつも飛んでついて来る。

「ヘルボックルに、エビルポット」ミレーユは呆《あき》れたようにつぶやいた。「いったい、何をしたのハッサン?」

「ちょこーっとそこらの枝を折ったんだよ。ツマようじが欲しかったもんだからあ!」ハッサンは叫んだ。「それが、こいつの好きな子の、今年一番に芽《め》ぶいたところの枝だったみたいなんだ」

「それじゃあ、ちょっとぐらい仕返しされてもしょうがないわね」微笑《ほほえ》んだミレーユが、ふと真顔になって立ち上がった。「……誰!?」

「人間臭《くさ》いので来てみれば」不気味な声が発せられると、あたりの空気が一気に寒くなる。地面に伸びた樹木《じゅもく》の影の中に、意地悪そうな笑いを浮かべた目と口が現れ、みるみるうちに伸び上がり、立体化し、邪悪《じゃあく》な魔物の輪郭《りんかく》をなす。「なんとうまそうな娘《むすめ》たちではないか。おまけに、見覚えのあるその額環《サークレット》。おぬし、生意気にも魔法使いギルドの一員だな」

「妖術士《ようじゅつし》」ミレーユは目を細めた。「邪法に呑まれ、闇《やみ》に寝返《ねがえ》った卑劣《ひれつ》な裏切者」

「ほほほ、美人に罵《ののし》られるのは快感だのう」魔物はニヤニヤ笑いながら、三日月型の刃のついた不気味な杖をくるくる回し、トンと勢いづけて地面を打った。見る間にあちこちぼこぼこと乾《かわ》いた土くれが盛り上がり、白骨化した手が、脚が、頭が出る。死んでなお戦いから逃《のが》れることのできない奴隷《どれい》兵士たちだ。腐《くさ》ったぼろを着込んだ骸骨《がいこつ》にいきなり背後からギュウと抱きすくめられて、バーバラが甲高《かんだか》い悲鳴をあげる。

「さて、後輩のお嬢《じょう》さん、どんな戦いぶりを見せてくれるかな?」

イザは小岩の上で、額《ひたい》や頭皮に冷《ひ》や汗《あせ》を滲《にじ》ませ、ごまかし笑いを浮かべたまま、かちんこちんに硬直《こうちょく》していた。地図に夢中《むちゅう》になっているうちに、大量のケダモン——あのファーラットのみかん色ヴァージョン——にぐるりを囲まれてしまっていたのである。

もぞもぞぞ、もぞ。次々に増殖《ぞうしょく》するケダモンに押されて、小岩に近い側のケダモンがぎゅうぎゅう詰《づ》めに潰《つぶ》される。限界まで潰れると、時おりスポンと空に飛ぶ。もぞぞ、もぞぞぞぞ、もぞ。むくむくふわふわのオレンジ絨毯《じゅうたん》、瞬《まばた》きひとつせず、じーっと見つめてくる多数の黒い瞳。

「……よ、よそうよ。よそうよ……ねっ？」両手をなだめるように押しやりながら、イザは言った。「こんだけ混んじゃってたら、きみたちだって、得意のでんぐり返し、できないだろ。今日は喧《けん》嘩《か》って天気じゃないし」

スポンと飛び上がった何匹かが、ころんころんころん、ころんころんころん。仲間の頭の上を転がりながら、体当たりをしかけてくる！

「わ！」あやういところで避けながら、イザは顔をしかめた。「……頼むよ、きみたちをいじめると、自分がひどい卑劣漢《ひれっかん》になったような気がするんだ」

……そのときだ。

一行の周囲を、びゅう！　一陣《いちじん》の風が吹き抜けた。

風は、怒りに我を忘れたヘルボックルの枝を高々と吹き飛ばし、にやつく妖術士の衣装を頭までめくりあげ、奴隷兵士らの肋骨《ろっこつ》をガタガタ鳴らし、ケダモンたちのふわふわの毛並みをそっと優しく掻き分けた。

ひゅひゅひゅひゅひゅ、ひゅん！　大地に降りたった竜巻の、ぐるぐる回る木の葉や砂の渦《うず》が徐々《じょじょ》に収まると黄色い衣が見える。風がやみ、渦が消えると、そこには華奢《きゃしゃ》で小柄ながらだつきながら、油断ならない眼光を持ったあの少年が立っている。長柄に繋《つな》がった鎖《くさり》の先に棘《とげ》だらけの鉄球をつけた恐ろしげな武器を、もう一度だけブンと頭上で旋回《せんかい》させると、肘と脇《わき》の間に挟《はさ》んで押さえ、全身隙《すき》なく身構える。

「こら、魔物ども！」声変わり前の細い声が、凛々《りり》しい気迫《きはく》で叱《しか》りつけた。「聖なる山を汚《けが》すやつは、このチャモロが許さないぞ！」

ヘルボックルは泡《あわ》を食って走りさり、ケダモンたちはぴいぴい鳴きながら逃げ出した。

「くそ、ゲントの小僧め……！」妖術士は青ざめながら、大急ぎでバイキルトを唱《とな》える。奴隷兵士たちが、怨《うら》みがましげに手をぶらぶらさせながら、のたのた歩いて迫ってくる。エビルポットは興奮してシュウシュウ盛んに蒸気を吐き、ヒートギズモを呼びつけた。

「ふうん、やる気なんだね」チャモロと名乗った少年は、邪気の微塵《みじん》もない顔でニコッと笑うと、すーっ、はーっ、と息を整えた。「それじゃあ、ぼくも遠慮なく行くぞ。……いやぁーっ！　……たっ！とお！」

鎖が宙を切る、鉄球が唸る！　はやい、はやい、はやい！　まるで黄色い旋風《せんぷう》だ。突きが、チョップが、飛び膝蹴《ひざげ》りが、次々に面白いように決まる！

「……すげ……」ハッサンが呆《あき》れたようにつぶやいた時には、敵はすでにみな、バタバタとそこらじゅうに倒《たお》れ伏してしまっている。最後に残されたエビルポットが「……ちょーっ！」気合い一閃《いっせん》ひらめいた黒樫《くろかし》の柄《え》に思いきりひっぱたかれて、ちーん、といい音で鳴ったのが、ちょうど終了合図のよう。

すーっ……。少年は息を吸いながら、武器をぴたりと脇《わき》につけ、脚《あし》を肩幅に開いてまっすぐに立ち。はーっ……。息を吐きながら、両手を胸の前で祈るように合わせ、完全に静止した。

静寂《せいじゃく》。

……と。

ぱちぱちぱちぱち！　バーバラが夢中で拍手《はくしゅ》する。

残り三人も進みでた。

「失礼しました」照れて真っ赤になりながら、黄色い衣装の少年が会釈《えしゃく》をした。「遠いところをようこそ。村はすぐそこです。どうぞこちらにおいでください！」

炉穴《ろあな》にかけられた鋳鉄《ちゅうてつ》の鍋《なべ》がごとごと盛《さか》んに沸騰《ふっとう》している。ゲントの家には窓というものがない。煮焚《にた》きの火あかりにうっすらと照らしだされる粘土質《ねんどしつ》の壁には、角のある犬、蜘蛛《くも》を顔に張りつけた女、蛇《へび》を咥《くわ》えた鷹《たか》、といった意味ありげな絵画が多数見分けられた。

この充分《じゅうぶん》とはいえないあかりの中で、しばらくレイドック王の書状に見入っていた長老が、身じろぎをし、口を開いた。

「偉大《いだい》なる祖先メセナの霊魂《れいこん》に代わり、旅人に遠来の苦労の詫《わ》びを申し上げる」

骨ばった指が羊皮紙《ようひし》をくるくると巻き直したかとおもうと、サッと炉にくべてしまった。

「セ・ホポタルカスすなわち神の船は、始源の神アングイオーが、その右足をはじめて大地に置いた時、跳《は》ね上がった泥《どろ》からできたもの。清めの大洪水《だいこうずい》が再びこの世を覆《おお》う時、我等はこれに乗って新たな地平を捜しに行くことになっている。たとえレイドック陛下のおたのみでも、ゲントでもないそなたらに、おいそれとお貸しするわけにはいかぬ。……そうさの。せめてもの慰《なぐさ》めに」

長老が傍《かたわ》らに合図をすると、侍従《じじゅう》が、なにやらそうとうに重そうなひとふりの剣をそばからとりあげ、捧げて畏《かしこ》まった。

「これをお持ちになるがよい」長老はイザに言った。「破邪《はじゃ》の剣《つるぎ》じゃ。魔物退治の役にたつはずじゃ」

「……ありがとうございます」イザがおそるおそる受け取ってみると、剣は軽い。ヒョイと片手につかむのを見て、侍従がみるみる目を丸くした。どうやら、イザにとってだけ軽いものらしい。ためしにわずかに鞘《さや》をずらしてみると、刀身はまるで、磨《みが》きたてのように輝いた。「素晴らしい剣です。でも」

半闇の中で、イザは、仲間たちに目を走らせた。

「困ったね。どうしよう?」

「え? ひょっとして、さっきのって……俺たち、断られたわけ?」ハッサンが小声で訊ねた。

「そうだよ」

「……ちぇーっ、なんだいそれ、無駄足《むだあし》かよ!」

「この世が魔王の手に落ちたなら」ミレーユが静かに長老に言った。「予言された大洪水が起こるよりも前に、ご一族が滅《ほろ》びてしまうかもしれませんよ?」

「蒔《ま》いて芽《め》ぶかぬ花もある」長老は、色鮮《あざ》やかないれずみを何本も引いた顔をニコリともさせない。

「十のうち九が盗《ぬす》まれ食べられても、鳥は卵を生み続ける」

「やっぱこの際、王子さまのふりしとけば良かったんだよ」バーバラが鼻に皺《しわ》を寄せた。「そしたらご親戚筋《しんせきすじ》ってことで、貸してもらえたかもしんないのにっ！」

「いまさらしょうがないだろ？　別の手を考えようぜ」イザは手をついて腰をあげた。「長老さま、お邪魔しました」

バーバラがふくれながら、ミレーユが目を伏せて、無言のまま頭をさげた。が。

「がーっ！　いて、いててて」ハッサンは両手を土間につっぱってあぶら汗《あせ》を流している。「だ、だめ。待って。俺、立てない……足が痺《しび》れた……」

三人が呆《あき》れて手助けをしようとした、そのときだ。

「おじいさま」出入り口のとばりが一瞬ヒラッと揺れたかと思うと、あの黄色い服の少年が傍《かたわ》らに、片手を床につき片手を腰にあてた格好で深々と頭を下げ畏《かしこ》まっていた。「ぼくからお願いいたします。このかたがたに、どうか神の船をお貸しください」

「チャモロ」長老の痩《や》せ乾いてミイラのような顔に、はじめて感情らしきものが動いた。「なにを言う」

「森で瞑想《めいそう》している時、神の声を聞きました。このかたがたと共に進め、と。……それに、このかたがたが我等がゲントの領域に入ってきた時、祖先の霊《れい》がなんら邪魔をしないばかりか、歓迎《かんげい》し、応援《おうえん》しているのを感じました」チャモロが顔をあげると、両目のレンズが炉床《ろしょう》の炎を映してキラッと光った。「もしも、このかたがたが、意志にかなわぬものであるならば、神の船はけして動きますまい。我等が久しく待ち望みし伝説の勇者であるのならば、いかなる犠牲《ぎせい》を払ってでもお助けしなければなりますまい」

「……よくぞ申した」長老は重々しくうなずいた。「近頃日増しに山が騒ぐ。鳥も獣《けもの》も花も虫も、みな生き急いで哀《あわ》れなほど。これすべて、いよいよ時が至らんとするしるしであるとするならば……船もまた、動くか」

「はい。そう思います」チャモロは改めて両手をつくと、頭を下げた。「なにとぞ我等に、お許《ゆる》しを……！」

長老はひとつうなずくと、天地も揺らぐような声で言った。

「ゆけ」と。

一行は集落の奥《おく》の森に案内された。ひときわ小高くもりあがった丘の頂上付近に、赤く塗《ぬ》った丸木を組み合わせて作った簡素な門のようなものがあり、周囲一帯に生い茂った針葉樹に白一色の紐《ひも》と布がかけめぐらされてある。

「神域です」赤い門の手前で軽く合掌《がっしょう》して立ったチャモロが、イザたちを振り向いた。「邪念や悪《あっ》鬼《き》を背負ってると、ここを潜《くぐ》ることはできません。通ろうとしたとたんに、雷《かみなり》にうたれて黒コゲになってしまうそうです」

「じゃねん？　わー、それ、俺ヤバイかもしれない……じゃあねーン、ばいびー♡　なんつって去ってったりして……」ハッサンはウケないジョークを飛ばしたが、誰も返事をしてくれないので、いじけて地面にのの字を書いた。

「お先に参ります」

チャモロはなにげない足取りで、赤い門を潜ってしまう。

イザはごくりと唾《つば》を飲んだ。

まず、門の中に、そーっと指を出してみる。かすかにぴりっとしたようだが、引き抜いた指はなんともなっていない。イザは仲間たちを振り向いて大きく息を吸うと、目をつぶり、水にでも飛び込むようにして突き抜けた。

「……ふう！」だいじょうぶのようだ。「……なーんだ。平気だぜ。なんでもない。みんな来いよ！」

ミレーユはいつもながら落ち着いて堂々と、バーバラは空元気《からげんき》で口笛を吹き陽気なステップを踏みながら、門を抜けた。

「おい、ちょ、ちょっと待ってよ！」ハッサンは困って焦《あせ》って両手を握りしめたが「……えーい、どーせ、なるようになるさ、いてまえー！」『ラーの鏡』を背中にくくりつけたまま、突進した。

赤い門を潜っても、事物には変わりはなかった。景色にほとんど変化はなかった。だが、目が……感覚が……より繊細《せんさい》に鋭敏《えいびん》になり、同じ空や木を見つめても、より深く、より鮮やかに、見つめることを許してくれるようになるのだ。

ハッサンは目を見張った。夏の森、山の森、松と杉と樅《もみ》の大木が神殿《しんでん》の柱のように立ち並んだ聖なる森。苔《こけ》むした地面に金色の光が躍《おど》り、さまざまないのちと霊の気配がむせかえるほど満ちあふれている。名も知らぬ花のつぼみのかすかな薔薇《ばら》色、そよ風にきらりきらりとひるがえる一枚の若葉のその形の完璧《かんぺき》さ、遠くかげろう立つ峰《みね》の冠雪《かんせつ》のあまりの清さ。そのいとおしさ、尊さ、素晴らしさ。ハッサンは感激のあまり喉が詰まり、目が潤《うる》むのを感じた。

そして……そういった天然のめぐみの真っ只中に、船がひっそりと埋《う》もれかけているのだった。それは一見、ただのとてつもなく巨《おお》きな石だ。ほんの少し、船に似たかたちの。蔦草《つたくさ》や枯《か》れ葉《は》を幾《いく》重《え》にもまとい、土に半ば沈みこみ、小鳥や小動物を大量に養い、帆布《ほふ》がわりに何万という蜘蛛《くも》の巣を虹色《にじいろ》にきらめかせている……なるほどそれは、神話時代の遺物《いぶつ》らしく見えた。地上のありとあらゆる場所が何十日も続いた嵐《あらし》と洪水に徹底的に押し流された時にも、神の御心《みこころ》にかなう少数の立派なひとびとだけを運び、無事、守りきったものであるといわれれば、信じてしまいそうなほど。

「……おお……」いわく言いがたい畏怖《いふ》の念に打たれ、ハッサンは、思わず地面に膝をついた。

イザもミレーユもバーバラも、ただただ無言で見蕩《みと》れている。

「どうやら、みなさん船をご覧《らん》になったようですね。船自身が招こうとせぬかたの目には、これは、ただのつまらない石にしか見えないと言われているのです」にっこり笑うと、チャモロは石船のへさき部分に軽く片手をかけ、まるで体重などないもののように身軽に甲板《かんぱん》に飛び乗った。

ああっ、そんな乱暴な扱い方をしちゃいけない！　と、ハッサンは思わず両手で目を覆った。が、船はまるでびくともしない。

「さあ」手をさしのべながら、チャモロは言った。「どうぞ。お乗りください」

イザはみなを見回し、行くぞ、とひとつうなずいた。

真っ黒に古び、雨焼けした船縁《ふなべり》にそっと足をかけると、そばの穴から、どんぐりをかかえた栗鼠《りす》が一匹、大慌《おおあわ》てで走りだし逃げていった。チャモロの小さな掌《てのひら》を頼みの綱《つな》にして、イザはからだをもちあげた。その瞬間、ぐらりと船が揺れたような気がした。飛沫《しぶき》と潮の香が、波のうねりが、カモメやアジサシやウミネコの声が、遮《さえぎ》るものとてなくカッと照りつける陽光が、感じられた。

草木は船体にかたく巻きつけていた蔓《つる》をするすると解きはじめ、茸《きのこ》は傘《かさ》を開いて飛んでゆく。覆い被さって邪魔になりそうな樹はからだをねじまげて場所を開けた。何百年何千年かけて降り積もった木の葉がみないっせいに浮き上がり、色とりどりのかけらになって、ちりぢりに散開する。船はいまや不可思議な光の衣をまとい、そっと宙に浮かび上がるところだ。

ハッサンは腰をかがめてバーバラのジャンプ台になってやり、ミレーユを軽々投げこんでから、船から降ろしてもらったロープにつかまってついに乗船した。

ゆっくりと、しずしずと、船は空に上昇した。長年の繋留《けいりゅう》期間にまとってしまった余分な垢《あか》を、すべてほろほろ落としながら。すっくと立った帆柱《ほばしら》は黄金、純白の麻の主帆が向かい風を巧《たく》みに孕《はら》んでぱんと張る。へさき飾りは七つの珠《たま》を冠に戴いた美しい乙女像《おとめぞう》。みごとにつややかな黒樫《くろかし》の舵輪《だりん》は、あやつるものもいないまま、右に左に回転する。充分《じゅうぶん》に浮かび上がると、船は自然に回頭し、ゆるゆると空を滑りだした。

集落の上を過ぎる時、ゲントのひとびとが総出で見上げているのが見えた。巨大な船の影法師《かげぼうし》が、家や田畑やひとびとを撫《な》でて通る。

何本もの線を塗りたてた厳しい顔の長老の脇《わき》に、心配そうに唇を結んでいる三つ編みの婦人がいた。チャモロの母親なんじゃないだろうか、とイザは思った。

「行ってまいります」艫《とも》のてすりにつかまって故郷を一望見下ろしながら、チャモロはつぶやき、祈りの仕種をした。「おじいさま、ご先祖さま、ゲントの神さま……我らにどうぞ、武運を！……！」

丘を越え、森をいくつも過ぎてゆくうちに、ゆるやかに蛇行《だこう》する澄《す》んだ川が見えはじめた。ゲント川だ。

わずかにへさきを下げたかと思うと、船はぐいぐいと力強く宙を掻《か》いて降下し、やがて水面に達した。着水は羽根のように軽やかで五人には何の衝撃も感じられなかったが、目に見えぬ力場にでも触れたのだろうか、高々と水柱がたち、波飛沫《なみしぶき》があがった。やがてその騒ぎも落ち着く。白く長く水尾《みお》を引いて船は一気に南に向かい、その日のうちに海に達した。

大海原《おおうなばら》に日が沈み、レモン色の月が昇った。星のまたたく空の下、バーバラはひとり甲板に立って、しょっぱい風に赤い束《たば》ね髪をなびかせた。あのなにかが……思いださなければならないことが、もうそこまで、ちょっと手を伸ばせば届くところまで来ている。そんな気がしてならなくて、じっと横になってはいられなかったのだ。

　手すりにもたれ、波のざわめきに耳をすましていると、どこか、遠い遠い懐《なつ》かしい国の思い出が蘇《よみが》える。海は近いんだわ、とバーバラは思った。あたしに近い。たとえば、ほんのすぐそこから遥か水平線の彼方《かなた》まで金色にきらめきながら連なった三角波は、まるで、みごとなウロコみたいだし……。

「……！　……」

　バーバラはカッと目を見開いた。謎《なぞ》は解けた。答えはしごくはじめから鼻先にぶらさがっていたのだ。あのとき『ラーの鏡』にうつった姿、あれはけして目の錯覚《さっかく》ではなかったのだ。

　急ぎ足に割り当てられた船室に戻り、寝床に潜《もぐ》りこんで毛布をかぶった。からだの震えはなかなか治《おさま》らなかった。眠りはなかなか訪れなかった。バーバラは怖《こわ》かった。たまらなく泣きたくなった。拳《こぶし》をあてがって声を殺し、涙のあふれるに任せる。熱い熱い涙が頬と手を濡《ぬ》らした。いつしか、バーバラは、寂《さび》しく飢《う》えた赤ん坊のように自分の右手の親指を吸いながら、小さく小さくからだを丸めて、眠りの底に落ちていった。

　船室の扉の外に難《むずか》しい顔をしてじっと佇《たたず》んでいたミレーユは、ちいさな遠慮がちな寝息《ねいき》を聞き分けると、薄い唇をかすかにホッとなごませて踵《きびす》を返した。


　翌朝、島が見えた。五人は甲板に立って魔王の牙城《がじょう》を遠望した。

「到着まで、あとザッと半日ってとこだな」配られたハムの塊《かたまり》をナイフで切り分けて口に運びながら、ハッサンが目をすがめる。「いよいよかー。腕が鳴るぜ」

「そういえば、おまえ、こんどはちっとも船酔《ふなよ》いしないね」と、イザ。「船がいいせいかな」

「ほんとだ。……いやー、ありがてぇ。世の中の船ってー船がみんな、このくらい揺れないでくれりゃあいいんだがなぁ」

船は巧みに潮目や岩礁《がんしょう》や浅瀬《あさせ》を避けながら島に近づき、やがて、満ち潮に導かれるようにして、静かに砂浜に乗り上げた。すぐ傍《かたわ》らに、古びてオンボロになった別の船が打ち捨てられ、半ば崩《くず》れて波に洗われている。

「なんだ、ありゃあ」先に浜に降りたチャモロとミレーユに、『ラーの鏡』を吊《つ》り下げて渡しながら、ハッサンは不機嫌そうに低く唸《うな》った。「おもしろくねぇな。誰かに先回りされちまってるっていうのは」

「でも、ずっと昔のものみたいですよ」と、チャモロ。

イザは波打ち際《ぎわ》であたりの様子をうかがっていたが、ふと、流されて近づいてきたボロ船の破片《はへん》に目を落とした。はがれかけた塗装《とそう》を横切った流れるような模様は、飾り文字なのではないだろうか。暁《あかつき》の星イズュラーヒンの綴《つづ》りの一部のように見えるのは、気のせいか。

鏡に続いてハッサンが上陸する。

「行きましょう」チャモロが船に、声をかけた。「バーバラさん？ どうかしましたか？」

「ごめん」バーバラは甲板の手すりから腕をぶらぶらさせながら、あたりまえのように言った。「あたし、ここに残る」

「うぉえ?」ハッサンは顎をだらりと落とした。「なんでまた?　せっかくここまで来たのによ。ひょっとして、腹でもこわしたのか?」

「女の子には、いろいろあるの」ミレーユはハッサンの耳を摘《つま》んでひっぱった。「それにこれは、ゲントのひとたちの大切な船よ。何かあったらいけないじゃない。誰か残っていたほうがいいかもしれない」

「ててて、けど姐《あね》さん、ひとり留守番《るすばん》させるなんてかえって心配」

「だいじょぶ」バーバラは、見るものの胸が痛くなるような根っから純真《じゅんしん》な笑い顔をしてみせた。

「でも、ありがと、ハッサン」

島内部への唯一《ゆいいつ》のルートは、熱風渦巻き溶岩《ようがん》たぎる魔物だらけの洞窟《どうくつ》だ。吹きだす有毒ガスや蒸気、ごうと唸りをあげて突然燃え上がる炎、飛び交う火の玉、どろどろに溶《と》けて流れるマグマの川……どんな屈強《くっきょう》な戦士の体力をも奪《うば》い、判断力を鈍《にぶ》らせる焦熱地獄《しょうねつじごく》を我がもの顔にあるきまわるのは、バットマジックにレッサーデーモン、ザキを唱えるマッドロンなど。躍る宝石やダークホビットも、チラホラ棲息《せいそく》しているらしい。魔法を使いたがらない魔法使いのミレーユが、ここに至ってついに『イオ』なる強力な呪文を披露《ひろう》したのが、つまりはそれだけ苦労させられたなによりの証拠《しょうこ》だった。イザもハッサンもいくさ慣れして格段に力をあげてはいたが、ひとりで並みの傭兵《ようへい》一部隊分以上の働きをしてくれるゲントのチャモロがもしいなければ、疾風《しっぷう》のごとく切りつけてくる抜けがら兵たちにさえ、足留めさせてしまうところだったかもしれない。

怪物の腹の中のような洞窟をさまようこと半日、さしもの彼らもへとへとに疲れたころ、岩そのものが溶けて弛んで掛け布のように垂れ下がった場所が見つかった。潜《くぐ》り抜《ぬ》けてみると、外だった。森だ。

暮れかかる空の下、灼熱《しゃくねつ》の洞窟からたったいま出てきた身には、あたりの大気は肌寒《はだざむ》いほど涼《すず》しく、すがすがしく、清らかに澄んでいる。魔物の気配もしないようだ。

「不思議です」チャモロは頭を回し、周囲の岩や樹木に触《ふ》れた。「ここはなにかに強く守られています。……もともとこの島の神さまの、祠のような場所だったのではないでしょうか。この一帯に、聖なる力を感じます」

「休みましょう」ミレーユは腰の荷をほどき、上着を脱いだ。「軽く食事をして……できれば、少し眠るといいわ」

虫の音すだく闇底《やみぞこ》に、ちいさな焚《た》き火《び》が輝《かがや》いている。

イザは眠《ねむ》っていた。横向きにからだを伸ばし、右手を枕《まくら》に頬杖《ほおづえ》をついて、炎《ほのお》の色がちろちろとまぶたを焼き、ぬくもりが頬をあたためる。

唸《うな》る。苦しげに眉をしかめ、何かから逃げようとするかのようにさかんに頭を振る……そのうちに、肘がガクリとずれる。イザはアッと叫んで目を開けた。

「うなされていたようね」ミレーユが言う。「そんなに怖《こわ》い夢だった？」

その姿が、歪《ゆが》んでぼんやりしたり、はっきりしたりする。

イザはしばらく茫然《ぼうぜん》としていたかと思うと、いきなり、ブルッと震えた。

「……ミレーユ」イザは呻《うめ》いた。「……これ、知ってる。これ、覚えてる……思いだした。こんなこと、確か前にもなかったか？」

「夢ならいいわ」ミレーユは枯れ枝の先で焚き火を塩梅《あんばい》しながら、なにくわぬしゃがれ声で囁《ささや》き続ける。「夢なら、目覚めれば消える。逃げることができる……けれど、夢が現実と同じ重さを持った時、現実もまた、消えることのない悪夢になる……」

「ミレーユ！」

「誰か来るようです」

焚き火の向こうにいたチャモロがサッと武器を取って身構えたとたん、木立が大きく揺れ、ハッサンがトンボを切って戻ってきた。

「よう。やっぱ間違いねぇぜ。そこの絶壁の下が、魔王ムドーの居城だ……しかし」串《くし》に刺《さ》して火に翳《かざ》してあった肉を取ろうとして、手を止める。「妙なんだよ。なんだかさっきっから、俺《おれ》、ずうっと前に一度やらかしたことを、そっくり同じになぞってるような気がしてならねぇ」

「俺もだ」イザはミレーユを睨《にら》みながら、肩で息をした。「な、いったいどういうことなんだよ？　薄気味悪いぜ……」

「時はらせん。星はめぐり、夜は蘇《よみがえ》る……もしも……もしも、今度もまた、失敗だったとしても」ミレーユは人形のように整った貌《かお》の中で、銀青色をした二つの瞳が炎を映して真っ赤になる。「わたしはけして諦《あきら》めないわ。何度でも来る。何度でもここからやりなおす。たとえ何度倒れても、骨になっても、立ち上がってみせる……！」

ぱしっ！　焚き火の中で何かが割れて高く鋭い音をたてる。

「そう……ここはそういう場所ですね。因果《いんが》の糸車がまわりはじめる場所……もつれたら解《ほど》いて、やり直すための場所」

チャモロは合わせた両袖に手を隠した格好でうなずき、イザとハッサンはあっけにとられた顔をぱちくり見合わせた。

「……姐《あね》……さんに、チャモさんよ、そりゃあなんの話なんだ？」

「はっきり応えてくれよ、ミレーユ！」

苦しげな表情をふたりに向けたミレーユは、かぶりを振った。「……いまにわかるわ」

「……ま～たそれかい！」ハッサンはやれやれと首を回した。「だったら、ねぇ。もう、こんなとこで油売ってんのやめましょうや。とっとと行って、とっとと魔王に会って、スッキリさわやかに勝っちまいましょうぜ！」

四人は手早く荷物をまとめ、焚き火の始末をした。それから、森の中の道をたどって行き、断崖絶壁の突端に出る。

黒雲荒《あ》れ狂《くる》う夜中の空をひびわれのように稲妻が走ると、崖のずっと下方に魔王の城の輪郭《りんかく》が浮かび上がった。くぐもる雷鳴も、叩きつける風も、あたりに充満《じゅうまん》した災厄《さいやく》の匂《にお》いも、俺は知っている、以前にもこれと同じものを味わったことがあるはずだ、とイザは思う。

確信はミレーユが懐《ふところ》をまさぐった時にどきりという心臓のひと打ちとともにさらに高まった。あれは笛だ、とイザは考えた。見てろ、ミレーユは鳥の形をした陶器製《とうきせい》の笛を取り出すから。そして、彼女がそれを吹き鳴らすと……。

あの旋律《せんりつ》が、高く澄んでいながら、どこかしら物悲しいその音色がして。

イザの目は大空に捜すべきものを知っていた。こころはなにが起こるのかを既《すで》に充分に知っていた。遠くの星がひとつきらめいてみるみるうちに落ちてくるよう。たくましき翼をばさりばさりとはばたきながら舞い降りてくるのは、黄金色の偉大な生き物だ。そうに違いないとわかっていても、目にすればやはりすごい光景だ。その力強さに、見上げるほど巨大でありながらもいとも優雅であるさまに、イザは圧倒され、心を奪われる。竜とは、なんと妖しく、気高く、不思議に素晴らしい生き物なのだろう……！

それは崖に降り立ち、そっとうずくまる。黒曜石《こくようせき》の瞳と視線が交わった瞬間、イザはいきなり、それまで思いもよらなかったことを、閃光《せんこう》のように理解した。

……バーバラ……!

竜はゆっくりと瞬きをすると、目をそらし、さぁ早く乗れとばかりにひと声吠えた。

四人は見上げるような大理石の門を閉ざす邪悪な呪文を力ずくで破り、魔王の城に侵入した。それは壮大にして複雑な砦城《とりで》。よほど大柄な魔物にあわせたか、柱も扉もむやみに大きく、天井はとめどもなく高く廊下は幅広い。

茫漠《ぼうばく》と果てしもない広間の紅白二色に交互に張られた床板は、イザにまたもや、確かに見覚えがある、という感覚をもたらした。寡黙《かもく》な大羊ラリホーンにうっかりくらった催眠《さいみん》呪文を打ち消しきれていないのか、ぼうっと霞《かす》んだ夢見ごこちの頭でまさぐりつづけずにいられないのは、失われた時。触れたと思ったとたんにあわあわと解けて消えてしまう雪のひとひらのような、もどかしくももはや遠すぎる記憶《きおく》。

デビルアーマーにホイミスライム、目にもとまらぬはやぶさ斬《ぎ》りを次々繰り出してくるカメレオンマン。出現する魔物たちを半ば無意識に切り払いながら、イザは回答を出そうとしていた。長らく、そこにあることを知りながら、触れずにおいた疑問《ぎもん》の数々に。

すべて嘘ではない。錯覚《さっかく》ではない。自分は確かに以前、ここに来たことがある。それも、ミレーユと、ハッサンと一緒に。バーバラであるあの黄金竜の力を借りて、だ。それがいつで、そこに至るまでにどんな事情があったかは、まだ、ぼんやりした雲の向こうのようでわからない。だが、なぜ来たか、なにをしに来たかだけは、もうはっきりと知っていた。

魔王ムドーを倒すため。

そのために、未来も生命も、恐怖《きょうふ》や躊躇《とまど》いも捨てて、俺は来た。来て……そして……あのときはあっけなく負けたのだ……！

慙愧《ざんき》と羞恥《しゅうち》と悔しさが、熱い水のようなものになってつまさきから頭まで駆け抜け、イザはカッと赤面した。「いやぁああああっ！」長持《ながもち》に擬態《ぎたい》していた人喰《ひとく》い箱を、一刀轟然《ごうぜん》——天地も星も月もともに裂けよとばかりに両断にして、はあはあ苦しく肩を上下させる息はそれでもまだ治まらない。

……負けた……俺は負けた……負けた……負けたんだ！

頬や耳をジンジンさせるほどの熱が急な引き潮になって去ったかと思うと、今度はぞくぞくと寒気が這《は》い上がってきた。鈍いのこぎり刃でえぐられたような挫折《ざせつ》の痕跡《こんせき》は、具体的な記憶《きおく》を一切持たぬまま、確かにイザの中に留《とど》まっていた。怖かった。哀《かな》しかった。もうだめだと、これでおしまいと思った。暗黒に意識が飲み込まれるその瞬間の、ぽっかりと空虚《くうきょ》な穴に放り出されてどこまでもどこまでも落ちてゆくような墜落《ついらく》感……身も世もなく、なすすべもなく、一切合財《いっさいがっさい》どうしようもなかった、あの矮小《わいしょう》で無力な自分。

どうしてこんな大きなものを忘れていることができたのだろう？

あるいは……あまりに大きすぎるから、とてものことに持ちきれないから、辛い記憶は封じ込めて自分をごまかしていたんだろうか？ 俺は、そんな、弱っちいやつだったんだろうか？

行く手を遮《さえぎ》る怪物たちを薙《な》ぎ払い、振りかかる呪文や魔力を避けまた打ちかえし、奥へ奥へと進むうちに、彼らは立派な薔薇《ばら》色の絨緞《じゅうたん》を敷《し》き渡した大階段のある部屋に達した。その階段の下のあたりに誰かがいた……何かがあった。灰色のきめの粗い石でできた彫像《ちょうぞう》のようなものだ。大柄で精悍《せいかん》なからだつき、いかつく張った顎、ちょっとつきだし気味の耳、そして、馬のたてがみめかして剃《そ》りあげた頭。

「な、なんてこった！」ハッサンの叫びに、イザはいきなり現実に引き戻された。「こいつは……オレじゃねぇか！」

駆けよるハッサンの全身の周囲にキラキラと細かな星屑《ほしくず》のようなものがまといつき、おずおずと伸ばして触れた指の先から、ドッと流れこむようにして石像《せきぞう》に伝播《でんぱ》する。人間の耳に聞こえない歌を歌いながら虹《にじ》の七色にきらめく数多《あまた》の微細《びさい》な星が飛び交うにつれ、像のハッサンの石の肌がみるみる元の色を取り戻す。まるで保護のために被せておいた薄い殻《から》をシュッシュと擦《こす》ってこそげおとしたような具合に……青ざめて乾いた肌がそっと潤い血を通わせ、うつろに見開いたままだった二つの黒い瞳に生命のほむらが匂いたつ。

「なんだ……なんだ、どうなるんだ？ おい」ハッサンは石だったハッサンの腕に両手をかけて揺すりたてる。「しっかりしろよ……何か言ってみろ、おまえ……俺……ああっ！」

変化は急激に、一瞬のうちに起こった。星屑が消え、互いにそっくりなハッサンがびっくりしたように見つめ合ったかと見えた……そのとたん、ふたりの全身がグラリと歪《ゆが》み、揺らいだのだ。夏の日の揺らめくかげろうのその中にでも立ったかのように。そして、その揺れと歪みが戻った時、そこに立っていたのはたったひとり。

「……思いだした……」自分自身と一体化を果たしたハッサンは、はじめうつろに、それから大声で叫ぶように、言った。「思いだした！　俺は、いま、なにもかも、思いだしたぞ！」

どっとあふれだす涙を、グイグイと拳でなすりとりながら、ハッサンはどこでもないどこかを見て述懐《じゅっかい》した。

「すまねぇ……親父《おやじ》。許してくれ、おふくろ。あんたらの期待に応えられなくて……だがよ、おれは、サンマリーノなんてクソ田舎《いなか》で、ちょいと腕のいい大工と呼ばれて一生を終えたくなんかなかったんだ。そんなのは、我慢がならなかった。……ああ、いまならよくわかる。そんな俺の勝手でわがままな心は、からだが石くれにされちまった時、これ幸いとばかりに抜けだしたんだ。夢見てた旅の武闘家になりきって、いまのいままで忘れていたぜ、ほんとのほんものの自分ってやつをよ……」

ハッサンはガクリと首を折り、いやいやとばかりに頭を振ったかと思うと、真っ赤な瞳でイザを見た。

「けどよ、イザ、なんにも後悔《こうかい》はしてないぜ。こうしてからだを取り戻してみると、めきめき力が湧《わ》いてくる感じだぜ……！　これまでの俺は半端《はんぱ》なニセモノだったかもしれねぇ。けど、あれが、俺のなりたい俺だったんだ。俺は、そいつを、実際生きてきたんだからな！　もう一度、できないはずはないじゃないか。俺は、俺のなりたい俺をほんとの俺にするぞ！」

言うが早いかハッサンは、足を開き、腰を落とし、はァッ！　と凄《すさ》まじい気合いを発した。きょとんと目を見張るイザのすぐ背後で、いつの間にか忍《しの》びよってきていた二匹のバーニングブレスがグウの音《ね》もなく昏倒《こんとう》する。

「見たか！」ハッサンはにこにこ笑った。「これが、俺の、正拳突《せいけんづ》きよ！」

「あんまり早くて全然見えなかったよ」イザは進み出て、ハッサンの手を握り、肩を叩いた。「でも威力はわかった。すごいじゃないか。良かったな、ハッサン！　なんだか羨《うらや》ましい」

「イザ」ハッサンは顔をしかめた。「そうか。おまえはまだ……。そういや、おまえのからだは、いったいどこ行っちまったんだろう？　ここで、一緒に石になったはずなのに」

そのときだ。

「さよう、石にな。……ふふふ……わぁっははははは！」

柱や壁をぐらぐら揺さぶって不気味な笑い声が響いたのは。

「出たわね、ムドー」ミレーユがつぶやいた。「今度は、負けないわよ！」

「ふふふふふふ。そうかね？　しつこいことだ……もっとも、お前たちのような虫ケラが、何度やって来ようとも痛くも痒《かゆ》くもないがな」

ふと鼻がむずむずし喉がいがらっぽくなったかと思うと、どこからともなく、目にギラギラと刺さるようなピンク色の雲がただよいはじめている。

「……や、やべぇ！」と、ハッサンはあわてて口を押さえる。「これじゃあのときの二の舞《まい》だぜ」

「こら魔王！」チャモロが怒鳴る。「卑怯者《ひきょうもの》め、堂々と、ここに出てきて戦いなさい！」

「……昇るぞ」言うが早いか、イザはまずみずから、目の前の階段を駆け上がってみせた。「やっぱりだ。毒の雲は床に溜《た》まる。高いところへ、急げ！」

四人は大階段を上に向かった。昇りきったところに両開きの扉がある。勢いのまま駆けこめば、そこがまさしく玉座の間。奥まった壇上のギラギラに飾りたてた椅子の上に、のっぺりと重たげな影となってうずくまったもの。

「……おまえが、魔王ムドーか？」

イザは怪物《かいぶつ》にからだの左側面を向けて斜めに構えると、破邪《はじゃ》の剣《つるぎ》の握りを改めた。

「いかにも」

「ならば、ゆくぞ……でやぁぁぁぁぁっ！」

斜め下方に伸ばした手先で刃を風にしなわせて伏せ流し、下から思いきり突きあげるように叩きつけた！　というのに、微塵《みじん》の抵抗もない。思惑《おもわく》が狂って勢いがあまる。地面にもんどり打ちそうになるところを、くるりとうまくかわして逃げて、サッと向き直ってみれば、魔王の姿になんのかわりもない。

「何か、したかね？」影はクツクツと笑う。「ちょっとこそばゆかったようだが」

「……くそっ……！」

今度は剣を顔の横に立て、じ、じじ、とつまさき刻みに間合いをつめながら、瞳をこらして見据《みす》えれば、影はそのおぼろな輪郭の中でぶんぶんと振動し沸騰《ふっとう》しているようだ。たとえば、何万匹という蜂《はち》があつまって一見ひとつの雲をなすように。たとえばとるにたらない物《もの》の怪《け》が年経り力を得てやっと凝縮《ぎょうしゅく》し、かりそめの形をなしたもののように。

こんなものが斬《き》れるだろうか？　イザは冷《ひ》や汗《あせ》を感じた。どうせいまのように、斬っても斬っても手ごたえもなく、きりもないのでは。触れようとしても、捕まらないのでは。

夢見のしずくをかけてもらうまで『幻の大地』では半透明だった自分たちのように、魔王もまた、実体のないものなのでは……？　だとしたら。

そんなもの、いったいどうやって斬ればいいんだ？

そこへ。

「鏡を！」凛々《りり》しく叫ぶ、ミレーユの声が響く。

「おうっ！」ハッサンがたのもしく応える。

すばやく降ろされた『ラーの鏡』。銀面を覆ったぼろ布を、チャモロがサッとひき降ろす。

「な……なに……」魔王の影がじわじわと狂う。「ぬぬぬ、おまえら、いったい何を持ってきたのだ？」

鏡は揺らぎ、角度を探り、やがて玉座を捉《つか》まえた。その瞬間、ギラリ！　と神秘の光が満ちて、ムドーの実体を暴《あば》きだす！　そいつは黒くて石のようだ。レイドックの老王が変身させられていた醜《みにく》く滑稽《こっけい》な怪物を、炭にして固めたようなやつだ。

「……そうか。『ラーの鏡』か」黒い怪物は荒い息つぎの音を響かせながらぜいぜいと嗤《わら》った。「よろしい。それほどまでに私を倒したいというのなら、夢よりも遥かに恐ろしい現実というものを見せてやろう……いでよ、我がしもべたち！」

不気味な閃光《せんこう》が走ったかと思うと、玉座の左右に細身の魔物が畏《かしこ》まる。シャキーンと歯の浮く金属音も高らかに立ち上がり構えた姿を見れば、両手にそれぞれ三つ又のするどい刃を携《たずさ》えた怪物。切り裂きピエロだ。見るからに強そうだ！

「うおおおおぉぉぉ！」ハッサンがピエロの一体に走りよる。腰を落とし、正拳突きを食らわせようとしたその刹那《せつな》、するりと相手に逃げられて、逆に刃物ですばやく何度も切りつけられてしまう。

「あでっ……この野郎っ。俺さまの筋肉美を傷つけたなーっ！　許さんっ」

「ええい！　……はぁっ、とぉっ」チャモロは残るもう一体を鋭い連続蹴りで壁際に追い詰め、「ちょうっ！」鎖鉄球《くさりてっきゅう》をひと振りすれば、魔物の青い血しぶきが飛ぶ！

ハッサンとチャモロが目と目を見交わしあってニヤッとした、そのときだ。バタンとどこかで扉が開き、騒ぎを聞きつけた魔物たちが——デビルアーマーが、別の切り裂きピエロが——たちまちドヤドヤとやって来るではないか！

「小物に構ってないで！　魔王を、魔王ムドーを倒すのよ。……ええい、スクルト！」

ミレーユの額環《サークレット》がチカリと瞬く。が、どこからともなく出現し仲間たちを包みこもうとした魔法の光輪は、魔王ムドーの片手の無造作なひとふりであっというまに砕《くだ》けちる！　魔王はいきなりばさりとマントをひるがえしたかと思うと、くぼんだ両目を怪しく光らせる。ミレーユは、蛇《へび》ににらまれた兎《うさぎ》のように、その場にぴたりと硬直《こうちょく》してしまう。そこへ、魔王が燃え盛る火炎を吐いた！

「……き……きゃあ〜〜っ！」

「あぶないっ！」イザはミレーユを横抱きにさらって飛んだ。

すすまみれになり金髪を焦《こ》がされ、ぐったりと蒼白《そうはく》になりながらも、ミレーユは言った。「ムドーの、目を……目を避けて……目を見ては、だめ……動けなくなる」

「わかった」イザはミレーユを床にそっとおろし、魔王に向き直った。「くそっ。思いきり睨《にら》みつけてやりたいところだけど、まずいのか。……ならば」イザは衣の裾《すそ》をビッと裂くと顔に巻いた……きつく目隠しをするように。

「これならウッカリ目を合わせることもないぜ」イザは一瞬にっこりし、すぐにまた、拭ったように笑みを消した。

破邪の剣を高々と構え、気合いを凝《こ》らし、耳をすます。ハッサンとチャモロが、それぞれ懸命《けんめい》に戦っている気配がする。敵の魔物が次々に、押し寄せてくる音がする。

だがイザは魔王を、ただ魔王ムドーだけに気持ちを集中させ、じり、じり、と足を進めた。首筋を炎が通りすぎ、頬を刃がかすめ、何かが足を払おうとした。だがイザは、すべての攻撃をわずかな差でかわして受け流し、まっすぐ魔王に向かって進み続けた。

魔王が凍《こお》りつく息を吐いた。ドッと押し寄せる冷気に押し戻されながらも、イザは剣のきっさきをぴたりと魔王に据《す》えている。魔王が激しい稲妻《いなずま》を放った。破邪の剣はひとりでにくるりと動いて、電撃を打ち返した！

魔王はわなわな震え、まっ黒い見るからに忌まわしい剣で、いきなり打ちかかってきた。イザの前髪のひと筋がパラリと切り落とされた！　だが、破邪の剣のきっさきは、そこで敵の剣を迎えうち、その切っ先を脇にそらし——おかげでイザの目隠《めかく》し布がまっぷたつになる——まるで粘土《ねんど》ででもできているかのようにやすやすと折り取った。

ずん！

両手に響いた手ごたえは、世界の果てまでも揺るがしたろうかと思われるほど。切られて解けた目隠しがはらりと左右に落ちてゆく。イザは魔王の巨体に半ばめりこんでいる自分に気づいた。魔物の空虚《くうきょ》なはらわたに深々刺さった破邪の剣をぐいとこじって引き抜けば、溶岩のごとく熱く燃える赤黒い闇がこぼれ出る。

これを見ると、下っ端魔物たちは絶叫《ぜっきょう》し、悲鳴をあげ、先を争って逃げ出した。

「……お……おお……お」魔王は揺れ、震えだした。イザがサッと退いたとたん、よたよたとたたらを踏んで前に進み、やがて、うつ伏せに倒れ込む。「こんな……はずでは……」

鼻といわず耳といわず牙《きば》むきだした口といわず、体に開いた穴という穴から、血ではない血をどくどく凄《すさ》まじく垂《た》れながしながら、魔王はひくひくと痙攣《けいれん》した。

「……ふふ……ふふふ、私はどうやら余計な油断をしたらしい……つい、おまえたちを、甘くみてしまった。だが、人間という名の虫けらどもよ。安心するのはまだ早いぞ。……われら魔族の力は、けしてこんなものではない……これはまだ始まったばかりだ……」

「けっ。いまさら、強がっちゃって」ハッサンはクスクス笑ったが、残り三人が深刻《しんこく》な顔をしているのに気づくと、不服そうに唇をとがらせながらも、あわてて黙《だま》りこんだ。

「……あと、何人なの？」ミレーユは低くしゃがれた声で訊ねた。「おまえのような魔王は……わたしたちが倒さなければならない怪物は……全部で、あと何人いるの？」

「さてな」ムドーの瞳がいやらしく笑う。「美しきギルドの魔女よ、そなたの倒さねばならぬ相手とは、あのガンディーノのことなのかな？」

このセリフを聞いたとたん、ミレーユの顔色が変わった。ふだんから誰よりも色味の薄いその肌が長年野ざらしになった骸骨《がいこつ》の白にまで血の気をなくしてしまったのだ。ふりあげた短剣がギラリと光る。もとから目立たぬ虹彩が冷たい点にすぼまったミレーユの顔は、生命などという雑物が宿っていることがまるで信じられないほどまでに完璧《かんぺき》に美しかった。

そこに殺気はなかった。憎悪《ぞうお》も。

ただ途方もない哀しみだけが、鋭い刃の形をなして、瀕死《ひんし》の魔王に降りおろされた……。

「……ミレーユ……！」イザの腕が落下途中のミレーユの腕をガッと受け止める。「いきなりどうしたんだ、ミレーユ？　落ち着け。こいつはもう、ほうっておいても死ぬんだぞ」

「…………」

「それとも……慈悲《じひ》で、とどめをさしてやりたいのか？」

ミレーユの瞳にすうっと光が戻る。淡《あわ》い、はかない、いまにも壊《こわ》れてしまいそうな光が……ミレーユはキッと横目でイザを睨《にら》むと、腕をはずさせ、汚《けが》らわしいものでもあるかのようなひどく捨《す》て鉢《ばち》な手付きで、短剣を遠くの床に投げ捨てた。

かしゃん……しゃん……しゃん、とこだまが響いた。

魔王の巨体が消えてゆく。

あたりは急に、しん、と静かになった。

ハッサンが、チャモロが、心配そうに見つめる中、ミレーユは涙に濡れた目を瞬きでごまかし、何度も深呼吸をし、ゆたかな金髪を両手で掻《か》きあげ……やがて、水からあがった犬のようにぶるぶるるっと震えた。

それから、三人に、にっこりと向きなおった。

「ごめんね。……もう、だいじょうぶ。さあ行きましょう」いつもの落ち着き払った声で、ミレーユは言った。「ムドーの魔力が消えれば、ダーマの神殿が復活するはず。……新しい世界が、はじまるわ！」

〔二巻につづく〕

〈本書は一九九六年七月に発行された『小説ドラゴンクエストVI　幻の大地[1]』を加筆訂正したものです〉